MELHORES AMIGAS

MELHORES AMIGAS

Emily Gould

Tradução de Maria Clara de Biase

Título original
FRIENDSHIP

Copyright © 2014 *by* Emily Gould

Direitos para a língua portuguesa reservados
com exclusividade para o Brasil à
EDITORA ROCCO LTDA.
Av. Presidente Wilson, 231 – 8º andar
20030-021 – Rio de Janeiro – RJ
Tel.: (21) 3525-2000 – Fax: (21) 3525-2001
rocco@rocco.com.br
www.rocco.com.br

Printed in Brazil/Impresso no Brasil

preparação de originais
SONIA PEÇANHA

CIP-Brasil. Catalogação na Publicação
Sindicato Nacional dos Editores de Livros, RJ

G729m
Gould, Emily
Melhores amigas / Emily Gould ; tradução de Maria Clara de Biase. – 1. ed. – Rio de Janeiro : Rocco, 2017.
(Geração Ha)
Tradução de: Friendship
ISBN 978-85-325-3010-3 (brochura)
ISBN 978-85-8122-674-3 (digital)
1. Romance americano. I. Biase, Maria Clara de. II. Título. III. Série.
16-36980   CDD–813
CDU–821.111(73)-3

O texto deste livro obedece às normas do
Acordo Ortográfico da Língua Portuguesa.

Para R.C.

Eu sabia, sentado lá, que talvez fosse um verdadeiro niilista, que essa não era sempre apenas uma posição moderna. Que eu a assumia e abandonava porque nada significava nada, nenhuma outra escolha era realmente melhor. Que, de certo modo, eu era livre demais ou esse tipo de liberdade não era de fato real – era livre para escolher "*qualquer coisa*" porque isso realmente não importava. Mas isso também era em virtude de algo que escolhera – por alguma razão escolhera que nada importava... O caso era que, fazendo essa escolha, eu também não importava. Não representava nada. Se eu quisesse ter importância – pelo menos para mim mesmo –, teria de ser menos livre, decidir escolher algum tipo de caminho definido. Mesmo se isso não fosse nada além de um ato de vontade.
– DAVID FOSTER WALLACE, *The Pale King*

Posso lidar com as estações da minha vida?
– STEVIE NICKS, "*Landslide*"

1

O FORMULÁRIO DE INSCRIÇÃO DA AGÊNCIA DE EMPREGOS TEMPOrários só tinha quatro páginas, mas, por alguma razão, Bev não conseguiu preenchê-lo. Dissera a si mesma que faria isso no metrô na manhã da entrevista, mas o vagão estava tão cheio que era impossível até mesmo pôr a mão dentro da bolsa para pegá-lo. Além disso, J.R. Pinkman estava lá, acenando de seu canto lotado do vagão. Ela sorriu – nesse contexto, era bom ver alguém que conhecia, ser lembrada de quem era sob seu disfarce. "Vista-se formalmente", dissera a funcionária da agência em um e-mail, e agora ela estava no vagão B às 8:30 em um sobretudo cáqui sobre uma jaqueta e saia em tons de preto ligeiramente diferentes. No entanto, embora fosse bom ver um rosto familiar, não queria realmente *falar* com J.R. Queria se sentar quando metade dos passageiros saltasse do vagão na Grand Street e depois aproveitar os minutos restantes para preencher o formulário. Ela acenou de volta, mas baixou os olhos e a cabeça, se concentrando preocupada e dando permissão tácita para que ele fizesse o mesmo.

O metrô parou na Grand Street, e J.R. abriu caminho com dificuldade até Bev. Eles haviam trabalhado juntos na Warwicke Smythe, uma agência literária, e Bev chegou a ter uma paixonite por ele quando o conheceu. Mas naquela manhã, à luz do metrô, ninguém tinha realmente uma aparência muito boa. J.R. carregava várias sacolas de tecido encardidas, provavelmente contendo manuscritos ruins, além daquele que estava em sua mão.

– Para onde está indo? – perguntou ele, apontando para a roupa de Bev.

– Vou a uma entrevista para um emprego temporário – respondeu ela. Sentiu-se bem admitindo isso, mas depois, no silêncio que se seguiu, nem tanto.

– Pensei que estava fazendo pós-graduação!

– Eu fiz, durante um ano. – O sorriso dela diminuiu. – É só que... bem, isso começou a parecer um desperdício de dinheiro imenso. Mas agora tenho que começar a pagar a quantidade enorme de dinheiro que já desperdicei. – Apontou para o manuscrito que ele segurava, desesperada para mudar de assunto e lembrar a J.R. (e a si mesma) que deixara a agência literária por um bom motivo. – Está lendo algo bom?

J.R balançou o maço de folhas impressas em sua mão.

– Ah, está brincando? São apenas mais das memórias de Warwicke. – J.R. fazia parte de uma equipe de assistentes contratados principalmente para digitar e editar as memórias de seu velho chefe, que nunca seriam publicadas, e também ajudá-lo a chegar ao banheiro a cada meia hora. – Você deve estar bem empolgada por não precisar mais pensar nisso.

– Ah, sim. Empolgada. O desemprego é empolgante.

O metrô sacudiu e parou na estação Broadway-Lafayette.

– Bem, fala para todo mundo que mandei um "oi" – disse Bev enquanto J.R. recolhia suas sacolas e se preparava para desembarcar.

– Pode deixar. Digo na reunião da manhã – gritou ele por sobre o aviso para as pessoas se afastarem das portas, que se fechavam.

– Não diga que estou me candidatando a um emprego temporário! – gritou Bev, mas J.R. não se virou, e ela não teve certeza de que a ouvira.

Bev saiu da estação do metrô para o Bryant Park cinco minutos antes da entrevista e olhou ao redor à procura de um lugar para preencher o formulário. As primeiras gotas de chuva de uma súbita tempestade caíram assim que ela chegou à superfície, e seu sobretudo imediatamente ficou com feias manchas escuras. Ela teria de comprar um daqueles guarda-chuvas vendidos na rua. Custavam apenas cinco dólares, mas valiam muito menos, de modo que isso sempre parecia um mau negócio, e era deprimente como cinco dólares representavam uma fatia grande de seu patrimônio líquido atual. Protegendo-se debaixo de uma marquise sobre a escada da biblioteca, examinou o peitoril à altura do cotovelo para ver se estava sujo de excrementos de pombo antes de apoiar o formulário. Preencheu rapidamente as coisas de sempre – referências, experiência profissional – e depois, quando lhe restava apenas um minuto, viu-se inesperadamente confusa com uma pergunta na última página.

"Quais são suas maiores aspirações?"

Havia espaços para três grandes aspirações, cada um deles de meia linha. Não era o suficiente para uma frase inteira. Bev olhou de relance para o relógio e depois passou um momento infinito parada observando dois tentilhões na grama, piando e bicando um pedaço de biscoito. Provavelmente a última vez que havia se deparado com aquela pergunta estúpida fora no ensino médio ou na igreja, quando era adolescente. Imaginou a Bev daquela época preenchendo os espaços em branco sem nenhuma hesitação: *1. Servir a Deus. 2. Casar-me com um bom cristão. 3. Criar filhos segundo as leis do Senhor.* Ela havia de fato acreditado que esses eram seus reais objetivos, mesmo naquela época? No primeiro ano da universidade, as grandes aspirações já haviam mudado para: *1. Ler todos os livros. 2. Viver o mais longe possível do Meio-Oeste. 3. Nunca perder uma oportunidade de me embebedar.*

Mas quais eram suas maiores aspirações agora e, ainda mais importante, quais podia fingir que eram para que a última página do maldito formulário não ficasse em branco? Olhou para o velho iPhone rachado para se certificar de que o relógio estava certo, viu as horas e começou a escrever apressada. Como sempre, a realidade lhe ocorreu mais facilmente que a ficção.

"1. Alcançar estabilidade financeira" era verdadeiro, embora óbvio.

"2. Encontrar união" era vago, mas quem se importava? E

"3. Sentir que estou desempenhando um papel importante na vida" talvez fosse estranho demais, porém foi a primeira coisa em que pensou e era melhor do que deixar uma linha em branco.

Dez minutos depois estava sentada à uma pequena mesa, de frente para uma mulher de rosto amável, em uma sala minúscula com as paredes vazias. Parecia uma sala de interrogatório. Bev resistiu à tentação de fazer uma piada sobre exigir a presença de seu advogado. O formulário estava entre elas sobre a mesa, e a mulher o folheou. Fez vários sinais afirmativos com a cabeça e depois franziu a testa.

– Há uma pequena lacuna entre empregos aqui, Beverly. Posso perguntar o motivo?

– Ah, sim, desculpe-me. Eu não sabia como indicar aí o que aconteceu.

A entrevistadora deixou escapar um breve "uhum", ergueu o queixo e abriu bem os olhos, como se estivesse sendo generosa e tentando manter a mente aberta.

– Saí da editora porque me mudei para Madison para ficar com meu namorado, que ia cursar direito lá. Morei em Madison durante um ano e trabalhei em um bar de vinhos. Não achei que valia a pena mencionar isso, e não tenho os dados do gerente, nem nada.

– Mas depois você voltou para cá e trabalhou na agência literária?

– Sim, três anos atrás.

– E então saiu da agência para fazer pós-graduação.

– Comecei um programa de mestrado. Cheguei à conclusão de que aquele programa em particular não era para mim e que eu poderia, humm, me candidatar a outros programas. Em algum momento.

A entrevistadora fez uma careta, tão rápido que Bev quase não a notou. A mulher usava um colar barato de contas prateadas e douradas enormes, nas quais Bev podia ver o reflexo distorcido do próprio rosto.

– E agora seu namorado já terminou o curso de direito?

– Imagino que sim. Nós terminamos e voltei para Nova York. Quero dizer, é óbvio que eu gostaria de nunca ter saído do meu emprego e ido morar com ele, mas o que posso fazer?

– Sinto muito, não queria tocar em um assunto tão delicado. E, é claro, isso não é relevante para a entrevista. Acho que deveríamos dizer que você tirou um ano para viajar. Que tal?

– Claro.

– E você é escritora?

– Sim!

– Que ótimo! Que tipo de coisas escreve?

Formulários para agências de empregos temporários.

– Ah, de tudo. Quero dizer, todos os tipos de texto. Agora estou trabalhando em alguns contos que são até certo ponto... memórias.

– Acho isso tão interessante! Onde posso ter visto seu trabalho? Adoro memórias! Agora meu clube do livro está lendo *Comer, rezar, amar*. Adoro a autora. Ela foi tão... *corajosa*, sabe? Deixando toda a sua vida para trás e viajando sozinha durante um ano.

– É, foi muito corajosa.

– O que você fez foi mais ou menos isso!

– Mais ou menos! – Bev sentiu um nó se formar na garganta, como se estivesse prestes a chorar. Descartou-o com uma leve sacudida de cabeça que esperou ter sido imperceptível. – Então, que tipos de cargos, quero dizer, com minhas qualificações, você tem em mente? A amiga que me indicou sua agência disse que poderia me conseguir um cargo de assistente administrativa... Tenho muita experiência em assistir pessoas, como pode ver...

A entrevistadora passou os olhos pelo currículo de novo e depois, de um modo nada sutil, sobre Bev, os escarpins desgastados, os tons de preto descombinados, os cabelos cor de milho fartos e sedosos, que ela, apressada, havia prendido com uma piranha porque não conseguira encontrar um elástico. Bev tinha uma beleza natural campesina, mas nunca conseguira produzir o que as revistas de moda chamavam de um ar "refinado", talvez porque isso exigisse um talento sobre-humano para se arrumar sozinha, ou um berço de ouro.

– Bem, muitos desses cargos são nas áreas de finanças e direito, e com as suas... qualificações você parece se encaixar melhor na área editorial. No momento, não tenho nada disponível, mas podemos esperar algumas semanas para ver se surge algo.

– Ah, certo. Bem, tem alguma coisa que não seja administrativa? Eu ficaria feliz com, hum, outros tipos de projetos. O fato é que gostaria de começar o mais rápido possível.

A entrevistadora deu uma olhada em sua pasta, então algo chamou sua atenção e ela parou.

– Ah! Espera. Tenho isto: empresa imobiliária comercial. Eles estão reunindo relatórios de vendas e precisam de alguém que os ajude a organizá-los para distribuição aos acionistas; não querem terceirizar o trabalho porque o material é confidencial. O que você acha? Também atuaria como recepcionista, mas o trabalho é sobretudo reunir material e organizá-lo. Talvez atenda a alguns telefonemas. Teria sua própria mesa e tudo o mais.

– Parece perfeito! – disse Bev. Todas as palavras pronunciadas nesta sala são tão sem sentido, pensou ela, e então voltou a lembrar que não deveria ser esnobe. Esse emprego temporário não era uma opção que ela pudesse recusar. Era a diferença entre comer e não comer.

– Ótimo! Pode começar amanhã, se quiser. Ah, e eles pagam 10,50 dólares por hora. Então vou lhe entregar um envelope com seu contrato e alguns recibos para suas horas, e está tudo certo!

– Excelente! – disse Bev. Dez dólares e cinquenta centavos, menos os impostos que eles recolheriam e a longa hora de almoço, que seria deduzida mesmo se ela não saísse da mesa. Se de algum modo ela pudesse manter esse emprego temporário pelos próximos vinte anos e não gastar nenhum tostão em comida ou aluguel, conseguiria pagar seu financiamento estudantil quando estivesse com 75 anos.

2

A PRINCÍPIO, A PROPOSTA DE TRABALHO QUE AMY RECEBERA DO Yidster era por um período de três meses. Ela chegaria, assim era o plano, "reinventaria" o blog deles e depois procuraria uma oportunidade mais atraente. Isso foi logo depois de ela ter seu grande trabalho, o que a tornara famosa, ou pelo menos conhecida por um tempo; agora que não era nem uma coisa nem outra, pouco importava qual delas havia realmente sido.

Três anos lá, e ela ainda encarava seu emprego, não mais recente, como temporário; não tinha enfeites na mesa e até resistira à tentação de pedir uma caneca de café personalizada. Mas em algum nível, percebia que não iria a lugar nenhum, não com aquela moderação. Às vezes, procurava outros empregos, sem muito entusiasmo. Em parte, porque se sentia ofendida por não ter sido chamada para eles. Mas também havia algo cômodo e confortável no Yidster; seu escritório alegre e claro com grandes janelas com vista para a ponte de Manhattan dava a ela a impressão, todas as manhãs, de que poderia conquistar algo lá. Naqueles momentos matinais, não importava exatamente o que isso poderia ser. A localização do Yidster no Brooklyn também era perfeita. É claro que o terceiro destino mais popular on-line para cobertura cultural de um ponto de vista judaico moderno não ficava exatamente em Manhattan, mas *quase*.

O Yidster também oferecia plano de saúde, um salário aceitável e café grátis, além do privilégio – bem, de certo modo era um privilégio – de reuniões frequentes durante almoços em bons restaurantes com seus fundadores e patrocinadores, Jonathan e Shoshanna Geltfarb. A dupla de irmãos era herdeira de uma fortuna conquistada com lingerie (um anúncio desbotado na lateral de um prédio na Hester Street ainda proclamava "Uma mulher que sabe das coisas/usa meias da Geltfarb") que fora multiplicada muitas vezes com investimentos inteligentes em outras áreas pelo pai de Jonathan e Shoshanna, o sr. Geltfarb. Agora, no entanto, o dinheiro dos Geltfarb estava sendo constantemente consumido pelo Yidster, mas Amy não estava muito preocupada com isso. Ou talvez aquela fosse sua principal fonte de preocupação – os Geltfarb *nunca* ficariam sem dinheiro, e ela ficaria presa no Yidster para sempre.

Os fundadores tinham muitas ideias contraditórias sobre a proposta do site. Eles se reuniam com a equipe editorial – formada apenas por Amy, duas outras blogueiras, Lizzie e Jackie, e o editor geral, um combativo expatriado israelense chamado Avi – no Vinegar Hill House ou no River Café para discutir ideias durante refeições de preço elevado. Depois a equipe voltava para o escritório e tentava começar a implementar as ideias, protelando as partes importantes ao esperar o inevitável e-mail de Jonathan e Shoshanna dizendo que haviam mudado de opinião, que eram necessários mais conceitos, mais "reinvenção", mais voltas à prancheta.

Todas as estratégias e mudanças significavam, na prática, Amy se sentar à sua mesa todos os dias e, basicamente, não fazer nada. Ela respondia a vários e-mails urgentes com assuntos do tipo COMO FAZER OS TÍTULOS IREM PARA O TOPO DAS LISTAS DE BUSCAS, CHAMADAS MAIS FORTES em caixa-alta e outras trivialidades de Avi, que se sentava um metro à sua esquerda, quando não estava fazendo um de seus milhões de intervalos diários para fumar. Ela também incumbia Lizzie e Jackie de escrever uma série de posts no blog sobre os assuntos do dia "de um ponto de vista judaico moderno". Isso significava dar uma olhada em seus RSS feeds e escolher alguns posts de outros blogs para

Lizzie e Jackie... bem, "reinventarem". Depois disso, o resto do dia era todo seu para desperdiçar.

Naquele dia ela abrira a porta do escritório do Yidster às 9:30, cerca de uma hora antes da que todos chegavam. Como de costume, passara quase correndo pelo balcão de segurança, antecipando com uma sensação de grande urgência o momento em que se logaria no CMS do Yidster – não porque estivesse ansiosa para trabalhar, mas porque estava ansiosa para terminar seus quinze minutos de trabalho e depois seguir com a vida. Quem sabia aonde o dia a levaria? Talvez a uma manhã cafeinada de furor recreativo em seções de comentários, apreciando controvérsias sobre música, arte, política e feminismo, postando no Twitter, quando apropriado, e verificando se alguém reagira às suas respostas. Depois, almoço e uma tarde zapeando lojas on-line, consultando a Wikipédia, ouvindo nos fones *playlists* que prometiam aumentar sua produtividade e conversando com Bev pelo Gchat. Teoricamente, esse era o tempo que tinha para seu suposto trabalho *de verdade* – o tempo para abrir um dos arquivos com nomes como propostadelivro8.docx e especpilotoVALE.pdf que se acumulavam em seu desktop, como tantos projetos engavetados. Mas havia algo no escritório – algo no ar, (além do wi-fi) quem sabe. Às 18:30, ela se sentia sonolenta e atordoada quando se levantava para ir embora – exausta, como se tivesse trabalhado muito.

Mas não naquele dia, ela percebeu assim que abriu a porta do escritório. Lá, à mesa de reuniões à direita da mesa de totó, estavam Jonathan, Shoshanna e Avi, olhando atentamente para um laptop. Ao se aproximar, ela viu a tela aberta na página do StatCounter. Jonathan e Shoshanna pareciam muito sérios. Como sempre, estavam com roupas impecáveis, e Shoshanna exalava um perfume maravilhoso – seus cachos brilhantes e a pele sedosa lembravam algo ao mesmo tempo maduro e fresco, como um melão caro exibido em uma mercearia gourmet. Shoshanna acenou, e Amy entrou, sentando-se ao lado deles.

– Estamos fazendo um *brainstorming* sobre o que fazer a respeito dessas estatísticas de acesso – disse Avi por fim, enquanto

Jonathan e Shoshanna continuavam a olhar com as sobrancelhas franzidas para a tela.

– Ah. É claro, as estatísticas. – Amy se perguntou quando fora a última vez que se logara com o StatCounter (vários meses atrás) e se eles perceberiam isso de imediato. Provavelmente não; suspeitava que a ideia das "estatísticas" tivesse acabado de ser explicada para Jonathan e Shoshanna, talvez por um quadro do programa *Today* ou uma revista da manicure.

– Ficamos pensando no que as pessoas mais adoram na internet. Como: quais são nossos posts mais populares? E percebemos que obviamente são vídeos! – A beleza de Shoshanna desapareceu no minuto em que ela abriu a boca; toda aquela pele reluzente e os cabelos brilhantes não podiam compensar o tipo de voz que você imediatamente associa a alguém avisando na sinagoga que era sua vez de promover o *oneg* depois da cerimônia de sabá.*

– Mas nós, humm, nunca postamos vídeos originais – disse Amy. – Os posts de vídeo populares são todos tirados do canal do YouTube, sei lá, da Amy Winehouse.

– Não vamos nos ater a detalhes técnicos, Amy – disse Jonathan. Ele costumava ter aversão a "detalhes técnicos".

– Achamos que deveríamos começar a produzir vídeos, hoje! E a editá-los e postá-los. Hoje. Pequenos vídeos sobre cultura pop, ou talvez piadas. Sabem, uma abordagem cômica dos assuntos do dia.

Amy dera uma olhada na capa do *Times* durante sua ida para o trabalho.

– Como... um pequeno vídeo meu falando sobre o último ataque à bomba do Hezbollah?

Jonathan a olhou de cara feia.

– Nada sobre Israel, Amy, você sabe disso. Papai teria um troço.

Avi remexeu o bolso, pegou um Marlboro Red e o pôs atrás da orelha, talvez sem notar que já tinha um cigarro atrás da outra. Ele tamborilou na mesa.

---

* *Oneg Shabat* (Alegria do Shabat). Reunião para estudo e recreação. (N. da T.)

– Vocês dois pensaram em um orçamento para esses vídeos? – perguntou. – Podemos descobrir o que precisamos fazer, mas ninguém da equipe é especialista em edição de vídeo. E não sei se a Amy ficaria bem na tela. Sem querer ofender, Amy.

– Não estou ofendida. – *Idiota.*

– Não, Amy é *perfeita* – disse Shoshanna. – Ela transmite realidade. É autêntica. Não quero alguém treinado pela grande mídia. Podemos ir para a sala de conferência e fazer um vídeo agora. Do que precisamos, de uma câmera? É só mandarmos, sei lá, um estagiário à B&H comprar uma. Ou podemos simplesmente usar um telefone, certo?

– Eu não... humm. Do que vou falar? – perguntou Amy.

Jonathan e Shoshanna se entreolharam. Claramente não haviam pensado nisso. Quando Jonathan respondeu, falou devagar, como se estivesse decidindo o que dizer a cada palavra (e estava).

– Que tal... escolhemos um tema... você só improvisa... e depois editamos o vídeo de modo que fique bem legal e divertido. Vamos chamar de... *Daily Yid Vid*!

– Yideo! – gritou Shoshanna.

– Vyideo – murmurou Amy.

– Daily Vyid. – Os pronunciamentos de Jonathan tinham um ar conclusivo; esse era um talento que provavelmente tinha origem no fato de sempre ter sido rico o suficiente para que ninguém discordasse dele.

– Está certo. Combinado! Vamos fazer isso agora mesmo – anunciou Avi, mexendo atrás da orelha. – Vou acompanhá-los até a saída e discutiremos o resto dos detalhes. – Ele olhou sério para Amy. – Amy, você cuida da logística. Pare tudo e se concentre nisso.

– E quanto aos Morning Yidbits? Quanto a... humm, o resto do site?

– Vamos encontrar tempo para isso – disse ele, quase correndo na direção da porta, seguido de perto por Jonathan e Shoshanna. Assim que estavam longe demais para ouvi-la, Amy disse *"Arghhh"* e foi batendo os pés para sua mesa.

Finalmente chegara ao lado amargo de seu doce trabalho. Redigir posts com o devido crédito era uma coisa – já havia o suficiente dos dela na internet para que alguns YidRants não afetassem seu futuro no jornalismo sério, se algum dia se organizasse e decidisse correr atrás dele. Mas agora ela iria mesmo se humilhar de um modo que poderia se tornar viral, deixando suas expressões faciais estúpidas virarem gifs e serem compartilhadas por toda a internet durante dias?

Não poderia nunca ser tão ruim quanto seu último emprego, ela pensou, e depois se apressou em dar três batidinhas na madeira da mesa de totó atrás dela. Ainda assim, por que não deixar Lizzie ou Jackie gravarem, ou até mesmo o irrequieto Avi? Ser bonita, ou o que quer que Amy fosse do ângulo certo, sempre lhe parecera um exagero: um convite para uma festa ruim à qual você nunca quis ir, mas da qual não queria sair depois que chegava lá.

Sozinha no escritório vazio, foi até a janela. A névoa do meio da manhã encobria os detalhes da silhueta dos prédios e da ponte. Estava tão escuro que ela podia ver seu reflexo na janela e, para experimentar, começou a falar, sustentando o olhar como se a janela fosse uma lente de câmera.

– Olá, sou Amy Schein – disse devagar, admirando o modo como seus lábios se abriam revelando os dentes corrigidos por aparelho. Os dois da frente eram maiores de uma maneira que ela sempre achara sexy. A boca era sua melhor característica; durante anos, tivera uma pequena foto dos próprios lábios como avatar para chats. Mais acima, porém, havia algumas áreas problemáticas: o nariz, um pouco longo e largo demais, e as sobrancelhas retas, como uma pincelada de tinta, não importava o quão caro pagasse para ajeitá-las. Mas o pior era o modo como elas se *moviam*. – E você está assistindo o Jew Vids – disse para a câmera imaginária. – Quero dizer, Yid Vids. Vyideos.

As sobrancelhas se ergueram incontroláveis, e os olhos foram de um lado para outro, mesmo quando ela desejou focá-los em um ponto. Os olhos eram outra área problemática, gigantescos e fundos nas órbitas de um modo que impedia o uso de maquiagem.

Até mesmo um simples rímel a fazia parecer dez anos mais velha, na melhor das hipóteses e, na pior, uma vítima de abuso doméstico. Ela se afastou da janela, insatisfeita, depois deu uma última olhada para trás, quando a porta do escritório se abriu, e a pequena Jackie de cabelos frisados entrou, lançando um olhar de "você estava falando sozinha", antes de pôr o fone de ouvido e começar sua própria rotina de jogar tempo fora on-line.

Amy também se sentou à sua mesa, mas, em vez de pesquisar com que rapidez uma câmera podia ser enviada da B&H (eles não tinham estagiários; Avi tendia a repeli-los e Amy não queria perder muito tempo pensando em como ele fazia isso), pegou seu telefone e enviou uma mensagem de texto para Bev.

"Taí?" Era como elas costumavam começar uma conversa, e a resposta era quase sempre sim. Amy e Bev tendiam a ficar em contato via mensagem de texto ou Gchat durante todo o dia; se um "Taí?" não fosse respondido em cinco minutos, a pessoa do outro lado da linha provavelmente estava dormindo, no metrô, no cinema ou sendo sequestrada.

"Na agência de empregos temporários. Acabei de terminar o teste de Excel e obtive a classificação Excel Int-Expert."

"Parabéns! Vai guardar a medalha?"

"Bem, eles emitem automaticamente um certificado na impressora matricial. Tão deprimente!"

Amy olhou para além da mesa de totó, respirou fundo para se acalmar, mas, quando percebeu que ainda podia sentir o cheiro do perfume de Shoshanna, retomou sua respiração superficial. Queria que Bev arranjasse logo um emprego temporário para poder ficar entediada em uma mesa em algum lugar na cidade e falar pelo Gchat com ela o dia inteiro como faziam quando se conheceram. Sentia saudades daqueles tempos, do início da amizade, quando trabalhavam como assistentes na mesma editora séria e corporativa, e os chats eram novos o suficiente para seus chefes pensarem que estavam ocupadas digitando algo relacionado com trabalho. Amy decidiu procurar em seu Gmail trechos engraçados das conversas que elas tiveram em 2005 e enviá-los para Bev para deixá-la mais alegre e confiante. Aquilo seria uma boa atividade para o resto da manhã.

AMY SAIU DO ESCRITÓRIO ao meio-dia e foi almoçar em seu lugar favorito no bairro, um sushi bar cujo exterior era tão pouco promissor que quase ninguém se juntava a ela no balcão. Embora nunca tivesse arriscado consumir o aflitivo conteúdo estático embalado em plástico na vitrine de peixe cru do Sushi Zen, tinha uma predileção especial pelas tigelas, praticamente bacias, de *soba*. Fez seu pedido e já estava gozando alegre o prazer de ingerir todos aqueles carboidratos quando o celular vibrou com uma chamada. Era sua mãe.

Pôs o celular no silencioso porque se teclasse "ignorar" a mãe saberia que estava vendo. Então observou a tela silenciosa se iluminar uma segunda vez. Na chance remota de a insistência da mãe indicar que algo terrível acontecera, Amy pegou o celular, já suspeitando que fora mais uma vez manipulada.

– Oi, querida. Você está ocupada? Liguei em uma boa hora?

Não, não, não, não, não, não, não. Amy respirou fundo.

– Claro.

– Certo. Eu só queria repassar os planos para Rosh Hashanah. Você já organizou a viagem? Porque, se não organizou, queria que soubesse que seu pai e eu conversamos e estamos dispostos a pagar metade de sua passagem de trem, ou toda no ônibus melhor. Sei que são caras, especialmente quando se reserva de última hora.

– Poxa, obrigada... é muita generosidade da parte de vocês – disse Amy, permitindo-se revirar os olhos exageradamente como recompensa por não deixar transparecer em sua voz nenhum indício de sarcasmo.

– Só queria que pensasse sobre isso. Por acaso dei uma olhada no saldo bancário esses dias e, do modo como as coisas estão indo para você, parece que não poderia pagar a viagem sozinha.

A mãe de Amy tinha vinculado a conta bancária da filha à sua própria conta dez anos atrás, e Amy não descobrira como desvinculá-la, embora obviamente isso fosse um pouco como não descobrir como cortar um cordão umbilical meio podre que se estendia pela Interstate 95 dos subúrbios de Washington a Nova York. Mas os momentos em que lhe ocorreu desvinculá-la nunca pareceram coincidir com os momentos em que pareceu possível abrir mão da proteção de 100% de saque a descoberto, provavelmente porque esses momentos nunca existiram. Seu salário aceitável não estava à altura de sua tendência a gastar cada centavo que ganhava e um pouco mais. No entanto, apesar do esbanjamento, Amy nunca parecia ter para mostrar algo em que gastara seu dinheiro: perdia suéteres de caxemira, gastava o salto das botas de grife e as deixava no armário sem conserto, jogava fora extratos bancários sem abri-los, pagava por preguiça a tarifa do caixa automático 24 horas em vez de caminhar alguns quarteirões até o do seu próprio banco e constantemente saldava apenas o mínimo do cartão de crédito que usava para comprar os suéteres perdidos e as botas arruinadas. Mesmo sem ter a diversão de um vício em jogo ou drogas, ela encontrava um modo de sobreviver salário após salário. Ser lembrada disso a deixava desconfortável, e se sentir desconfortável a fazia querer parar, no caminho para casa depois do trabalho, em uma mercearia gourmet, e gastar onze dólares em um pote de cinquenta gramas de pinhões.

– Eu não posso mesmo aceitar a ajuda de vocês. Sabe como me sinto em relação a isso – disse Amy sorrindo, enquanto falava de modo a revelar o sorriso em sua voz, consciente de que todos que olhassem para o esgar em sua boca pensariam que estava louca.

– Não era assim antes! Mas tudo bem, se é como se sente agora. Apenas saiba que isso não é um problema para nós. Gostaríamos de ajudar.

Então por que se ofereceu para pagar apenas parte da passagem? "O que aconteceria se você fosse de fato você mesma com sua mãe?", perguntara certa vez a terapeuta que Amy definitivamente não podia pagar. Amy se sentira tentada a responder que não podia se arriscar a ser mais "de fato ela mesma" do que já era em qualquer contexto de sua vida, mas não sentira vontade de seguir aquele caminho, por isso havia apenas respondido "não sei" e parado de ir à terapeuta logo depois, principalmente porque lhe dera um cheque sem fundos e não queria gastar mais duzentos dólares em uma longa análise sobre o motivo.

– E agradeço, mas isso não é necessário porque... sinto muito, mas ia telefonar hoje para dizer que não posso mesmo me afastar do trabalho. Não tenho mais nenhum dia de férias este ano e teria de tirar uma licença não remunerada. Não posso me dar ao luxo de fazer isso agora. Então, como você pode ver! Sinto muito. Eu devia ter planejado isso melhor, mas todos esses casamentos no verão...

Silêncio na linha. O *soba* de Amy chegara. A garçonete sorria orgulhosa enquanto punha a tigela na sua frente e lhe entregava os pauzinhos, fazendo mímicas para dizer um simpático e protetor "coma rápido antes que esfrie" de um modo que alguém, provavelmente não Amy, poderia descrever como "maternal".

– Amy, isso é muito decepcionante.

Ela se forçou a engolir antes de responder.

– Sabe, também estou decepcionada. Mas é o que tenho de fazer. Espero que você entenda.

– É claro que *eu* entendo, mas você sabe como é difícil explicar esse tipo de coisa para sua avó. Espero que telefone e diga que vai sentir muito não a ver. E não fale que não conseguiu uns dias de folga no trabalho. Não acho que ela vai entender por que uma empresa supostamente de judeus não a deixaria faltar ao trabalho em um feriado judaico.

– É mesmo tão difícil de entender? – disse Amy, por fim, perdendo a paciência. – Se eu administrasse um negócio, não daria infinitas licenças não remuneradas para os funcionários! Fiquei fora basicamente durante todo o mês de junho, consumindo a última camada de ozônio voando para festas estúpidas de tão luxuosas que minhas amigas no mínimo ambiciosas organizaram para tentar convencer a si mesmas e às suas famílias que suas vidas têm sentido! Isso não é *minha culpa*. Não tenho *nenhum controle* sobre isso!

– Estou certa de que tem mais controle do que pensa – disse a mãe de Amy, usando o tom de voz que deveria usar com adolescentes difíceis em seu trabalho de assistência social.

O *soba* estava frio quando Amy finalmente conseguiu desligar. Alguns minutos depois, a garçonete veio com um olhar decepcionado pegar a tigela ainda pela metade.

Amy pagou a conta, como de costume exagerando na gorjeta, depois juntou suas coisas e voltou a pé para o escritório. No caminho, passou por um sem-teto que pedia esmola o dia todo do lado de fora da Peas and Pickles, a quitanda coreana com pretensões gourmet aberta 24 horas para atrair funcionários de empresas como o Yidster. Ela passava por ele várias vezes por dia e nunca fazia contato visual; era o tipo de sem-teto insistente e imprevisível que usava qualquer atenção como desculpa para seguir alguém até a metade do quarteirão, repetindo seu pedido em uma voz monótona, enquanto todos os pedestres que se esquivavam dele tentavam não olhar para a pessoa eleita. Às vezes apenas dizer "desculpa, não tenho" era suficiente para provocá-lo, então Amy não fazia isso. Mas, por algum motivo, ele a escolhera assim mesmo, andando ao seu lado enquanto ela fingia ignorá-lo.

– Moça, sei que você tem dinheiro. Me ajuda a comprar alguma coisa pra comer – disse ele, balançando um copo de café manchado em sua direção. Em situações como essa, Amy viria sua mãe parar e ter uma conversa de vinte minutos, indagando sobre abrigos e centros de reabilitação, fazendo as perguntas certas, capazes de revelar a triste verdade sob a história trágica contada. Amy não tinha vinte minutos, nem um, nem mesmo um segundo. Queria muito olhar sua caixa de entrada. Ia pegar o telefone, mas então parou, sem querer parecer, ou ser, uma pessoa horrível.

No meio do quarteirão, o homem pareceu chegar a algum tipo de barreira invisível que o mantinha no território ao redor da Peas and Pickles, e recuou. Amy acelerou o passo, mas o sujeito ainda estava ao alcance de seus ouvidos quando gritou para o próximo alvo, que aparentemente acertara.

– Ah, obrigado, dona. Deus te abençoe por ser tão generosa, não que nem umas vacas metidas que acham que só tem elas no mundo.

3

O MAIS DESAGRADÁVEL DE TODAS AS COISAS DESAGRADÁVEIS ASsociadas à fertilidade e concepção, refletiu Sally, eram todos os odiosos eufemismos. Já fora ruim o suficiente nos estágios iniciais quando era preciso dizer às pessoas que ela e Jason estavam "tentando". O que poderia ser mais antagônico à dissolução relaxada do eu que prometia o sexo do que "tentar"? A palavra inevitavelmente evocava imagens de grunhidos e sexo enferrujado como a cena em *Election* em que Ferris Bueller tem de se imaginar sendo estimulado por sua aluna sexy para ejacular dentro de sua esposa patética. A "tentativa" deles não era assim, embora fosse verdade que às vezes era preciso mais estímulo do que antes para fazer Jason ter uma ereção. Mas isso era de se esperar. A essa altura, as partes íntimas de Sally também pareciam um pouco paralisadas. Depois de décadas de sexo alegre e inconsequente – bem, na maioria das vezes alegre e, em última análise, nunca consequente –, ela não conseguia deixar de lado a assustadora consciência de que esse ritual mecânico de três minutos antes de dormir ou aquela surpresa inesperadamente rude e excitante no chuveiro poderia ser o momento que mudaria sua vida para sempre. Ou não. Aquilo era apenas estranho. Tudo parecia *significar* alguma coisa agora. O que antes eram manchas nos lençóis agora haviam se transformado em zilhões de pequenas partes de bebês. Como ela nunca tinha notado o quanto isso era bizarro? Todo aquele esperma ao longo dos anos. Galões. Sentiu-se uma assassina em massa. Uma canibal.

Ainda assim, "tentando". Mas tentar era apenas a ponta do iceberg.

Folheou as revistas na mesinha com tampo de vidro ao lado do elegante sofá da sala de espera do ginecologista em Upper East Side. Não eram ruins – *Surface, V, W, Town & Country* (que, por mais estranho que parecesse, ainda existia. Pessoas ricas sempre queriam ler sobre cavalos de outras pessoas ricas, ela supunha). E lá estava, mais para o fim da pilha, a inevitável *Plum*, a revista para mães maduras. "*Plum*, algo especialmente estimado" era a frase de chamada na capa. Aquilo era um lembrete de quantas mulheres estavam naquela mesma canoa furada – mulheres suficientes para manter uma revista, mesmo na era pós-impressão –, o que não era exatamente tranquilizador. A *Plum* sempre tinha uma mãe celebridade na capa, em geral a estrela de um programa de TV que Sally nunca vira. A mãe daquele mês parecia bastante velha, mesmo com todo o botox – as ruivas nunca envelheciam bem. Seus gêmeos, que estavam começando a andar, também eram ruivos. Se tinham sido concebidos com óvulos de uma doadora, ela a escolhera bem. Deus, provavelmente a doadora passara por um *teste* para ser escolhida.

A *Plum* tinha muitos anúncios para manter a espessura da lombada, um sinal de saúde, algo raro no mundo das revistas impressas. O marido de Sally trabalhava no editorial de uma, por isso ela era sensível a essas coisas. Eles ainda tinham amigos que trabalhavam nas redações, ou no que restara delas, produzindo conteúdo para sites e aplicativos de tablet. Houve um tempo em que teve inveja deles, mas agora realmente não tinha mais. Havia deixado para trás aquele mundo de consumo competitivo, rede de contatos e busca por status quando se mudara para o norte do estado.

– SALLY KATZEN?

– Sim! – ela quase gritou, como se aquilo fosse o balcão da padaria Veniero's, tivessem chamado seu número e fossem passar para o próximo cliente se ela não anunciasse sua presença imediatamente. Deu um sorriso vago na direção da enfermeira que a chamava, seguiu-a pelo corredor para ser pesada e ter a pressão arterial medida, depois pegou o pequeno recipiente no banheiro e urinou nele. Agachada sobre o vaso, sentiu-se decrépita, humilhada. Seu objetivo fora cumprido e a urina quente escorreu pela ponta dos dedos. Por um momento, a raiva fez tremer todo o seu corpo tenso. Quantas vezes na vida um homem normal era obrigado a urinar em um copo, a não ser em longas viagens de carro? Provavelmente menos do que ela apenas no último ano.

Mal se deu ao trabalho de se olhar no espelho enquanto rosqueava a tampa do recipiente onde urinara e lavava as mãos com um malcheiroso sabonete antibacteriano. Com frequência ouvia dizer que parecia triste, mesmo quando não estava. Homens que assoviavam para ela na rua costumavam gritar "Sorria!"; havia algo sombrio na curva descendente de sua boca e no tamanho de seus olhos. E hoje isso estava pior porque ela realmente *estava* triste. Parecia perturbada. Talvez até o médico lhe ofereceria lenços de papel.

Deixou o recipiente morno na prateleira e seguiu a enfermeira pelo corredor até a sala de exame, onde se despiu rápido, mais uma vez sem querer se olhar no espelho ou se dar ao trabalho de avaliar a própria nudez antes de pôr o roupão de papel plastificado. Se hoje não houvesse boas notícias, Jason provavelmente tentaria convencê-la a fazer alguma forma de intervenção pseudomédica que ainda não tentara: acupuntura, hidroterapia, abrir mão de algum tipo delicioso de comida ou bebida. Jason estava com a ideia fixa de ter um filho. Falava sobre o bebê o tempo todo, como se já existisse em algum lugar e estivesse apenas esperando que o reclamassem como deles; um prêmio em uma máquina, do tipo que você tenta vezes seguidas pegar com uma garra mecânica. Sally também queria um bebê, porém mais do que um *bebê* entediante queria um *filho*: queria ver o mundo de um modo novo através dos olhos de outra pessoa. Isso era um motivo bastante comum para se desejar ter um filho, mas quem se importava? Era o motivo dela. Os motivos de Jason, embora de fato nunca falassem sobre eles, provavelmente eram um pouco diferentes. Naquelas estranhas conversas sobre o assunto, às vezes ele se descuidava e se referia ao bebê como "nosso filho". Não importava o quanto Jason professasse seu distanciamento da cultura e dos valores de seus pais, ela ainda suspeitava de que ele preferia um menino. Isso não era politicamente correto, mas não deixava de ser fofo. Era como um rei querendo um herdeiro.

A Lite FM se fazia ouvir nos autofalantes do consultório, tocando uma canção superproduzida sobre sofrimento e perda. "Eu morrerei sem você... minha vida não significa nada sem você", dizia uma mulher com veemência, dotando cada palavra de dez sílabas extras para exibir sua extensão vocal. Sem nenhum motivo específico, e por todos os motivos, Sally decidiu naquele momento que, independentemente do que o médico dissesse naquele dia, bastava desse lugar e de todos os lugares desse tipo em que estivera nos últimos dois anos. Sorriria e faria sinais afirmativos com a cabeça durante o último exame, a última rápida preleção sobre o estado de suas entranhas, e depois estaria livre para sempre. Nunca mais queria ver um exemplar da *Plum*, nem mesmo em uma banca de jornais. Se ter filhos biológicos era tão importante para Jason, ele poderia doar esperma. Nesse meio-tempo, tentaria convencê-lo de que havia outros modos de se tornarem pais, ou algo parecido com isso: filhos adotivos, pais temporários, uma variação inovadora do tema da paternidade que inventara, como inventara tudo mais sobre sua vida. Simplesmente não se importava o bastante com perpetuar seus genes para se colocar nessa situação patética e estereotipada. Achava que tinha coisas melhores a fazer e precisava se ocupar descobrindo o que eram.

4

A VAGA TEMPORÁRIA QUE A AGÊNCIA ENCONTRARA PARA BEV ERA em East Sixties. Ela ficava sentada ao balcão da recepção olhando para o telefone, desejando que não tocasse, e na maior parte do tempo ele obedecia. Mas, de vez em quando, se rebelava.

Bev recebera um treinamento apressado sobre como operar o gigantesco teclado numérico do telefone com ramais, e, embora a mulher que lhe explicara tivesse feito parecer simples colocar pessoas em espera e depois redirecionar as chamadas, por algum motivo isso não estava sendo nada fácil.

– Você desligou na minha cara – disse um rapaz que já fora de alguma fraternidade em um tom de tédio e irritação, e Bev se desculpou sinceramente. Ela *sentia muito.* Puxa, sempre sentia muito. Estava cheia até a borda de arrependimento, e, embora esse arrependimento não fosse exatamente por ter deixado a chamada cair, era bom poder dizer a alguém que sentia muito.

Depois que a enxurrada de telefonemas da manhã diminuía, era hora de Bev começar a organizar as coisas, o que significava ficar na sala do café encadernando com espirais pilhas de informações sobre diferentes prédios à venda. Isso era um trabalho agradável e repetitivo, e, quando pegou o jeito, quase passou a gostar dele. Sem dúvida era bom estar longe do telefone e sua aura ameaçadora.

A única coisa ruim em ficar na sala do café era que outras pessoas também entravam lá, e algumas delas pareciam achar necessário cumprimentá-la de algum modo. "Como vai indo?", perguntavam procurando na geladeira uma garrafa de água, chá gelado diet e bastões de queijo (tudo que Bev estava encarregada de repor à medida que ia acabando, uma função que lhe fora explicada com grande seriedade durante sua primeira hora no escritório). Depois de experimentar um "Vou indo" blasé demais e um "Tudo ótimo!" ligeiramente sarcástico, Bev na maioria das vezes proferia um "Por enquanto, tudo bem" alegre e descompromissado.

– Como vai indo? – perguntou um rapaz moreno e baixo com uma camisa cor-de-rosa. Bev se lembrava vagamente de ter sido apresentada a ele durante a rápida volta pelo escritório que tivera de dar assim que chegara naquela manhã. Embora não soubesse com certeza, achava que talvez fosse o homem com quem se desculpara mais cedo por deixar cair sua ligação. Decidiu pensar nele como "Steve".

– Por enquanto, tudo bem – disse Bev.

Steve se demorou na sala do café, e Bev percebeu que ele estava enchendo uma xícara no filtro que servia água quente. Ele ia mesmo ficar lá, bem atrás dela, enquanto seu chá ficava em infusão? Ia, é claro.

– Então, você faz trabalhos temporários há muito tempo?
Você faz trabalho temporário aqui sempre?

– Não, na verdade é minha primeira vez como temporária durante algum tempo. Na verdade, desde a minha formatura na universidade.

– Então você acabou de se formar? – Steve estava mexendo o chá, ouvindo apenas metade do que ela dizia.

Involuntariamente, Bev se sentiu lisonjeada e poderia ter apenas dito sim e deixado a conversa terminar ali – só que é provável que não teria terminado, mas continuaria nas esferas de "onde" e "formada em quê", e Bev teria de inventar todos os tipos de mentiras na hora, o que era péssima em fazer. Então disse a verdade.

– Não. Só estou fazendo isso por enquanto.

– O que você faz de verdade?

– Ah, todos os tipos de coisas. – O silêncio aumentou e se tornou embaraçoso, e Bev subitamente percebeu que Steve poderia estar imaginando algo ilícito, e então se apressou em dizer: – Fiz pós-graduação em escrita criativa. Quero ser escritora. Bom, acho que já sou.

– Que máximo! Quer dizer, eu só digito números o dia inteiro.

– Bem, há muito a ser dito sobre isso!

– Acho que sim. É entediante pra burro – disse Steve. – Mas aonde você quer chegar?

– O quê?

– Seu objetivo final. Qual é?

Bev baixou a alavanca do perfurador de papéis. Havia pelo menos uma década que ninguém perguntava isso a ela, e agora duas vezes em uma semana? A angústia existencial estava muito, muito além de sua faixa salarial. O perfurador trespassou um maço de folhas com um gratificante som alto. *Meu objetivo final? Você está olhando para ele!* – ficou tentada a dizer.

– Humm, sei lá. Escrever um livro, eu acho.

– Puxa, você está escrevendo um livro? Isso é incrível!

– Ah-ah, nããão, eu não disse isso. Nossa, hoje em dia mal consigo *ler* um livro. Muito menos escrever um.

Isso não era totalmente verdade – Bev sempre estava lendo pelo menos três livros de uma vez –, mas era algo para dizer.

– *Cara*, que alívio ouvir você dizer isso. Estou tentando ler aquele livro que o Bill... sabe, Bill, o CEO?... recomendou pra gente. *Fora da série* ou algo assim? Mas não consigo me concentrar naquela porra por nada. Desculpe o meu jeito de falar. Como, no fim de um dia, você vai conseguir se sentar e ler *um livro*? – Steve estava radiante ao dizer isso, e Bev percebeu que essa conversa provavelmente era o ponto alto do dia dele, mas logo se deu conta de que era quase certo que fosse o ponto alto do seu também. Sentiu-se constrangida por ambos.

– Talvez seja o livro, não você – disse ela.

– Talvez você tenha razão. Mas, desculpe, estávamos falando sobre o livro que você vai escrever.

– Ah-ah, não, é meio chato falar disso. Mas e aí, qual é o *seu* objetivo final?

— Humm, bem, é meio pessoal – respondeu Steve. Ele girou o mexedor em sua xícara de isopor. – Droga! Sabe, falando em objetivos, tenho de voltar para a minha mesa. Vejo você depois, Beth.

Ele saiu da sala do café. Bev pôs uma espiral na parte de trás da máquina, encaixou um maço de folhas no meio e depois as perfurou de novo. Ela teve uma vontade momentânea de esmagar algo feito de carne, sua própria mão ou a de outra pessoa. Trespassar os papéis quase satisfez sua vontade. As bordas do maço estavam um pouco amassadas, e ela passou algum tempo alisando-as, até ficarem perfeitas.

Quase no fim do dia, Steve foi até a mesa dela. Havia uma tigela com chicletes e balas que Bev fora instruída a abastecer sempre. Steve fingiu estar procurando algo na tigela, mas na verdade estava esperando que ela notasse sua presença. Bev manteve seus olhos treinados na tela enquanto pôde, como se houvesse algo importante para ver lá, mas acabou se rendendo.

— Estamos sem o seu sabor favorito? Posso pedir um pouco mais.

— Pode? Isso seria ótimo. Menta. Obrigado, Beth.

— É Bev.

— Ah, puta. Quero dizer, putz! Ah, cara. Por favor, não me leve a mal.

Bev mordeu a parte interna da bochecha para conter o impulso automático de ao mesmo tempo contrariá-lo e desculpá-lo tacitamente com uma risada.

— Não se preocupe. Há algo mais que eu possa fazer por você agora?

Steve franziu as sobrancelhas.

— Acho que começamos com o pé esquerdo. Deixa eu consertar isso. – Com um gesto hábil, ele estendeu a mão; havia um cartão de visitas entre seu dedo indicador e médio, e, sem outra opção, Bev estendeu a mão rapidamente para pegá-lo sem que ninguém visse.

Steve sorriu.

— Tudo bem então. A gente se vê. Bev.

– O.k. – disse ela, já se voltando de novo para a tela. O telefone tocou, ela o atendeu e transferiu a ligação com um gesto treinado, sentindo a emoção de ter aprendido uma pequena habilidade. Não fez nada com o cartão até usar sua visão periférica para se certificar de que não havia ninguém perto de sua mesa. Então pegou o telefone e digitou os números, salvando o contato como "Steve" porque, se não o fizesse, nunca se lembraria de quem era aquele número. (O nome verdadeiro de Steve era Matt, mas quem se importava?) Ela passou a ponta da unha sem lixar sobre as palavras "Vice-Presidente Executivo" em alto-relevo, antes de amassar o pequeno retângulo de papel grosso e atirá-lo na lixeira sob sua mesa perto de um par de sapatos baixos confortáveis de outra pessoa.

5

FICAR EM PÉ NA CALÇADA OLHANDO PARA O PRÉDIO DE ARENITO avermelhado onde morava ainda dava a Amy um frisson de prazer, embora o imóvel não fosse próprio e nenhum dos pequenos detalhes que o tornavam tão bonito – os caixilhos das janelas, a escada limpa na entrada – tivessem sido providenciados por ela.

Nunca havia entendido o que outras pessoas viam nos caixotes altos de concreto que estavam sendo construídos em todo o Brooklyn, com suas janelas do piso ao teto e suas tristes sacadas tão estreitas que eram capazes apenas de equilibrar uma bicicleta. Esse prédio tinha uma história, personalidade e um piso antigo de tábuas largas. Também tinha ratos e encanamento defeituoso, e era constantemente invadido pelo cheiro dos charutos Black and Milds do dono de seu apartamento, mas essas coisas eram um preço pequeno a pagar pelo charme. A luz que se infiltrava pelas grossas janelas tinha tons dourados e avermelhados ao pôr do sol; e seu quarteirão fora planejado numa época em que ainda se prestava atenção a detalhes como o ângulo da luz solar. Nenhum prédio alto envidraçado barrava essa entrada de luz – ainda não. Isso acabaria acontecendo, mas Amy provavelmente teria de se mudar antes. O aluguel aumentara quase 50% desde que se mudara para lá porque os prédios semelhantes a caixotes estavam transformando seu bairro antes limítrofe em algo desejável, e agora o aluguel subia loucamente, representando quase o dobro do que o salário de Amy podia na realidade cobrir. Outras pessoas teriam deixado esse simples fato penetrar suas mentes e afetar suas decisões, mas até agora ela se recusara a fazer isso.

– Olá? – chamou Amy ao abrir a porta do apartamento, no caso de Sam ter passado o dia ali. Mas não houve nenhuma resposta, e ela sentiu uma pontada de decepção. Era bom ir para casa e encontrar Sam; quando não tinha de dar aulas na faculdade de artes, ele costumava passar o dia inteiro fazendo esboços à mesa da cozinha. Aquilo parecia um desperdício do aluguel do ateliê, mas Amy não estava em posição de criticar. Ela ansiava por ver os esboços do dia e gostava de imaginar as pinturas que se tornariam.

O negócio de Sam era pintar objetos comuns em detalhes generosos. Ele não era um astro, mas tinha admiradores, uma galeria e parecia estar progredindo no flutuante e ilógico mercado de arte. Uma versão de cinco metros e meio da batedeira KitchenAid de Amy fora vendida em um leilão no ano anterior pelo preço de um pequeno carro de luxo. Ele dera a maior parte do dinheiro para os pais, que haviam emigrado de Moscou quando Sam tinha 7 anos e deixado de ser professores para cuidar de um restaurante pequeno e ruim em Sheepshead Bay. Algumas pessoas poderiam ter pegado uma pequena parte daquele cheque e usado para comprar sapatos novos, mas Sam não via nenhum problema nos antigos que usava. Disse que talvez quando tivessem um furo fosse pensar nisso, mas lhe serviram tão bem durante quatro anos que os substituir parecia desleal, ofensivo. Amy revirara os olhos e mudara de assunto. Ela podia ser um pouco mais como Sam, é claro. Esperava que eles conseguissem chegar a um meio-termo feliz, assimilando as qualidades um do outro como por osmose.

Como sempre, ele havia deixado um bilhete sobre a mesa da cozinha; um esboço pequeno e bonito do gato de Amy, Waffles, com um balão de história em quadrinhos que dizia: "Compre mais comida para mim, Amy." O verdadeiro Waffles se esfregou nos tornozelos dela e tentou subir na sua panturrilha esquerda. Amy disse para ele se acalmar e foi até o armário, mas Sam tinha razão; não havia mais comida de gato.

Era uma amolação ter de sair de novo; já havia tirado os sapatos e tudo, estava pensando no jantar que planejara e ansiosa por seus resultados, porém, quanto mais Waffles tivesse de esperar pela comida, mais irritado ficaria. Ela deitou no chão por um momento e brincou com ele, acariciando seu dorso brilhante como o de uma foca e deixando-o subir em suas pernas. Ele bateu a cabeça em seu rosto com carinho, de um modo insistente e carente como o de um cão. Waffles adorava Amy, ou pelo menos dependia dela, o que para os gatos provavelmente era a mesma coisa. Quanto a Amy, adorava Waffles com uma ânsia tão apaixonada que às vezes se sentia um pouco culpada por raras vezes conseguir sentir o mesmo por humanos. O fato de ele estar sempre fazendo coisas fofas e não ser capaz de falar ajudava.

Amy calçou os sapatos de novo e estava abrindo a porta da frente, ainda preocupada com o jantar, quando notou a carta registrada no capacho. O dono de seu apartamento a enfiara por debaixo da porta em algum momento depois que ela tinha chegado em casa.

Esse tipo de esquisitice era comum; embora Amy fosse uma das duas inquilinas do prédio, o dono do apartamento, que ela via quase todos os dias podando rosas ou varrendo repetidamente o mesmo metro quadrado de concreto do jardim, tinha o hábito de se comportar como o gestor distante de um negócio grande e impessoal. E talvez a estratégia visasse suavizar momentos como aquele – a carta, dirigida a "todos os inquilinos do apartamento 2 da Emerson 99", em vez de a Amy, anunciava outro aumento de aluguel "em vigor imediatamente".

– Bem, isso é simplesmente *ilegal* – reclamou Amy em voz alta. Ela amassou a carta e jogou-a dentro da gaveta de bugigangas na cozinha sob uma camada de utensílios plásticos e elásticos de borracha. Então parou, pegou de novo a carta, desamassou-a e colocou-a sobre a mesa da cozinha, onde Sam pudesse ver. Ela morava ali havia cinco anos. Deveria pensar em se mudar, ou pelo menos ameaçar fazer isso para o sr. Horton reconsiderar o aumento. Ela e Sam namoravam fazia mais da metade desse tempo. Talvez devessem morar juntos; talvez a carta fosse um sinal.

Amy desceu a escada batendo os pés com força, esperando que o sr. Horton estivesse em casa e ficasse irritado; mas, no meio do caminho, lembrou-se de que deveria tentar se manter nas boas graças dele até ter certeza de que não conseguiria se livrar do aumento do aluguel. Então desceu na ponta dos pés os degraus restantes e passou pelo salão da entrada. Mas não foi silenciosa o suficiente.

– Srta. Schein. Como está hoje? – disse o sr. Horton.

– Bem, sr. Horton, estava só pensando... sobre a carta?

– Por favor, responda por escrito se pretende renovar o contrato com o novo aluguel.

– Mas eu não acho... quero dizer, não estou certa de que o senhor pode... simplesmente aumentar o aluguel assim.

O sr. Horton ergueu uma sobrancelha grisalha.

– Por favor, faça quaisquer perguntas que tiver ao meu advogado.

– Olha só, sr. Horton, estou aqui há cinco anos, bem acima do senhor. Sou uma boa inquilina e tenho certeza de que o senhor não quer ter de procurar outra. As únicas pessoas que vão poder morar aqui pagando esse aluguel são estudantes universitários sustentados pelos pais ou casais.

– Esse aluguel é o valor atual de mercado do apartamento. Por favor, me avise o mais rápido possível se pretende sair. – Ele sorriu sem mexer nenhum músculo facial além dos que erguiam o canto da boca; na verdade, aquilo foi mais como uma contração. – Tenha uma boa noite.

Amy abriu a boca, mas, antes de poder dizer alguma coisa, ele fechou a porta.

Durante todo o caminho para comprar a comida de gato, Amy foi consumida por uma raiva cega, que só diminuiu um pouco quando percebeu que a loja que vendia alimentos para animais ficava bem ao lado da loja de vinhos requintada e que seria tolice perder a oportunidade de entrar e comprar uma garrafa. O belo rótulo que chamou sua atenção era de uma garrafa de dezenove dólares, um pouco mais do que geralmente estava disposta a gastar, mas o dia tinha sido difícil e merecia um mimo. Abriu a garrafa assim que chegou em casa e, quando Sam entrou pela porta, ela estava pondo as travessas de massa sobre a mesa e já havia tomado duas taças de vinho. Talvez três.

– Oi, querida! O que é aquele negócio verde? – Sam tirou a sacola de ginástica pesada do ombro e encostou o rosto suado no de Amy para um beijo salgado. – Hum, você está com gosto de álcool. Só vou tomar uma chuveirada.

– Querido, aconteceu uma coisa horrível!

– Ah, não! O quê?

Amy abriu a boca, mas então percebeu que não sabia como queria falar com Sam sobre o aumento de aluguel – se lançando uma campanha para morarem juntos, pedindo conselhos sobre como manipular o sr. Horton ou apenas buscando solidariedade.

– Ah, foi só uma coisa. Nada *muito* horrível. Eu conto quando você sair do chuveiro.

Ele a beijou de novo antes de fechar a porta do banheiro. Amy pôs a carta de volta na gaveta; então se sentou à mesa mexendo no telefone, tomando outra taça de vinho e apenas beliscando a massa para eles poderem comer juntos.

Dez minutos depois, Sam saiu do banheiro com uma das toalhas de Amy ao redor da cintura, e quando entrou no quarto para se vestir – várias das gavetas da cômoda de Amy estavam cheias de roupas dele – ela aproveitou para admirar de longe suas costas musculosas. Eles haviam se conhecido quando Amy fora encarregada pelo Yidster de cobrir – como era de se supor "de um ponto de vista judaico" – uma exposição da qual ele participava, e ficaram naturalmente juntos mais ou menos desde quando foram para casa naquela noite. No início, Amy o achou um pouco velho para ela – 35 anos, quando ela estava com 28 –, mas dois anos e meio depois a diferença parecia ínfima. Dois anos e meio de namoro não é considerado muito, mas em Nova York sim, sobretudo quando você se aproximava dos 30.

Era isso que incomodava Amy, a ideia de que ela e Sam deveriam noivar e se casar porque estava ficando velha? Não exatamente. Se achasse de verdade que as coisas chegariam a algum lugar com Sam, não se importaria de envelhecer. Eles envelheceriam juntos. Era só que Sam parecia tão... neutro, de certo modo. Ele acordava cedo e dormia tarde da noite semanas antes de uma pequena exposição, mas nunca parecia capaz de fazer planos com ela com mais de algumas horas de antecedência nem podia ser convencido a encontrar tempo para qualquer tipo de diversão de última hora em seu horário reservado para o trabalho. Amy achava que os artistas deviam ser espontâneos! Era como se ele tivesse algum tipo de fobia. Era fobia de Amy? O mais provável era que fosse fobia do futuro, de se preparar para o futuro. E por que ele deveria fazer isso? Tudo que queria já estava ali.

AMY CONTINUOU OBSERVANDO, TENTANDO não parecer assustadora, mas apreciando a visão do corpo nu de Sam molhado enquanto ele se vestia. Teria adorado correr e puxá-lo para a cama, mas a aversão de Sam à espontaneidade se estendia até mesmo ao sexo. Ele o dosava como se fosse uma recompensa por bom comportamento; o sexo era no fim do dia, depois de você ter lavado toda a louça e passado a última hora resolvendo pendências em sua caixa de entrada, quando enfim as luzes eram apagadas e você podia relaxar. A ideia de interromper essa ordem de operações não fazia nenhum sentido para ele. Por um lado, essa atitude era compreensível e, por outro, totalmente enlouquecedora. Sam parecia existir para refutar todas aquelas dicas em revistas femininas: "Surpreenda-o!" e "Apimente as coisas". Por outro lado, isso era um belo contraste com todos os outros homens com quem Amy já estivera, cuja eterna disponibilidade os fizera por fim aparentar, como qualquer coisa eternamente disponível, ter menos valor – ou seja, do modo como Amy devia parecer para Sam.

Mais tarde, depois do jantar, da louça, dos e-mails e do sexo, Amy e Sam estavam quase dormindo quando ela ouviu um bipe agudo de algum aparelho eletrônico. Vinha em intervalos regulares, espaçados apenas o suficiente para parecer que parara, e então recomeçava: *biiiipe*.

– O que é isso? – perguntou Sam.

— Ah, é o alarme de fumaça na cozinha. Acho que a bateria está acabando.

Ambos estavam quase dormindo, Amy com ainda mais preguiça e sono por causa do vinho. Mas o som continuou, parecendo mais alto agora do que quando se deram conta dele, como se gostasse de se exibir.

— Você não quer ir, sei lá, dar um jeito nisso? – perguntou Amy afinal.

Sam havia adormecido e murmurou em russo "O quê?", como costumava fazer quando era acordado.

— Tá, eu vou ver! – disse Amy saindo de debaixo das cobertas um pouco irritada.

— Querida, só feche a porta. A gente resolve isso de manhã.

— Está louco? É muito irritante. Vou ver isso agora.

Ela já estava arrastando uma cadeira da mesa da cozinha, posicionando-a debaixo do alarme. Olhou ao redor em busca do que poderia usar para arrancá-lo do teto e, quando viu um martelo, não pensou duas vezes.

— Amy, cuidado. Meu Deus! Você está bêbada?

Ela não respondeu. Bateu com o martelo do lado do alarme, provavelmente com um pouco mais de força do que o necessário. Ele permaneceu resoluto no teto, ela acertou de novo e, dessa vez, o alarme veio ao chão, onde começou a emitir um som alto como uma sirene. Amy desceu da cadeira e abriu suas entranhas, e ele deu um último suspiro triste enquanto expelia suas baterias. Sentindo-se vitoriosa, em pé, junto do alarme, Amy percebeu que Sam estava ao seu lado. Ele o chutou de leve e um estalo metálico ecooou enquanto as peças se espalhavam pelo assoalho. A martelada de Amy estilhaçara a caixa do alarme.

— Amy, não precisava *quebrar*. O dono do apartamento vai fazer você pagar por um novo.

— Ele não ficava quieto!

Amy sorriu para Sam, com uma sensação absurda de triunfo. Ele se virou e voltou para a cama. Já estava meio adormecido quando Amy se juntou a ele.

– Você não precisava mesmo ter feito aquilo – murmurou Sam quando a sentiu se aninhar nas costas dele.
– Agora já foi. Qual era seu plano, deixar pra lá?
– Eu teria fechado a porta. Ia acabar parando.
– Isso é a sua cara, não fazer nada a menos ou até que seja realmente necessário – disse Amy.
Sam suspirou.
– Está bem, Amy, isso é a minha cara. Algum palpite sobre qual é a *sua* cara?
Ela tentou encontrar uma resposta, mas, enquanto seu cérebro explorava possibilidades, elas se misturaram com o início dos sonhos, e finalmente ela foi levada por uma cálida corrente de sono.

6

— ENTÃO EU DISSE ALGO COMO "ESSE É O *SEU* PROBLEMA", MAS ELE apenas rolou para o lado e dormiu. Sinto muito, não sei por que estou contando isso para você.

Bev estava em parte ouvindo Amy falar, em parte muito consciente da hora. Havia olhado no Google Maps para saber exatamente quantos minutos ainda tinha antes de o metrô chegar. Elas costumavam ir àquele café ineficiente porque era caseiro, e teriam se sentido culpadas indo à Starbucks que abrira duas portas adiante, mas Bev fizera seu pedido de sanduíche para viagem havia meia hora e estava começando a lamentar ser tão idealista em relação ao café da manhã. A garota que a treinara para o trabalho temporário tinha enfatizado a pontualidade o máximo que pudera sem ser ofensiva: "Basicamente o telefone começa a tocar às nove e, se não houver alguém aqui para atender, cria-se uma imagem que não é muito profissional e, se isso acontecer, será quase como se as pessoas se perguntassem: qual foi o objetivo disso? De, hum, contratar um empregado temporário?", dissera ela, trincando os dentes enquanto sorria. Bev também sorrira, dizendo: "Funciono muito bem de manhã, sem dúvida."

Amy não havia pedido um sanduíche, mas isso não importava – Bev estava certa de que, se quisesse, a amiga poderia chegar ao Yidster ao meio-dia ou não aparecer e dizer aos seus chefes estranhamente indulgentes que estava trabalhando em casa, e ainda assim receber seus cheques de pagamento. Bev sabia que às vezes Amy *se esquecia de verdade de depositar seus* cheques. Certa vez, ela vira um cheque de pagamento na mesinha de centro de Amy durante toda uma semana, inescapável à sua visão periférica enquanto assistiam à TV. Nunca em sua vida Bev deixara um cheque levar mais de 24 horas para depositar.

– Então, o que você acha que eu deveria fazer?
– Sobre o quê, o apartamento ou Yid Vids?
Amy franziu as sobrancelhas, olhando para sua xícara de café.
– Tanto faz. As duas coisas.
– Humm, não sou muito qualificada para dar conselhos sobre relacionamentos. Não sei. Você ama o Sam, e sem dúvida ele a faz feliz. E vocês não são desagradáveis, assustadores ou irritantes quando estão juntos. Então pessoalmente eu não vejo problema nenhum se você fosse morar com ele, mas tenho de lembrá-la de que prometeu a si mesma que nunca mais voltaria a morar com alguém a menos que estivesse ligada a essa pessoa "por sangue ou casamento". Acho que foi o que disse.

Amy revirou os olhos.
– Eu disse isso? – bufou. – Então eu devia ter mais dinheiro na época.
– Você tinha. Foi quando estava naquele outro emprego.
– Argh. O que nos leva à segunda pergunta. Posso mesmo deixar o Yidster me obrigar a fazer algo tão degradante?

Foi a vez de Bev revirar os olhos.
– Você já pensou que estou prestes a passar meu dia organizando e encadernando papéis? E tentando me lembrar do nome da empresa na qual estou trabalhando para atender o telefone direito? Não estou com a menor disposição para ouvir você dizer como acha *degradante* gravar depoimentos para a internet sobre a rinoplastia de uma celebridade judia.

– Não é que eu ache isso degradante – disse Amy. – Eu me expressei mal. Acho que está mais para humilhante. É diferente.
– Ah!

Bev tomou um grande gole de café.
– Vou perguntar o que aconteceu com meu sanduíche. Tenho que estar na plataforma do metrô daqui a exatos onze minutos, então estou ficando um pouco nervosa.

– Todas aquelas previsões do Google são reais? Dão certo? Dão, não dão? Puxa, legal, está aí outra coisa em que preciso começar a prestar atenção para minha vida se tornar totalmente eficiente e otimizada.

– Não sei por que você considera todos os aplicativos que baixa no celular um fardo – disse Bev enquanto a garota no balcão chamava seu nome. Teve uma sensação de alívio ao ver que não chegaria atrasada ao trabalho e, enquanto corria para pegar o sanduíche, sentiu uma explosão de afeto por Amy. A tola Amy, que não conseguia descobrir como usar seu próprio celular caro.

Quando Bev voltou, Amy estava ocupada vendo as funções do novo aplicativo.

– Bev! Isso diz exatamente quando o trem vai chegar!

– Eu sei! Ah, e, rapidinho antes de ir, queria perguntar se você pode dar uma fugida da cidade este fim de semana.

– Este fim de semana? Nossa, eu adoraria. Para onde?

– J.R. Pinkman. Você se lembra dele, do meu antigo emprego? Ele ia cuidar da casa de um casal no norte do estado, mas teve de cair fora no último minuto e pensou em mim, acho que porque nos encontramos por acaso esses dias. Eles precisam de alguém para, sei lá, regar a couve orgânica. Podemos alugar um carro perto da estação de trem em Rhinecliff. Eles parecem meio neuróticos, mas legais; antes de eu dizer sim, a mulher me enviou um e-mail enorme sobre a rotina da casa. Parece maravilhosa.

– Será que vai me deprimir porque representa um futuro que nunca terei?

– Hum, provavelmente. Então não topa ir? Olha, vou encaminhar todos os e-mails para você dar uma lida quando tiver uma folguinha e decidir. Eu disse a ela que daria uma resposta hoje. Tudo bem?

– Não sei. Posso estar ocupada demais no trabalho para pensar nisso – disse Amy.

– Ah, certo. Bem, então eu posso...

– Brincadeira, sua boba. É claro que eu topo. Vamos nessa!

7

ERA TÃO RARO BEV DIRIGIR QUE A MECÂNICA DA COISA OCUPAVA grande parte do seu cérebro. Mesmo quando ela e Amy chegaram à parte de pista dupla da rodovia, após saírem da locadora de automóveis perto da estação de trem de Rhinecliff para Margaretville, ela se viu segurando o volante com mais força do que o necessário. Amy, que nunca aprendera a dirigir, provavelmente registrava a concentração de Bev como atenção, se é que registrava alguma coisa. Ela até perguntara se estava tudo bem. Bev havia grunhido algo evasivo e desde então Amy não tivera nenhuma dificuldade em preencher o silêncio no carro com um fluxo constante de observações sobre os pontos de referência por onde passavam, coisas sobre a área de que se lembrava de quando estivera em um casamento em Woodstock ou coisas que recentemente a haviam irritado ("Você não detesta quando alguém responde não ao convite para um evento do Facebook em seu mural com um comentário sobre a coisa divertida que vai fazer em vez de comparecer? 'Queria ir, mas vou passar os próximos seis meses na África.' Que se danem esses idiotas!"), iniciando uma conversa que tendia a terminar após algumas respostas indiferentes de Bev.

Mas Amy parecia se contentar em continuar preenchendo o vazio com seus pensamentos, e o murmúrio resultante era agradável e até mesmo relaxante para Bev: ela sentiu que aquilo começava a soltar as áreas tensas em torno de seu trapézio. Pelo resto do fim de semana, não tinha de impressionar Amy ou ao menos parecer normal perto dela – Amy já sabia como ela realmente era.

Olhou por cima do ombro de novo, desacelerando para manter uma distância de vários carros entre o que estava na sua frente e o que dirigia. Bev havia armazenado em seu cérebro todo o conteúdo dos e-mails de Sally sobre os cuidados e a manutenção da casa e do canteiro orgânico na aba "Chateação que vale a pena". Gostava de imaginar sua consciência aberta como uma janela de navegador. A aba aberta agora era "Dirigir", e ela podia clicar intermitentemente nas outras abas para examinar seu conteúdo.

Sempre havia uma aba que ela ficava tentando fechar, mas insistia em permanecer aberta em sua tela mental. Talvez fosse mais como um *pop-up* – a janela "Aquele ano na pós-graduação valeu a pena?". Às vezes, conseguia desabilitá-lo, mas só com cinco ou mais drinques. O simples tilintar de moedas no bolso ou o pedágio de um dólar para atravessar a ponte Rhinecliff eram suficientes para lembrar Bev dos 30 mil dólares não reembolsáveis mais os juros que ela devia.

Ao pular fora, também perdera o direito de dizer nas festas que fazia pós-graduação. Um ano de interações mais fáceis com estranhos tinha valido 30 mil dólares? Ela sabia o que seus pais diriam sobre isso, ou melhor, o que ambos pensariam e o que caberia ao pai dizer. *Seja você mesma, Beverly. Quem se importa com o que aqueles idiotas pensam? Você sabe quem é.* E Bev realmente sabia quem era. Mas seus pais não, e não sabiam havia anos. No final de todos os telefonemas, ainda perguntavam se ela planejava ir à igreja no fim de semana.

– Ah, aquela estátua de urso! Agora sei onde estamos – disse Amy.

Bev, que sabia onde estavam durante todo o percurso, sorriu.

– É isso aí. Estamos quase lá!

Virou-se um pouco para a direita, a fim de trocar um sorriso com Amy, mas ela parecia preocupada.

– Humm, detesto pedir – disse Amy. – Posso aguentar se for levar, sei lá, vinte minutos...

– É mais de meia hora. Eu tomaria uma xícara de café. Estou vendo um lugar... que tal uma parada lá?

Amy sorriu, se recostou e depois estendeu a mão na direção do suporte para copo.

– Então posso completar minha bexiga – disse, tomando um gole de uma garrafa de água Poland Spring que comprara 45 segundos antes da partida do trem.

Mas quando chegaram ao Catskill Coffee, havia uma placa acima da caixa registradora: NÃO TEMOS BANHEIROS PÚBLICOS. Sem dizer nenhuma palavra, Bev pegou um copo de papel e o encheu com o conteúdo da garrafa térmica sobre o balcão, onde havia um aviso de que aquele era o café mais forte. Depois observou um pouco distraída Amy se aproximar do operador do caixa. Ele estava suado, com as bochechas vermelhas e com um colar de sisal, talvez em seu segundo ano na Bard.

– Ei, desculpe incomodar – começou Amy.

O rapaz voltou seu olhar vidrado na direção dela.

– Sim?

Bev nunca soube exatamente como Amy fez o que fez a seguir. Foi como assistir a um documentário sobre um animal que pode mudar estrategicamente de cor. Amy com certeza não tinha se dado ao trabalho de não parecer desleixada naquele dia. Seus cabelos castanhos grossos estavam puxados para trás em uma massa informe presa ao acaso, e ela usava uma blusa de moletom manchada de gordura que realçava seus ombros largos. Mas, enquanto Bev a observava, de algum modo ela transmitiu para o operador do caixa seu Bat Sinal. Sua voz saiu confiante e íntima, como se sua necessidade de urinar fosse uma piada interna que só ela e o rapaz entendiam. Ele disse algo descompromissado, mas em um tom de voz amigável, e Amy riu e suas bochechas coraram. Encorajado, o rapaz fez uma piada de verdade, e Amy gargalhou. Ainda estava rindo quando ele pegou a chave do banheiro.

Enquanto esperava Amy sair, Bev se apoiou no balcão e bebericou o café. Poderia ser uma sombra, um fantasma ou uma brisa, se a atenção que o operador de caixa prestara nela fosse levada em conta e, como sempre, ficou aliviada e também ressentida com sua capacidade de se tornar invisível. Isso era em parte por ser fisicamente sem graça, comportada e pequena, mas também reservada. Amy entrava em uma sala e irradiava pequenas partículas para todos os cantos. Bev era sólida.

Sabia que era egoísmo, mas se sentia feliz por Amy não ter conseguido se tornar uma verdadeira celebridade, embora, por um breve período, tivesse parecido que estava prestes a isso. Quando elas se tornaram amigas, eram assistentes na editora, trabalho que largaram quase ao mesmo tempo – Bev por um motivo estúpido no qual geralmente não suportava pensar e Amy porque de algum modo conseguiu um emprego de grande visibilidade em um blog de fofocas famoso em Nova York que zombava da elite rica, poderosa, corrupta e ridícula da cidade. Mas Amy cometera o erro de zombar da pessoa rica e poderosa errada, e essa pessoa, que era amiga do dono do blog – ele próprio uma pessoa rica, poderosa, corrupta e ridícula –, tinha intervindo. O dono havia instruído Amy a postar uma retratação e um pedido de desculpas, o que ela se recusara a fazer, confundindo sua própria teimosia com algum tipo de posição baseada em princípios pelos quais valia a pena lutar. O dono retaliou demitindo-a de um modo que deu a impressão de que ela tinha entendido mal um conceito básico ou engendrado a coisa toda. Amy havia passado de uma estrela em ascensão a uma pária em questão de dias. Se aquilo tivesse acontecido alguns anos depois, ela – e Bev também – já saberia o que todos que moram em Nova York há mais de cinco anos sabem: que essas desgraças eram inevitáveis e sempre podiam ser superadas apenas esperando passar tempo suficiente para uma desgraça mais recente de outra pessoa eclipsar a sua própria na memória de todos. Amy também achava que defendera algo importante, quando basicamente defendera seu direito de ser mesquinha na internet. Ela presumiu que ser demitida dessa forma pública significava que seria posta em uma lista negra e, como acreditava nisso, acabou sendo: parou de ir a festas, de modo que as pessoas pararam de convidá-la; não se candidatou a bons empregos, por isso não os conseguiu.

Agora sua vida estava bem – estável, por certo melhor materialmente do que a de Bev –, mas tudo nela era uma versão reduzida do que poderia ter sido. Em momentos vulneráveis de bebedeira, ela às vezes falava com Bev sobre seu "retorno", que estava eternamente prestes a ocorrer. Esses eram os únicos momentos em que Bev sentia pena de Amy, enquanto Amy, Bev supunha, sentia pena dela o tempo todo.

Durante o resto do tempo, Bev sentia sua afeição por Amy se misturar com um confortável e administrável nível de inveja do pequeno mas dedicado público do blog que Amy tinha como certo, da imprudência com que ela gastava dinheiro que era literalmente impossível para Bev e da capacidade de conseguir o básico da vida – dinheiro, atenção, chaves para o banheiro – sem aparentemente fazer muito esforço. Pela milionésima vez, Bev mergulhou dentro de si mesma e desligou de uma vez a inveja, com a mesma facilidade com que fechava uma torneira.

Talvez Bev tivesse decidido aturar Amy porque ela própria já fora alvo daquele Bat Sinal. Amy era assim: dizia e fazia a coisa certa no momento certo com a mesma frequência com que dizia e fazia a coisa errada no momento errado. Quando Amy fazia um elogio a Bev, ela sabia que era sincero, porque Amy era de todo incapaz de mentir ou ser algo menos que honesta: ela era o tipo de pessoa que, quando você perguntava se um novo corte de cabelo estava ruim, lhe dizia que estava, enquanto todas as outras pessoas deixavam você se iludir. Quando Amy lhe dissera que achava que ela era uma boa escritora e deveria ver até onde poderia desenvolver seus talentos, Bev soube que estava sendo sincera. Amy tinha sido a primeira e até então a única pessoa a ver o potencial de Bev.

Amy saiu do banheiro sorrindo; atirou as chaves de volta para o operador do caixa com uma grande e ostensiva piscadela, então seguiu na direção de Bev e segurou sua mão, puxando-a para o carro.

– Mal posso esperar para que a diversão de nossa fuga de fim de semana comece! Vamos beber e comer muito e ir para a cama cedo! – disse animada, balançando o braço de Bev enquanto iam para o carro. Bev sentiu um súbito amor por Amy. É claro que a adorava; elas eram aliadas em um mundo cheio de idiotas e inimigos. Não podia se dar ao luxo de guardar ressentimentos da amiga nem por um segundo. E além disso tinha algo que Amy, apesar de sua vida aparentemente boa e estável, nunca teria de novo: potencial para causar uma boa primeira impressão no mundo. Bev sabia que no momento certo deixaria de ser invisível. Só tinha de descobrir exatamente como faria isso.

8

QUANDO BEV COMEÇOU A TENTAR FAZER AMIZADE COM AMY, FOI tão insistente que Amy pensou que Bev talvez quisesse dormir com ela.

Bev queria *algo*, isso estava claro. Ela havia sido contratada um ano após Amy. Esta tinha boas perspectivas de progresso no departamento editorial, e todos os outros assistentes sabiam disso. Ela era a protegida de um editor que estava em um momento bom; seus livros eram best-sellers, e todos os seus antigos assistentes tinham ido fazer coisas grandes – isto é, tornaram-se editores antes de completarem 30 anos, o que na área editorial é a maior coisa que se poderia esperar de uma perspectiva realista.

Bev era submissa e explorada; suas roupas de trabalho eram blazers de poliéster e saias do setor da H&M aonde você ia quando, mesmo falida, tinha que tentar se vestir para o emprego que queria. Amy usava blusas Marc de Marc Jacobs (muito cobiçadas no início dos anos 2000) com mangas curtas que deixavam à mostra suas tatuagens. Um ano antes, ela era exatamente como Bev, e por esse motivo a evitava o máximo possível.

Bev não notava ou notava e ainda assim insistia alegre em suas tentativas de cultivar a amizade de Amy.

– Oi – disse ela um dia, enquanto esperava do lado de fora da sala do chefe de Amy por uma assinatura em um formulário preso em uma prancheta. Como sempre, o chefe de Amy estava ao telefone. – Você tem cara de que gosta da Sleater-Kinney. Tenho um ingresso sobrando para o show em Roseland, na quinta-feira. Quer ir?

— Humm, tenho que ver — disse Amy, pensando rápido. — Talvez eu faça alguma coisa com meu namorado essa noite. — Isso era improvável; o namorado dela na época era um traficante de maconha e músico esporádico, e as coisas que faziam juntos tendiam a não exigir planejamento, porque quase sempre envolviam ficar sentados no sofá fumando maconha e assistindo a DVDs piratas.

— Relaxa, Amy, eu não sou lésbica — disse Bev, e Amy ergueu os olhos da tela, onde fingia examinar o calendário do Outlook. Ela ficou chocada com a interpretação rápida de Bev. — É só que eu gosto da Sleater-Kinney. Dá pra gostar da banda e ser heterossexual. Não é como se eu tivesse convidado você para assistir a Tegan e Sara.

A despeito de si mesma e de seu irresistível desejo de manter seu lugar na hierarquia do escritório, Amy riu.

— Tá bem. Mas espero que a gente ainda possa ir ao Michigan Womyn's Music Festival juntas — disse ela, e Bev desatou a rir.

Elas continuaram fazendo piadas, finalmente tendo um daqueles ataques de riso regados a muito café, até a diretora de marketing, que *era* lésbica, sair de sua sala e lançar um olhar obsceno de certo modo brincalhão, mas ainda assim mortificante, e um segundo depois o chefe de Amy ir até a porta de sua sala sem realmente olhar para nenhuma delas, deixando claro que precisava que Amy fizesse algo mais do que se sentar e bater papo com Bev. Ela agarrou a prancheta na beirada da mesa de Amy e entrou correndo no escritório dele, explicando apressada a importância do formulário. Depois que ele o assinou, Bev saiu às pressas, mas não antes de pôr na caixa de correspondências de Amy o ingresso para o show da Sleater-Kinney, que estivera no bolso de seu blazer o tempo todo, como se fosse apenas outro formulário interno ou carta para arquivar.

ROSELAND ESTAVA REPLETA DE garotas na casa dos 20 sem maquiagem e usando sapatos confortáveis, e Amy se sentiu melhor do que se sentia havia muito tempo. Perto dela, Bev se balançava distraída ao som da música, cantando junto com a banda. Amy também queria fazer essas coisas, mas só tomara um copo de cerveja light e ainda havia a remota possibilidade de Bev aproveitar qualquer manifestação de vulnerabilidade da sua parte para sabotá-la de algum modo no escritório. Além disso, ela nunca dançava. Ficou em silêncio observando a banda, sentindo a música reverberar nas tábuas do assoalho e em suas pernas tensas. Um terrível abismo de experiências existia entre a Amy que assistira a essa banda na adolescência e a Amy que agora passava seus dias preenchendo formulários, deixando pranchetas em caixas de correspondência e matando tempo na internet. Bev se virou para ela, afastando os cabelos do rosto suado, e gritou que havia descoberto antes que tipo de cerveja o local vendia e trazido algumas na bolsa. Amy queria uma? Amy quis, e, logo após bebê-la, começou a flexionar ritmicamente um joelho e depois outro. Quando a banda tocou o bis (um cover inspirado de "Fortunate Son", do Creedance Clearwater Revival), era até possível dizer que ela estava dançando.

NAS SEMANAS QUE SE seguiram ao show da Sleater-Kinney, Amy e Bev começaram a almoçar juntas no parque em frente ao prédio do escritório, onde antes Amy almoçava sozinha enquanto lia documentos. Amy se ofereceu para ler as propostas que Bev defendia em reuniões editoriais e deu conselhos táticos a ela sobre como agradar sua chefe. Bev levou Amy a bares baratos em sua vizinhança no Brooklyn e ouviu suas queixas do namorado maconheiro. A amizade delas oficialmente transcendia o horário de trabalho, surpreendendo a ambas.

Naquele verão, Amy e seu namorado maconheiro romperam de vez, sem dramas, exceto por ter de encontrar às pressas outro lugar para morar. Felizmente para ela, suas táticas de fêmea alfa na editora foram recompensadas na forma de uma promoção, o que a convenceu de que poderia morar sozinha. Tivera de limpar sua previdência privada para pagar o aluguel do primeiro e do último mês, além do depósito de caução, mas o sacrifício parecia necessário. Psicologicamente, era importante – depois de todos aqueles anos de coabitação prematura e inícios de noite sedados comendo frango ao curry no sofá – descobrir quem ela era quando deixada por sua própria conta.

Mas na primeira noite em seu apartamento sob a BQE, a Brooklyn-Queens Expressway, depois que o pessoal da mudança foi embora, e a energia de empacotar, carregar e desempacotar se esgotou de seu sistema, Amy se surpreendeu ao constatar que ainda não estava pronta para apreciar a solidão. Sentou-se com fome à mesa da cozinha, mas exausta demais para descobrir como conseguir comida, bebendo de uma garrafa amassada de água Poland Spring, que bebericara o dia inteiro no calor de julho. Observou a luz do dia desaparecer do lado de fora das janelas sem cortinas. Um rangido nas tábuas do assoalho acima dela a fez pular. Percebeu que, sem ter consciência disso, sempre presumira que estava segura quando seu ex-namorado estava presente, o que não fazia sentido para sua mente agora consciente; se alguém tivesse entrado em seu apartamento, ele provavelmente teria oferecido maconha ao intruso e tocado para ele um rock progressivo. Mas ainda assim, até aquele momento em sua vida, Amy presumira que sua segurança era pelo menos em parte responsabilidade de outra pessoa. Mas nunca fora de fato, e agora era impossível fingir o contrário. Ela estava totalmente só.

Eram nove horas. Sem prestar muita atenção ao que estava fazendo, discou o número de Bev. Elas ainda não eram o tipo de amigas que telefonavam uma para a outra do nada, por isso Amy ficou aliviada quando Bev atendeu.

– Oi! Como foi a mudança? Você deve estar exausta.

– Ah, o pessoal fez a maior parte. Só carreguei as coisas pequenas, as quebráveis. O verdadeiro pesadelo é desempacotar, é claro.

– Quer que eu vá aí ajudar?

– Não! Quero dizer, não para ajudar. Não pretendo fazer mais nada esta noite e não te obrigaria a isso. Mas venha! Se quiser.

Quinze minutos depois, Bev estava em pé à porta de Amy com uma garrafa de vinho e uma embalagem cheia de sushi.

– Tinha acabado de pedir isso, mas sempre peço para duas pessoas – explicou. Ela estava com os cabelos presos em duas tranças brilhantes, o que a fazia parecer ainda mais inocente do que de costume, como uma leiteira em um rótulo antigo. Amy sentiu uma gratidão tão extrema que sem perceber lágrimas vieram aos seus olhos.

Elas comeram o sushi e beberam o vinho em uma pequena saliência do telhado, que o corretor que lhe mostrara o apartamento descrevera com um "terraço", para onde conseguiram se arrastar pela escada de incêndio de Amy. Folhas podres se acumulavam em um canto e faziam o ar quente de verão cheirar mais a floresta do que a fumaça de automóveis. Elas equilibraram no colo as bandejas de plástico com rolinhos de atum picante e olharam para os carros na BQE e, mais além, para os prédios de armazéns, o Navy Yard e, do outro lado de East River, Manhattan, visível apenas entre os prédios próximos, os arranha-céus com todas as suas luzes brilhando prodigamente.

Logo o sushi acabou e elas estavam em seu terceiro copo plástico de vinho. Amy se sentia quase cansada demais para falar, por isso ouvia Bev, que contava a última coisa terrível que sua chefe fizera.

– Não foi por ela ter levado o crédito pelo meu trabalho. Quero dizer, é para isso que estou lá, sou assistente dela. Foi por ela querer que eu continuasse o teatro quando já tínhamos saído da sala de reuniões, sozinhas no escritório dela. Queria que eu a parabenizasse por sua grande ideia para o subtítulo! Se eu quisesse ser autodestrutiva de verdade, teria chamado a atenção dela para isso, mas não valia a pena. Ela só fingiria que não sabia do que eu estava falando, então ficaria zangada comigo durante uma semana e se vingaria deixando de me enviar um e-mail crucial e depois tendo um ataque quando chegasse ao restaurante errado para almoçar com Marcia Gay Harden ou qualquer pretensa celebridade que está atualmente cortejando.

– Acho que você deveria chamar a atenção dela para isso, sem se importar com as consequências. Se não se afirmar, se continuar sendo apenas a melhor assistente do mundo, nunca vai ser promovida – disse Amy.

– Se minha chefe me desprezar, nunca vou ser promovida.

– Ah, um beco sem saída.

Bev pegou um maço de Camel Lights, a marca de cigarros favorita de Amy. Nenhuma delas realmente fumava, mas, quando Bev fingia fumar, comprava Parliaments. Os Camels eram outro gesto delicado da sua parte, como o vinho e o sushi. Elas acenderam os cigarros e fumaram com exagerada seriedade, apreciando o ritual da explosão da chama e a primeira nuvem de fumaça se dissipando no ar da noite.

– Preciso perguntar uma coisa mas tenho medo de ser embaraçoso – disse Bev, falando rápido. Elas ainda estavam de frente para a rodovia, sem olhar uma para outra, então Amy olhou de relance para o rosto de Bev. Ela parecia tensa, mas resoluta.

– Tudo bem, o que é?

– Bem, sabe, crescendo onde eu cresci, muitas vezes fui considerada um patinho feio. Quero dizer, eu não era totalmente excluída da sociedade. Sempre tinha algumas pessoas por perto para, sei lá, comer no refeitório, mas sem dúvida nunca tive uma melhor amiga, e não sei ao certo como isso funciona.

– Como o que funciona?

– Ter uma melhor amiga. Você tem que dizer algo, para confirmar que alguém é sua melhor amiga?

– Está me perguntando se somos a melhor amiga uma da outra?

– Bem, sim. Imagino que você já teve uma melhor amiga, por isso sabe como isso funciona.

Amy pensou por um segundo.

– É claro que eu tive amizades próximas. Mas na maioria das vezes tive namorados. Você sempre pensa que eles são seus melhores amigos, mas é óbvio que isso é besteira.

– Sim, se você está transando com alguém, essa pessoa não é sua melhor amiga.

Os cigarros delas tinham quase terminado. Amy despejou um pouco de vinho em um dos recipientes plásticos para o shoyu e apagou o seu no cinzeiro improvisado para não sujar mais seu novo terraço.

— Isso é... uma DR?

— Ah... espera, quero adivinhar o que isso significa. Um debate... Não. Discussão? Discussão da Relação?

— Isso! — disse Amy.

— É, estamos sim. Desculpe, eu só... Olha, tudo bem se não for recíproco. Mas é a minha melhor amiga. E acho que eu só queria que soubesse disso. Sem pressão.

O tom de Bev foi casual, mas, quando Amy a olhou novamente, ela parecia aflita.

— Bev, é claro que você é minha melhor amiga. Não teria me ocorrido dizer alguma coisa, mas você é, com certeza. Eu me sinto perdida sem você. Como nesta noite, por exemplo. Eu teria morrido de fome ou arranjado energia para tentar abrir caixas e depois morrido de exaustão. Ou teria ficado paranoica e feito uma barricada na porta com meu único móvel. Antes de você vir, eu estava me sentindo insegura aqui. Não por um bom motivo, mas apenas porque me sentia só. E agora que você veio, e mesmo quando for para casa, não me sentirei assim. Agora me sinto segura porque sei que alguém sabe onde estou e dá a mínima bola pra isso.

— E isso não vai mudar quando você arranjar um novo namorado?

— Não. Vai mudar quando você arranjar um?

— Não, e de qualquer modo é impossível imaginar isso acontecendo.

Amy sacudiu a garrafa de vinho, viu que ainda restava um pouco e dividiu-o igualmente entre os copos.

— Bem, ainda somos relativamente novas, sabe? Estou certa de que todos os tipos de coisas inimagináveis acontecerão.

9

VÁRIOS ANOS CHEIOS DE COISAS INIMAGINÁVEIS DEPOIS, BEV E AMY estavam relaxando em uma linda casa emprestada. Acordaram tarde e, quando começaram a se sentir entediadas, por volta do meio-dia, saíram para almoçar e caminhar na reserva Balsam Lake Mountain Wild Forest.

Começaram no centro de visitantes, onde Bev falou com o guarda-florestal sobre qual seria a melhor trilha para elas considerando seu condicionamento físico, a disponibilidade de tempo que tinham e o tipo de atrações do parque de que gostariam de ter uma visão panorâmica. O guarda-florestal e Bev logo descobriram que ambos eram fluentes no idioma das pessoas úteis acostumadas a transmitir muitas informações de um modo simples e eficaz para estranhos. Amy havia aprendido esse idioma em algum ponto, mas o esquecera quase por completo, do mesmo modo como esquecera seu francês do colegial.

Bev e o guarda-florestal olhavam para mapas, e Amy ficou fora do caminho, perambulando pelo centro de visitantes, examinando uma coruja empalhada ligeiramente puída, um gráfico que explicava como o parque nacional era três mil anos atrás e alguns pedaços de metal enferrujado que, em um passado impossível de imaginar, tinham sido tecnologia de ponta. Ler a palavra "tecnologia" fez Amy perceber que deixara seu iPhone no carro. Sentiu apenas um pouco de falta dele.

Quando elas chegaram ao início da trilha, pararam enquanto Bev examinava o mapa.

– Então vamos dar a volta no parque; a trilha se aproxima um pouco da estrada e depois segue por uma subida bastante íngreme até o alto desta colina. Aquele cara a chamou de montanha, mas acho que foi um pouco generoso. A elevação é de apenas 150 metros. Depois a trilha desce de novo e passa atrás do centro de visitantes. De qualquer modo, essa é a descida mais curta – disse Bev, basicamente para si mesma.

– Parece ótimo.

E elas partiram, com Bev na frente.

NO INÍCIO, AMY TENTOU conversar, mas depois – um pouco tarde – percebeu que Bev não estava muito interessada em falar e podia querer ficar sozinha com seus pensamentos e/ou a natureza, por isso se calou.

Os ombros de Bev eram fortes e claros em sua camiseta regata, e ela andava rápido, com um firme objetivo, batendo os pés com força no chão a cada passo. Era assim que sempre andava. Em um espaço pequeno partilhado, isso tendia a parecer um andar irritado, mas era apropriado para uma caminhada. Ela sempre parecia saber para onde ia, fosse isso verdade ou não.

Vinte minutos depois, elas estavam no topo da colina. Olharam para quilômetros de florestas; as folhas estavam no auge de seu viço, algumas começando a secar ou a ficar avermelhadas nas bordas. Abaixo havia um rio e no meio dele algum tipo de estrutura de madeira que fora submersa pela água, talvez carregada correnteza abaixo. Borboletas voavam ao redor enquanto elas descansavam antes de começar a descer a colina. Amy supôs que isso era divertido. Pelo menos Bev parecia estar se divertindo, de seu jeito.

Enquanto elas desciam a colina, tomando cuidado a cada passo para não escorregar nas pedras e torcer o tornozelo, os pensamentos de Amy finalmente entraram em um ritmo alegre e sonhador. Pela primeira vez em muito tempo, ela não pensava em sexo ou ressentimentos, ou tentava encontrar uma solução para um problema. Elas passaram por uma árvore cortada ao meio por um raio. As folhas marrons da metade queimada estavam retorcidas no chão.

– Deve ter sido aquele temporal na sexta-feira – disse Bev.

– De jeito nenhum. Veja como as folhas estão amarronzadas. Sem dúvida foi derrubada há mais tempo – disse Amy. – Humm, é óbvio que sei disso por ser especialista em... botânica.

Bev riu sinceramente, e Amy a adorou por isso.

Caminhando em silêncio, Amy pensou nas árvores. Toda uma vida em câmera lenta acontecia constantemente dentro de seus troncos. Uma milagrosa confluência de circunstâncias levara essas árvores – de todas as pequenas mudas que lançavam raízes na floresta todos os anos – a crescer e não serem comidas, pisadas ou mortas por doenças ou falta de luz solar, arrancadas para abrir espaço para uma nova trilha ou esmagadas por uma árvore adulta atingida por um raio. A mortalidade infantil das árvores tinha de ser incrivelmente perto de 100%, e era provável que as árvores adolescentes enfrentavam todo um novo conjunto de problemas.

Como as árvores eram impotentes! Elas só tinham de tomar uma decisão e depois aguentar as consequências pelo resto da vida. Mas o lado bom era que ficavam livres do fardo de tomar mais decisões. Era nisso que dava ser uma árvore.

Quando elas voltaram para casa, o dia já estava chegando ao fim. Bev saiu para realizar as tarefas de jardinagem enquanto Amy começava preguiçosamente a lavar e picar verduras para o jantar. Ela cantava ao som do iTunes de Bev, enquanto rasgava a alface. Bev veio do jardim, trocaram ideias sobre a refeição, e depois foi para os fundos acender a churrasqueira. Amy levou uma xícara de chá para a sala e se sentou com um livro sem prestar muita atenção a ele, erguendo os olhos a cada minuto e notando algo novo ao seu redor.

Debaixo do tapete de couro de vaca, o piso era incrustado de madeira clara e escura em padrões geométricos. A cadeira do lado oposto a ela era feita de ramos de vidoeiro, mas ainda assim parecia confortável. As cortinas eram de um tecido branco fino que parecia um avental que alguém poderia estar usando em uma fotografia em preto e branco. Amy se sentiu desconfortável na sala, como se ela fosse um detalhe posto no lugar errado em meio a toda aquela beleza cheia de precisão. A casa em que havia crescido era agradável, mas sem estilo: tinha móveis, é claro, mas nenhum bonito, antigo ou feito à mão. Havia uma estante com portas de vidro que estava na família da mãe havia anos, mas sua beleza fora estragada pelos livros nas prateleiras, com lombadas pouco atraentes: histórias da Guerra Civil, suspenses de Carl Hiaasen e livros de piadas, as primeiras fontes de instrução aleatória da jovem Amy. Ela se lembrava mais vividamente de uma primeira edição de *Our Bodies, Ourselves*, uma brochura de *O príncipe* com as anotações escolares da mãe nas margens e um livro intitulado *Como falar para as crianças ouvirem e ouvir para as crianças falarem*.

A fotografia de um casal em uma prateleira baixa subitamente atraiu sua atenção. Não era um instantâneo – nunca haveria algo tão trivial quanto um instantâneo em uma casa como essa –, mas um retrato com pose informal, do tipo que se vê em uma revista de arte ou moda. O homem era magro, asiático e quase mais baixo que a mulher, que usava um vestido cinza perolado com uma faixa larga na cintura. Ela parecia de algum modo triste, embora estivesse sorrindo.

Os donos da casa. Amy pegou a foto e a estudou em busca de mais pistas. Era do casamento deles? Quantos anos tinham quando foi tirada? Eles pareciam mais velhos do que Amy, mas não muito.

Amy sentia inveja das pessoas que se casavam, embora não tivesse certeza de que queria se casar. Não era pela festa, pelos presentes ou pela promessa irreal de amor eterno que ansiava, de forma alguma. Bem, talvez fosse um pouco pela festa. Era por algo mais... bem, muitas coisas mais. Em primeiro lugar, as pessoas que se casavam pareciam isentas de seguir a rígida regra de que quando você deixa de ser criança tem de abandonar sua crença na magia.

Os feitiços e talismãs do casamento – os votos, as alianças, o véu – mantinham seu poder místico, pelo menos sobre Amy. Aquilo era enlouquecedor. Mas ela não conseguia deixar de apreciar, de se sentir curiosa, invejosa e comovida quando via aqueles símbolos, não importava o quanto concordasse com os especialistas que atacavam a instituição com bases pragmáticas, feministas e filosóficas, e quantos romances lesse sobre o fim inevitável do amor.

Sam havia se casado uma vez, aos vinte e poucos anos, e isso parecia ter bastado para ele.

Bev irrompeu na sala e a viu segurando a foto. Havia uma mancha de carvão em sua testa suada. Ela olhou a foto por cima do ombro de Amy.

– Nossos anfitriões – disse Bev. – É do casamento deles? Ela parece infeliz.

– Aposto que muitas pessoas ficam infelizes no seu casamento. Imagine só a pressão para o dia ser perfeito. Eu teria uma diarreia incessante.

– Eu faria você tomar um pouco do meu Klonopin.

– Um coquetel de Klonopin e Imodium. Perfeito.

– Fico feliz por isso estar decidido.

Elas olharam para a foto por mais um momento e depois foram pôr a mesa com os bonitos pratos de cerâmica feitos à mão, taças de vinho Riedel e talheres pesados com cabo quadrado que provavelmente o casal na foto recebera como presentes de casamento.

Mais tarde, acomodada em seu quarto confortável sob colchas de retalho em uma cama antiga, Amy tentou usar o sinal de celular intermitente e ligou para Sam. Ele ainda estava no ateliê.

– O sinal é péssimo aqui. Temos de estar preparados para ser interrompidos a qualquer momento, por isso você não pode dizer nada importante – preveniu Amy.

– Está bem, querida. Está se divertindo? Waffles e eu estamos com muitas saudades de você. Ele está expressando sua tristeza lambendo meus pés o tempo todo. Não entendo por que ele faz isso, querida. Acho que você não é uma disciplinadora de gatos muito boa.

— Não me culpe pelos problemas comportamentais do Waffles. Ele não foi meu durante seus anos de formação. No que você está trabalhando?

— Naquela grande Cuisinart. Agora pintando a parte em que dá para ver que o plástico está um pouco sujo e manchado.

— Você jantou?

— Comi um pouco de frango e brócolis. Estou me tornando natureba. Querida! O que aconteceu na internet hoje?

Ele fazia essa pergunta a ela quase todos os dias, como um pai perguntando ao filho "Como foi a escola?". E, como um filho contando ao pai como a escola tinha sido, ela geralmente dizia algo desinteressante e evasivo. Como você podia descrever os milhões de coisas que tinham acontecido? E todos aqueles pequenos eventos eram tão irrelevantes sozinhos, mas tão irresistíveis no momento! Todos levavam a pensar que poderiam acabar contribuindo para alguma coisa, e talvez contribuíssem.

— Nada de mais. Quer dizer, não fiquei muito on-line hoje – disse ela. – Você sabe, estamos no campo. Fizemos caminhadas e coisas no gênero. Vimos paisagens deslumbrantes. As pessoas que moram nesta casa são estranhas; tudo está arrumado de um modo tão perfeito! Eles moram aqui o ano todo, e não posso imaginar como alguém pode aguentar isso. É muito calmo aqui, como se a cidade tivesse dez habitantes. Acho que eles vão para a cidade com muita frequência. Seja como for, amanhã nós vamos... – E então ela olhou para o telefone e percebeu que Sam não tinha ouvido nada porque a ligação caíra. Pensou em ligar de volta, mas uma onda de sono se abateu sobre ela e enviou uma mensagem de texto: "A ligação caiu! Estou com saudades de você." Então virou para o lado e apagou a luz. Estava quase dormindo quando o telefone se iluminou com uma resposta. "Também estou com saudades, querida. Beijo. Boa noite." Ela desejou que Sam tivesse dito "eu te amo", mas isso não era realmente algo que eles faziam.

10

HAVIA UMA PEGADA GRANDE E ENLAMEADA NO MEIO DO CANTEIRO de melancias, e a couve fora colhida de modo irregular. As folhas externas tinham sido deixadas, e as internas, mais macias, arrancadas com muita força, deixando as bordas desiguais. As pessoas que cuidaram da casa também deixaram roupas na máquina de lavar e, se o voo de Sally e Jason houvesse atrasado ou algo assim, teriam ficado ali mofando, até alguém colocá-las na secadora. Mas, fora isso, Sally tinha de admitir que estava impressionada em ver como as duas garotas cuidaram bem das coisas. Ela andou pelo jardim e depois voltou para o porão, examinando sua propriedade. Gostava de deixar pessoas ficarem em sua casa quando não estava lá – exceto pela pequena inconveniência e rudeza (resquícios de pele nos colchões do quarto de hóspedes, e cabelos escuros demais para serem dela e muito longos para serem de Jason no ralo do chuveiro). Sua casa era muito bonita para não ser partilhada. Esperava que as garotas que haviam se hospedado lá tivessem ficado impressionadas e com inveja.

Ela estava na lavanderia, no porão, pondo os lençóis na secadora para poder colocar suas roupas de Londres na máquina de lavar quando ouviu a campainha e correu para abrir a porta.

– Desculpe, mas esqueci o carregador do meu computador. Acabei de procurar no Google, e sabe quanto custa? Noventa dólares – disse a pessoa à porta. Ela era mais alta do que Sally e usava uma blusa de moletom com capuz. Sally olhou para a garota na escada atrás dela, mais baixa e com cabelos louros e finos. A garota alta esboçou um sorriso. – Desculpe. Nós somos as... nós ficamos aqui este fim de semana. Amy e Bev.

– Oi! – disse Sally. – Desculpe ter demorado a entender. Ainda estou meio cansada por conta do fuso horário. Por favor, entrem. Sabe onde o deixou?

– Acho que está na sala de jantar ou no escritório – disse Amy, passando por Sally e examinando a sala em busca do carregador perdido. Sally recuou para deixá-la entrar. Era estranho ver uma desconhecida andando por sua casa como se morasse ali. A outra garota ficou esperando. Sally fez um sinal para que entrasse e fechou a porta.

– Lamento terem tido que voltar até aqui. Vão perder o trem para a cidade?

– Não. Não podemos perder porque é o último da noite, e uma de nós será demitida se não aparecer no trabalho amanhã às nove, por isso não vamos mesmo perdê-lo – disse a segunda garota, falando diretamente para a amiga e tratando Sally como se fosse uma mãe intrometida.

– Ah, meu Deus, Bev, foi mal. Já pedi desculpas. Se não conseguir encontrá-lo em cinco minutos, vou comprar um novo.

– Ei, não estou com raiva de você. Estou com raiva de mim por ter esse emprego temporário estúpido – disse Bev. Ela se juntou a Amy na procura sob a mesa de jantar com tampo de vidro e nos cantos da sala.

– Não, pode ficar com raiva de mim! Eu estou com raiva de mim! – disse Amy.

Bev se forçou a sorrir.

– Ótimo, estou com raiva. – Ela olhou para Sally. – Desculpe por invadir sua casa assim, vou direto para o escritório, tudo bem?

– Claro. Quero dizer, acho que Jason pode estar lá – disse Sally, mas Bev já estava subindo a escada de dois em dois degraus. Segundos depois, desceu correndo. – *Encontrei!* – gritou.

– Minha heroína! – disse Amy e, sob o olhar de Sally, elas se abraçaram sem um pingo de constrangimento. – Bem, são 17:54. Vamos conseguir? Você consegue dirigir bem rápido?

– Acho que sim. – As garotas já tinham quase saído quando pareceram se lembrar de que Sally estava ali.

– Muito obrigada por nos receber, senhora... é... senhorita Katzen – disse Bev, parecendo uma habitante do Meio-Oeste. – Espero que tenha feito uma boa viagem!

– Por favor, voltem qualquer hora dessas – gritou Sally depois que elas entraram no carro.

Quando Sally voltou para a sala de jantar, Jason estava no patamar da escada. Ele parecia contente, ainda que um pouco perplexo.

– O que foi aquilo?

Sally encolheu os ombros.

– Eu não sei. Mas gostei.

– Eu também – disse Jason.

– Ah, seu pervertido.

– Não nesse sentido, só que... é bom ver quem estava aqui, entende? Será que elas gostaram?

– É claro que sim – disse Sally, indo para a cozinha começar a preparar o jantar. – Provavelmente moram em um buraco.

– Como seu antigo buraco? – Quando Jason conheceu Sally, ela morava em um apartamento de 32 metros quadrados na Second Avenue, em cima de um velho cinema que passava filmes pornográficos. A triste e repetitiva música pornô ecoava nas tábuas do assoalho.

– Nem de longe glamoroso como meu antigo buraco – respondeu Sally.

Às vezes, ela desejava que seu eu mais jovem viesse passar um tempo com ela, talvez tomar drinques na varanda, como uma amiga. Poderia mostrar à jovem Sally sua bonita casa e observar como ela ficaria impressionada, e a jovem Sally poderia lhe contar uma história divertida sobre trabalhar num bar de *strippers* ou num sebo *cult*, um caso que a velha – mais velha – Sally tinha esquecido, ainda que o tivesse vivido.

É claro que isso era impossível por causa das leis de espaço e tempo. Mas talvez ela pudesse ficar amiga de Bev e Amy. Essa poderia ser a segunda melhor coisa.

11

BEV FOI DE BICICLETA PARA O RESTAURANTE ONDE SE ENCONTRA-
ria com Steve, embora soubesse que isso a deixaria desgrenhada e suada. Havia resistido ao impulso de usar roupas bonitas e, em vez disso, vestira o pior jeans e uma camiseta larga que um dia fizera um estranho bem-intencionado lhe ceder o lugar no metrô, presumindo que ela estava grávida. Bev sabia que isso era idiotice porque não fazia sentido aceitar o convite de Steve e depois fazer o possível para sabotar o encontro, mas esse era um modo de dizer para si mesma que só estava lá pelo jantar. Tolerar a companhia de Steve era o preço de sua refeição. No mínimo sessenta dólares, talvez mais com os muitos drinques que ela planejava pedir. Fazia muito tempo que não tinha uma bela refeição em um restaurante com outra pessoa pagando a conta.

De qualquer modo, não eram mais colegas de trabalho. A nova semana trouxera um novo posto temporário: ela estava atendendo o telefone, que até então havia tocado uma vez, na sede corporativa nova-iorquina de um pequeno banco francês. Não havia nada para fazer, porque ninguém lhe dava nada para fazer. Todos no escritório a tratavam como se ela tivesse sofrido algum dano cerebral, porque não falava francês. Às dez horas da manhã, decidira telefonar para Steve, e, depois de fazerem planos para aquela noite e desligarem, ela havia passado pelo menos uma hora à sua mesa, examinando o cardápio on-line do restaurante e pensando no que pediria.

Quando entrou no salão da frente do restaurante, Steve pareceu genuinamente feliz em vê-la e também, Bev detestou admitir, sexy. Parecia ter vindo direto do trabalho e estava usando um bonito paletó escuro e uma camisa social. Quando ele se inclinou para um educado meio abraço, Bev sentiu sua colônia de cedro e o calor do seu corpo através da camisa engomada. Por um momento, lamentou estar suada e malvestida, e depois se repreendeu por se importar com isso.

Eles se sentaram logo. Steve parecia conhecer todos que trabalhavam ali, distribuindo tapinhas e sorrisos, enquanto se dirigiam à sua mesa. Mal tiveram tempo de trocar gentilezas como perguntar "Como foi seu dia?" quando uma garçonete se aproximou e começou a dizer as especialidades da casa, usando o dialeto dos restaurantes nova-iorquinos que Bev quase esquecera.

— Temos uma entrada de salmão defumado da casa servido em torradas e acompanhado de ricota caseira. E está muito, muito gostoso. — A garota sorriu impessoalmente para eles. — Vou deixá-los escolher.

Enquanto a garçonete se afastava, Bev e Steve se voltaram para o seu traseiro, enjaulado em jeans de cintura alta; a garçonete era uma das raras criaturas que ficavam bem neles. Eles desviaram o olhar do traseiro um para o outro e foram incapazes de evitar falar da sua perfeição.

— Caramba — disse Bev.

— Ela podia servir bebidas naquela coisa! Estou feliz por você ter dito algo — disse Steve. — Eu estava, sei lá... falo algo ou isso seria totalmente inapropriado e grosseiro?

— Ah, bem, ela tem uma bunda incrível — disse Bev.

— Queria apertar! Não dá vontade de estender o braço e tocar?

— Humm... Acho que sim.

— Ah, você é legal, Bev. — Steve sorriu. — Quer alguma entrada? Acho que vou de alcachofras fritas.

— Acho que vou... ah, aquele negócio de salmão pareceu bom — disse Bev em voz baixa.

— Mas sem dúvida vamos pedir uma garrafa de vinho, não é?

— Sem dúvida nenhuma.

O vinho não chegou imediatamente, e, enquanto tentava conversar fiado com Steve, Bev sentia o suor da pedalada chegar às raias de um ataque de pânico. Por que concordara em passar as próximas horas na companhia de alguém de quem não gostava? Estava com tanta fome assim? Seu couro cabeludo formigou, e ela sentiu um rubor subindo pelo pescoço, a pele branca como leite — uma tela transparente que projetava seus sentimentos — como sempre a traindo.

— Vou dar um pulo no banheiro — disse a Steve.

No banheiro, Bev procurou na bolsa o porta-comprimidos, partiu um Klonopin ao meio com os dentes e, depois de pensar por uma fração de segundo, engoliu as metades com um pouco de água da pia. Molhou os pulsos e se olhou no espelho, desejando se sentir normal. Reparou nos detalhes do banheiro, na elegância estudada: no aviso "OS FUNCIONÁRIOS DEVEM LAVAR AS MÃOS" escrito em fonte Helvetica e impresso em papel-cartão e nos azulejos pretos e brancos. Como sempre, observar os detalhes a acalmou, mas o remédio ainda não tinha batido; ela se ajoelhou por um momento e apertou a testa contra o azulejo, respirando profundamente. Sempre que isso acontecia, sentia algo como náusea que não era bem náusea, mas que tinha em comum com a náusea a sensação de ter algo dentro de si que precisava ser expelido. Bev sentia-se cheia de algo terrível, mas estava presa a esse sentimento: aquele algo terrível era parte dela, inseparável do resto.

Quando se levantou, o azulejo tinha deixado uma marca vermelha no meio de sua testa. Esperava que Steve estivesse ocupado demais olhando o traseiro da garçonete para notar. Era muito mais confortável sentir um desprezo natural por ele do que outra coisa.

— Você se afogou? He-he, brincadeira, sei que a fila para o banheiro é sempre longa aqui. Sabe por quê? — Ele baixou a voz e sussurrou: — Porque o pessoal que trabalha aqui curte uma farinha. É por isso que a comida é tão boa. Eles têm, digamos, uma precisão de laser.

Felizmente o vinho havia chegado. Bev bebeu metade de sua primeira taça de um só gole.

— Ah, todo o *staff* de todos os restaurantes em toda parte curte farinha — disse ela. — Você já trabalhou em restaurante?

— Não. Trabalhei em construção quando estava na universidade. Meu pai é eletricista.

— Ah, legal. Minha família também está de certo modo no ramo da construção; meu pai é dono de um pequeno depósito de madeira.

Bev não queria contar a Steve nada sobre si mesma, pelo menos nada real, mas se surpreendeu com a revelação dele. Tinha achado que ele era membro da classe privilegiada, ou pelo menos filho de um empreiteiro.

Eles continuaram a falar sobre o ramo da construção e suas respectivas famílias durante o primeiro prato, que Steve comeu com gosto e péssimas maneiras, o que agradou Bev um pouco já que não se sentiu constrangida com suas próprias manobras desajeitadas com o garfo. Percebeu que se sentia à vontade com Steve, e não só por causa do vinho ou do ansiolítico. Em alguns aspectos ele lembrava Todd, ou pelo menos como ela se sentira perto de Todd. Pensou isso e então percebeu que, se pretendia continuar agindo de um modo normal, era muito, muito importante não pensar em Todd. De qualquer modo, Todd tinha ótimas maneiras à mesa.

— De repente você ficou quieta. Está tudo bem?

— Ah, sim, desculpe. Só estava concentrada na comida. Para ser sincera, é a melhor refeição que faço há algum tempo. — Por quê? Meu Deus! Era como se impulsos neurais estivessem saindo por sua boca.

— Está vendo? Eu disse! À cocaína! — Steve ergueu a taça em um brinde. — Vamos pedir outra garrafa, certo?

Duas garrafas de vinho e três pratos depois Bev estava ensaiando um pequeno discurso sobre precisar acordar cedo e o quanto tinha se divertido, mas Steve ainda não estava pronto para o fim da diversão.

— Ah, eles têm um cardápio de bebidas para depois do jantar! Digestivos! O que me diz, Bev? Adoro conhaque, Armagnac e toda essa droga. Sambuca? Pastis? Alguma coisa?

Bev deu uma olhada no cardápio de sobremesas que a garçonete deixara na mesa e viu um raro licor flamengo que conhecia de seus tempos servindo vinho naquele bar pretensioso em Madison. Tomara muitos goles escondido, mas nunca um copo inteiro. E realmente seria bom ajudar sua digestão. Certamente não precisava ter comido *quenelles* de lagosta *e* um prato de massa; um gole de Flement a ajudaria a digeri-los. Seu corpo estava mais acostumado a feijão, arroz e couve, o básico de suas idas ao supermercado com o orçamento apertado.

Momentos depois, estava levando uma taça de licor aos lábios. Aquilo era como o sol em um campo. Uma sensação de bem-estar irradiou por todo o seu trato digestivo. Era a sensação, concentrada em um copo, de ter dinheiro suficiente para jantar fora sempre que quisesse.

Steve tomou um gole.

— Puta merda! Como você conhece isso?

— Ah, eu só... alguns anos atrás decidi que estava cansada de não ter nenhuma ideia do que pedir, então me matriculei em um curso. – Ela mentia melhor quando estava bêbada! Além disso, tinha sido muito boa, no bar de vinhos, em tirar o lacre de uma garrafa com um giro eficiente do pulso.

— Nossa, Bev. Você tem seus mistérios. — Steve se inclinou embriagado na direção dela. — Tenho que conhecê-la melhor. Conhecer tooodos os seus segredos.

Ele só podia estar brincando. Ao mesmo tempo, o cheiro de cedro e a camisa cor de creme eram sedutores. O perfume e a sensação de luxo estavam dominando os sentidos famintos de Bev. Ela tomou outro gole da bebida adocicada.

— Ei, você não disse onde morava – disse ela casualmente. Poderia deixar sua bicicleta presa em um poste perto do restaurante; não havia como pedalar agora.

– Engraçado, na verdade, é bem perto daqui – disse Steve. – Eu ia adorar mostrar a minha casa para você. Não é nada luxuosa, mas tenho uma TV de tela plana enorme. A gente pode assistir à *Parks and Recreation*, ou alguma coisa.
– Essa série já terminou – murmurou Bev.
– Não se preocupa, garota. Gravei no meu DVR.

12

AMY FICOU TENTADA A IGNORAR O TELEFONE TOCANDO – NÃO ERAM nem sete horas! – mas viu o nome de Bev no visor, apertou a tecla verde e ficou deitada na cama com os olhos fechados enquanto ela falava.

– Você já tomou a pílula do dia seguinte?

– Não, mas...

– Conhece alguém que tomou? Talvez eu tenha que tomar, mas primeiro quero saber se isso vai acabar com o meu dia.

Bev contou que tinha ido a um encontro com um cara que conhecera em um de seus trabalhos temporários, um cara que usava paletó.

– Nojento – disse Amy.

– Vá se danar! Ficar me julgando quando eu estou mais fragilizada!

– E daí? Você sabe que eu acho nojento transar com estranhos. Dar uns amassos, tudo bem, ir para casa deles ou levá-los para sua casa, pode ser, mas não deixar que enfiem uma parte do corpo deles em seus orifícios. Essa é a primeira lei da autoestima.

– Segundo Colette, lavar a vagina todas as noites antes de ir para a cama, não importa o quanto você esteja cansada, é a primeira lei da autoestima.

– Ainda bem que você sabe disso. Deu uma olhada no cesto de lixo e no chão antes de sair? Talvez tivesse uma embalagem de camisinha.

– Obrigada, Nancy Drew.
– Só estou tentando ajudar! Para quando é sua menstruação?
– Teoricamente, semana que vem, ou talvez daqui a uma semana e meia. Não tenho anotado a data. Talvez porque não transava havia séculos.
– Ah, bem... então parece que você deve tomar a pílula, não é?
– Será? Nem tenho certeza de que rolou, e são quarenta dólares que definitivamente não posso desperdiçar.
– Eu empresto os quarenta dólares. Isso é importante.
– Não vou aceitar seu dinheiro, Amy. Sabe que não posso fazer isso. Além do mais, não quero acabar com o meu dia. Estou na maior ressaca e não quero acrescentar ingredientes misteriosos à química do meu corpo, e tenho que estar em Midtown às nove.
– O.k. Bem, ainda acho que você deveria tomar, mas se tem certeza de que não precisa... Mas me prometa que nunca vai fazer isso de novo? E que vai fazer o teste de HIV o mais rápido possível?
– É claro que não vou. Quero dizer, fazer isso de novo. Por favor, você sabe que talvez seja a primeira vez que transo em... ah, não vou fazer as contas de jeito nenhum, isso é muito deprimente. Quer tomar café já que nós duas estamos acordadas?

ELAS LEVARAM O CAFÉ para a horta comunitária onde Bev cultivava um pequeno canteiro de pepinos. Ela tornara-se membro do projeto recentemente, por isso seu canteiro ficava nos fundos, onde ratos às vezes roíam a cerca e roubavam os vegetais, mas, fora isso, era bom ter um canteiro ali – uma pequena e real conquista na vida que Amy admirava.

Bev cumprimentou uma mulher de meia-idade que estava agachada perto da entrada arrancando ervas daninhas. Elas passaram pelo canteiro de Bev seguindo em direção aos fundos do estreito quintal, até os bancos perto do banheiro seco. Não estava claro se a mulher que arrancava ervas ainda conseguia ouvir o que falavam, mas as fileiras de plantas sem poda faziam o quintal parecer discreto e particular.

Elas se sentaram em silêncio por um momento enquanto Bev bebericava seu café gelado.

– Bem, você transou com alguém além do Todd! Só isso já é bom.

Bev olhou furiosa para ela.

– Bev, só estou tentando ver o lado positivo da situação. Quem sabe você deveria namorar esse cara! Ele deve ser rico! Isso não é ruim!

Bev sugou o canudinho com força.

– É ruim, sim. Você não tem ideia. Ele mora em um daqueles condomínios com janelas do chão ao teto. Esta manhã acordei e a primeira coisa que vi foi o videogame. Ele tem um PlayStation ou algo no gênero. E não tem nenhum livro. Além disso, sinceramente, não tenho a menor ideia se transamos mesmo, nem sei o que me motivou a ir para a casa dele...

– Qual é a última coisa de que se lembra?

Bev franziu a testa.

– Bem, nós acabamos de jantar, e eu ia arranjar uma desculpa para ir embora, mas então ele quis tomar mais uma bebida e depois acho que fomos para a casa dele assistir à TV. Eu me lembro dele me dizendo que tinha uma TV enorme.

Amy deu uma risadinha.

– E isso a convenceu? O tamanho... da *TV* dele?

Bev pegou um lenço de papel na bolsa. Por um segundo, Amy pensou que ela ia começar a chorar, mas Bev só assoou o nariz. Amy não quis constrangê-la encarando-a diretamente, por isso desviou o olhar para as videiras, onde um pássaro tentava se agarrar a um frágil ramo longo o suficiente para conter algumas uvas; ele batia as asas ansiosamente a alguns centímetros de seu alvo, enquanto as uvas maduras se espalhavam pelo chão.

– Contei pra você que fui tomar uns drinques com a Mary na semana passada? – perguntou Bev depois que terminou de assoar o nariz. Elas tinham trabalhado com Mary no emprego em que se conheceram.

– Não. Como ela está? Ainda está com aquele cara?

– Está. Acho que ela teve um insight psicológico inesperado a meu respeito.

— Por quê? O que ela disse?

— Disse que eu acho difícil aceitar que há algo de bom em mim, por isso sempre saio com pessoas que não me dão nenhum retorno positivo.

Amy bebericou o café e tentou não interpretar o que Bev dissera como uma acusação.

— Não "pessoas", mas "homens". Como Todd. Que Todd nunca disse nada bonito, nunca me fez um elogio, e isso de algum modo me fez gostar mais dele. Ou que, quando pessoas diziam algo bom sobre meus contos na sala de aula, eu parava de confiar na opinião delas.

— Bem, acho que todo mundo é um pouco assim. Acho que faz parte da natureza humana.

— Jura? Pois eu continuo a me deparar com seres humanos que parecem *amar* apenas a si mesmos. Como aquele cara da noite passada. É estranho, é como... quanto mais eles são de fato horríveis, mais tendem a se amar.

— A parecer se amar.

— Bem, sim.

— E a maioria desses seres humanos são homens?

— Não, de jeito nenhum. Quero dizer sim, são. Mas na maioria das vezes são apenas pessoas que parecem conhecer seu lugar no mundo e habitá-lo confortavelmente.

— Bem, peça a Mary para explicar isso melhor. Não estou entendendo nada.

Elas terminaram o café e minutos depois concordaram em sair da horta. O sol surgia por sobre o muro coberto de videiras. O dia prometia ser mais quente que o normal, e Amy tentou imaginar o que poderia fazer com ele. Muitas coisas precisavam ser feitas, é claro, mas nenhuma delas mais do que as outras. Ela e Bev se voltaram para se despedir. Viam-se com tanta frequência que geralmente não se abraçavam nas despedidas, mas Amy achou que naquele momento isso parecia apropriado. Já Bev parecia não achar o mesmo. Não fez nenhum movimento na direção de Amy.

— Até já — disse enquanto se virava, como se condenasse Amy a um destino terrível.

13

NO DIA SEGUINTE, AMY ACORDOU NO HORÁRIO NORMAL. FICOU IMÓ-
vel, esperando se lembrar dos detalhes do sonho perturbador. Nele estava em um longo corredor ensolarado, abrindo uma porta depois da outra e encontrando pessoas inesperadas atrás delas. Seus sonhos tendiam a ser cheios de símbolos cômicos óbvios: sacolas pesadas demais para carregar, quartos secretos. Este sonho, lembrava-se vagamente, tinha culminado em algum tipo de festa em que observara a distância um homem indistinto se apoiando em um dos joelhos, como em uma propaganda ou um *reality show*, e pedindo em casamento uma garota bonita. O anel de brilhante produzia raios de luz ofuscante, o casal deu um abraço cinematográfico, e a sonhadora Amy se sentira atingida pelos raios, que lhe causaram pontadas de tristeza. Ao abrir os olhos, pensou em explicar esse sonho idiota para Sam. Fazer piada com isso. Ainda meio adormecido, Sam pôs preguiçosamente a mão na curva de seu quadril e a puxou para junto dele, e ela rolou para o calor gerado pelo seu corpo.

Eles se forçaram a sair da cama. Sam foi para o chuveiro, e Amy, para a cozinha, a fim de começar a fazer o café e lavar a louça da noite anterior. Enquanto passava a esponja sobre o balcão e ouvia a NPR com um quarto do seu cérebro, a sensação de tristeza produzida pelo sonho persistia. Aquilo não era lógico, não tinha nada a ver com sua vida atual. Ela olhou pela janela, para o movimento entre as folhas da árvore no quintal: tentilhões pulando de galho em galho, derrubando algumas amoras a cada vez que pousavam. Já era a primeira semana de agosto, logo seria seu aniversário, e ela teria 30 anos.

Sam havia feito um retrato de sua ex-esposa, e Amy às vezes lembrava-se dele, quando pensava que estava ficando velha. Tinha sido pintado com pinceladas grossas, e o rosto da mulher estava meio na sombra, com manchas arroxeadas sob os tristes olhos escuros. Amy detestava olhar para aquele retrato. Evitava o canto do ateliê de Sam em que estava pendurado. Esperava que alguém o comprasse para nunca mais ter de vê-lo.

Ao sair do chuveiro, Sam veio por trás dela na pia e passou o nariz em seu pescoço. Que idiotice estar triste assim. Que motivo tinha para isso? Virou-se, pressionou os lábios contra os dele e se deleitou com sua boca macia, um pequeno prazer dos sentidos do qual poderia se lembrar durante o dia. Sam se afastou antes que o beijo pudesse se tornar cheio demais de intenções.

– O que você vai fazer mais tarde? – perguntou ele.

– Nada. Por quê? O que você vai fazer?

– Humm, não sei. Tenho uma entrevista hoje para aquela residência. Se correr tudo bem, acho que poderíamos sair para comemorar.

– Que residência?

– Aquela em que um grupo de pintores se hospeda na casa de uma mulher rica em uma área rural na Espanha. Ela é uma ricaça que adora estar cercada por pintores. Eles oferecem um ateliê, você fica na Espanha, e isso é muito bom para seu currículo e impressiona os compradores. Não sei, achei que valia a pena tentar.

– Caramba! Quanto tempo você ficaria na Espanha?

Sam encolheu os ombros. Moveu devagar a colher ao redor da xícara, dissolvendo o mel no café.

– Não sei. Acho que isso é flexível. Acho que pelo menos dois meses. Você poderia me visitar. Seria divertido.

– Dois *meses*?

– Sim! O que é que tem?

– Dois meses é muito tempo! Não vai sentir falta de mim?

– É claro que vou! Vou sentir muito sua falta. Mas você vai me enviar e-mails enormes. Você é a melhor pessoa do mundo para escrever e-mails. Acho até que em parte eu iria só para receber seus e-mails.

– Que tal você ficar aqui e eu enviar assim mesmo?

– Ah, querida. Deixa disso, vai ser romântico quando você me visitar. – Ele pressionou novamente todo o seu corpo contra o dela enquanto Amy lavava uma frigideira que há muito deixara de ser antiaderente. – E não há nenhuma garantia de que serei chamado. Não vamos brigar por isso antes de acontecer.

– Humm. Está bem, parece razoável.

Por um momento, a voz do locutor da NPR cortou o silêncio, e Sam acariciou os cabelos dela.

– Mas ando querendo falar com você sobre uma coisa – disse Amy.

– Uhum.

– Tá. O sr. Horton enfiou uma carta debaixo da porta um dia desses... ele vai aumentar o aluguel. Acho que é mais do que posso pagar.

– Ah, então... Você quer que eu contribua um pouco? Fico aqui o tempo todo. Tem razão, isso é justo.

– Ah, isso significa... Você moraria aqui? Significa que moraríamos juntos?

Sam riu.

– Pode significar o que você quiser, querida. Quero dizer, significa que pagarei parte do aluguel para você poder manter seu apartamento e não ter de procurar outro e se preocupar com todas essas besteiras. Você não quer se mudar, quer?

Amy olhou ao redor da pequena cozinha ensolarada, as tábuas largas do piso de madeira, a árvore familiar do lado de fora da janela. Este era o melhor cenário para um apartamento de um quarto, mesmo estando praticamente embaixo da BQE.

– Sempre pensei que se eu me mudasse daqui seria porque ia morar com alguém.

– Uhum.

– Mas também pensava que não deveria apenas *morar com alguém*. Porque, então, quando você se separa, as duas piores coisas que podem acontecer estão acontecendo ao mesmo tempo. Você está rompendo uma relação e procurando um apartamento.

– Bem, nós não vamos romper!

– Mas isso significa que vamos nos casar?

– Amy – disse Sam, tomando um rápido gole de café. – Você está me pedindo em casamento? Isso não é muito romântico.

Amy revirou os olhos.

– Desculpe. Desculpe por não ser romântica o tempo todo como você, sr. Super-Romântico.

– Ei, ei. Como chegamos aqui? Olha, estou me candidatando a essa coisa. Se for chamado, falaremos sobre o que isso significa. Se não for, planejaremos outras coisas. Mas não faz sentido termos essa conversa agora, não é?

– O que *tudo* isso *significa*? – disse Amy, humilhada em se ver à beira das lágrimas.

Sam ergueu o braço e desligou o rádio, cortando a *Morning Edition* no meio da frase.

– Ô, meu amor, você é meu amorzinho. Eu não poderia viver sem você. Vamos resolver isso. Não vou a lugar nenhum neste minuto. E estou disposto a contribuir para o aluguel. De quanto é o aumento? Eu pago o que exceder o antigo. Isso resolve a questão, então não há nada para decidir.

– Se é o que você acha. Realmente precisamos conversar mais sobre isso. Mas agora tenho que ir trabalhar. – Amy fungou. – No meu estúpido emprego. Que eu odeio! – Sucumbindo afinal à onda de tristeza irracional que surgira em seu sonho e passara para a realidade, Amy pôs a cabeça sobre o balcão da cozinha e se permitiu soluçar por um bom minuto, enquanto Sam, ao seu lado, desarrumava seus cabelos e sussurrava coisas como se ela fosse um animal arisco. Depois que o minuto passou, Amy foi para o banheiro, lavou o rosto, tirou e recolocou as lentes de contato e aplicou desodorante e hidratante com base. Quando saiu, Sam estava desenhando atentamente o cortador de unhas que pusera atrás de sua xícara de café, e, em vez de perturbá-lo, Amy beijou o alto de sua cabeça e saiu em silêncio pela porta.

14

AMY, JACKIE E LIZZIE COSTUMAVAM SAIR JUNTAS NO HORÁRIO DE almoço. Compravam sopa e sanduíches na padaria francesa e se sentavam no parque, perto da água. O vento sempre soprava do rio, abafando a conversa. Elas comiam com silenciosa determinação, olhando para a água e Manhattan, felizes por não estarem pateticamente sós, mas também pelo vento ser tão ruidoso que não tinham de falar umas com as outras.

Mas hoje elas pegaram seus paninis vegetarianos em tempo recorde e ficaram de costas para o vento a fim de se ouvirem.

– Falei com Avi esta manhã quando estava voltando do One Girl com o meu café. Ele estava em um de seus intervalos para fumar, tinha acabado de sair de um telefonema com Jonathan e parecia perturbado de verdade – disse Lizzie, enrolando nervosa um cacho dos cabelos grossos com o dedo.

– Mais perturbado do que de costume? – disse Jackie. Sua aliança de noivado refletiu a luz que vinha da água e brilhou, assim como a grossa armação preta dos óculos. Jackie estaria ferrada se elas fossem demitidas. Ela e seu noivo, Mark, iam se casar no Jardim Botânico do Brooklyn em junho, e a cerimônia seria do tipo em que tudo, do bolo à decoração das mesas, pareceria artesanal, como se confeccionado pelos próprios noivos, Lizzie e Amy sabiam porque isso lhes fora dito várias vezes, o que sairia superbarato.

– Ele estava surtando. Devia estar fumando dois cigarros ao mesmo tempo.

– Ele não comeu os cigarros ou cheirou o tabaco? Estou surpresa.

– Amy, é sério! Eu perguntei o que estava errado, e ele disse algo como: "Talvez você deva começar a limpar a sua mesa."

Amy forçou um sorriso.

– Que isso. Ele *sempre* acha que o Yidster está para fechar. É porque esteve no exército israelense. E porque trabalhou em muitas *start-ups* que fecharam. Ele tem transtorno de estresse pós-traumático.

– Bem, dessa vez ele está falando sério! Eu perguntei o que Jonathan disse e foi algo sobre o pai fazer a fonte secar se o blog não começar a dar lucro até o fim do ano.

– Mas nós nunca tivemos lucro. Acho que nem tentamos mais vender anúncios. Só temos aquela permuta de anúncios com a Jewbilation e a Parentheeb.

– Eu sei! Sou a gerente de vendas de anúncios!

– É mesmo? Pensei que fosse eu – murmurou Lizzie. Ela passou um dedo distraidamente pela capa brilhante de seu iPhone, como se acariciasse um animal pequeno sob o queixo.

– Puxa! Eu ficaria arrasada se perdêssemos o emprego – disse Jackie.

– Eu meio que ia e meio que não ia – disse Lizzie, virando o telefone e olhando pensativa para sua caixa de entrada. – Sabem, de qualquer modo talvez esteja na hora de algo novo. Quero dizer, obviamente nossos empregos são uma piada.

– Gosto disso em nosso emprego. Onde eu arranjaria outro em que pudesse ficar o dia inteiro planejando meu casamento no *The Knot*?

– É só ir trabalhar em algum blog feminino, passar o dia inteiro no *The Knot* e escrever posts sobre suas impressões em relação ao casamento. Estou certa de que você mal notaria a diferença.

– Isso foi cruel, Amy.

– Desculpe, desculpe. Acho que também estou começando a pirar. Quero dizer, não sei mesmo para onde ir depois daqui.

– Você nunca pensou sobre isso?

— É claro que *pensei*. — Contudo, seus pensamentos nunca tinham sido muito realistas. Eram mais na linha de que talvez fosse editar um novo site que seria criado só para ela, ou quem sabe escreveria um livro ou um roteiro de programa de TV sobre algo que ainda não podia imaginar. Ela mesma. Algo ligeiramente mais interessante do que ela mesma.

Elas voltaram pela rua de paralelepípedos e subiram a escada para o escritório, meio que esperando cruzar com um desanimado Avi descendo cheio de caixas enquanto subiam. Mas, quando chegaram lá, ele estava à sua mesa, gritando em hebraico com alguém pelo telefone, o que era normal, e elas voltaram para suas baias de trabalho na sala, como sempre faziam.

Naquele dia, não ouviram nada sobre o suposto fim do Yidster, por isso ainda puderam descartá-lo como apenas outra crise, um boato infundado. Mas, no dia seguinte, Amy voltou de um almoço solitário e meditativo de *soba* e encontrou Jonathan e Shoshanna sentados à mesa de reuniões.

— Amy. Onde estão os Vyids? — disse Shoshanna na hora, sem se dar ao trabalho de cumprimentá-la. Lizzie e Jackie, que estavam usando fones de ouvido e fingiam não notar o que estava acontecendo à mesa de reuniões, suprimiram furtivamente o volume de seus respectivos computadores.

— Achei que tínhamos deixado isso pra lá — disse Amy em voz baixa.

— Deixado pra lá? Você deveria ter dez prontos para nossa aprovação hoje!

Amy sentiu uma pontada de raiva genuína, parecida com a emoção que provocava deliberadamente em si mesma lendo os comentários da *Slate* ou vendo os perfis da seção "Estilo" de pseudoartistas ricos, mas essa era pior, bem no centro de seu esterno.

— Isso foi algo que você talvez tenha dito ao Avi, ou estava em um e-mail? Porque... sinto muito se deixei passar algo, mas apenas não recebi essa tarefa.

Jonathan e Shoshanna trocaram olhares, talvez transmitindo telepaticamente seu compromisso com a realidade alternativa que estavam empenhados em criar.

– Nós discutimos isso na última reunião. Você fez anotações? Demos instruções *muito específicas*. Continuamos atualizando o site, esperando ver se você tomava a iniciativa, mas não. Só gostaria de saber o que aconteceu. – Jonathan estava seguindo aquela estratégia irritante de fingir estar confuso, não zangado.

– Eu não estava... ciente de que tinha recebido instruções específicas. Certamente não recebi... uma verba? Equipamento?

Shoshanna virou seu MacBook Air prateado na direção de Amy.

– Esta garota apenas senta na cama e usa a câmera embutida do laptop, Amy! Chegou a dois milhões de acessos, e isso é apenas um vídeo dela explicando por que prefere determinados aromas de vela Yankee!

Amy assistiu por alguns segundos ao vídeo no mudo. Sentia-se como se também estivesse muda. Simplesmente não havia nenhuma resposta possível. "Tentar tornar um vídeo viral é a pior ideia que você já teve, e você só tem más ideias – na verdade, eu trabalho para uma" era apenas o início do que Amy queria dizer para Shoshanna. Também queria dizer: "Essa garota está usando uma camiseta muito decotada e parece ter 15 anos" e "Muitas pessoas estão assistindo a isso só para tirar sarro e suspeito que haja pelo menos uma ameaça de morte nos comentários". Mas Amy queria manter seu emprego, pelo menos por mais algumas semanas ou meses até conseguir encontrar outro, por isso não disse nada.

Todos eles ficaram lá sentados em silêncio – Jonathan, Shoshanna e Amy assistindo ao vídeo sem som no centro da sala; Avi, Jackie e Lizzie, mais afastados, fingindo estar absortos em suas telas. Quando a garota terminou de erguer velas e o vídeo terminou, Shoshanna fechou bruscamente seu computador e se levantou.

– Mal posso esperar para ver o que você vai produzir – disse, e então ela e Jonathan se dirigiram para a porta.

Amy observou-os sair, então se levantou e voltou para sua mesa, tentando enquadrar os colegas de trabalho em sua visão periférica. Depois de se sentar, procurou regular o ritmo em que digitava para não parecer nervosa enquanto falava pelo Gchat com Lizzie e Jackie.

Amy: vocês ouviram isso, não?
Lizzie: err
Jackie: uhumm
Amy: bem, talvez isso seja divertido! A gente pode se revezar e
Lizzie: sem chance
Jackie: é, ninguém disse pra gente fazer droga nenhuma. Você está nessa sozinha
Lizzie: você é que é especialista nesses assuntos
Amy: nãããããÃAÃÃo
Lizzie: que isso, não vai ser assim tão ruim. E tipo ninguém vai assistir
Jackie: ninguém vai ver isso
Lizzie: droga
Jackie: hehe
Amy: arghhhh
Lizzie: vai, cara, você vai gravar um e depois eles vão esquecer tudo isso
Amy: se você souber de alguma vaga me avisa
Jackie: se eu souber, eu vou me candidatar, vaca
Amy: vocês duas não prestam

Amy está ocupada, você pode estar interrompendo.

15

A PRIMEIRA VEZ QUE BEV FEZ UM TESTE DE GRAVIDEZ FOI NO TERceiro ano do ensino médio, duas semanas depois de perder a virgindade com Trevor Gillespie. Sua menstruação não estava atrasada, e Trevor usara camisinha, mas, ainda assim, ela dirigiu por três cidades para comprar o teste. Estava certa de que Deus a puniria por fazer sexo e por não acreditar mais nele. Havia se perguntado muito, enquanto dirigia, como era possível pensar que um Deus em que não acreditava mais ainda era capaz de puni-la.

Estava certa de que, com o passar do tempo, perderia o hábito de se sentir culpada por tudo que fazia. Contudo, em um passado recente, ela e as irmãs tinham sido forçadas a recitar versículos da Bíblia todas as noites à mesa do jantar. Trechos deles ainda se repetiam em sua cabeça, como as canções de *boy bands* que começavam a dominar as ondas de rádio do recém-adquirido Clear Channel. Mas, em vez de *Backstreet's Back* ou *"As Long as You Love Me"*, o monólogo interno de Bev era sobre mulheres virtuosas e corações puros.

Ela e Trevor não tinham exatamente se deitado em pecado, mas ficado em pé, atrás de um galpão de ferramentas. Provavelmente isso era ainda pior.

Outra coisa ruim: Trevor não havia, falando de um modo geral, reconhecido a presença de Bev quando a encontrara na escola. Sua namorada oficial era uma colega do quarto ano, uma garota de franja presa armada, parte de um grande grupo barulhento de amigas de franja presa armada. Mas Trevor tinha trabalhado depois da escola por vários anos no depósito de madeira do pai de Bev, carregando nos ombros pilhas de sarrafos até caminhões, o tipo de trabalho para o qual o pai de Bev tinha começado a contratar mais mão de obra porque carregara aquelas coisas pesadas por tantos anos que agora não podia mais fazer isso. Trevor e Bev se cumprimentavam com movimentos afirmativos de cabeça e grunhidos desde que ela estava na sétima série. Depois, quando ela passou para o ensino médio e finalmente seus seios se desenvolveram, ele começou de vez em quando a dizer palavras inteiras como "oi" e o nome dela.

No início, essa atenção levara Bev a cometer o clássico erro de atribuir a Trevor todas as virtudes dos personagens dos livros que lia, pessoas que ela achava infinitamente mais interessantes do que qualquer uma que conhecia na vida real. Ela nem chegara a ter o que a maioria das heroínas solitárias e amantes de livros tinham: um professor bondoso, ou parente mais velho sábio e confidente com ideias afins. Pelo menos, ela fora realista o suficiente para saber que não podia esperar que Trevor se tornasse seu confidente. Mas talvez, pensara, Trevor se tornasse seu namorado. Ela justificava a sessão clandestina de amassos inicial que tiveram com essa esperança. Valeria a pena um pequeno mau comportamento se Trevor a promovesse de "rata de biblioteca esquisitona" a "namorada do aluno do último ano". Não que o tivesse deixado beijá-la e tocá-la a contragosto, com um objetivo mercenário em mente. Na verdade, fora ideia sua convidá-lo para dar uma volta nos limites da propriedade, e tinha sido ela quem estendera seu casaco na grama e feito um gesto para que ele se sentasse.

Trevor havia se sentado e fixado nela seus olhos azuis afastados do nariz. Ele tinha um cheiro de suor agradavelmente acre, como o de lascas de madeira, e havia marcas de terra ao redor de seu grande pescoço. Dali a alguns anos, passaria a ter a aparência da maioria dos homens da cidade natal de Bev, ainda com ombros e braços largos, mas com uma barriga de grávida e coxas gordas resultantes de fast-food no almoço e comida pesada no jantar. Mas naquele momento, com 18 anos, era um espécime perfeito, embora um pouco neandertal. Bev queria vê-lo nu. Ela o imaginou nu e a si mesma totalmente vestida. Na sua fantasia, viu-o ajoelhado na sua frente no milharal – nu, implorando atenção, enquanto ela, de pé, exercia sobre ele um enorme e misterioso poder.

– Você sabe que tenho namorada – dissera Trevor.

– Sim, mas pensei que isso podia ser, sei lá, uma coisa informal. Sem compromisso etc.

Ele tinha dado um sorriso, mostrando um dente quebrado que não fora restaurado.

– Puxa, Beverly, eu achava que você era algum tipo de virgem santa! Mas se por você tudo bem...

– Por mim tudo bem. É só por diversão – dissera ela, e Trevor se inclinou e a beijou.

Na verdade, ela não estava esperando nada, por isso ficou surpresa com a veemência e sutileza do beijo. Outros garotos – não que tivessem havido muitos, apenas dois desajeitados participantes do acampamento religioso – tinham enfiado a língua em sua boca sem muito cuidado. Parecia basicamente que aqueles garotos não tinham interesse em beijar, e estavam mais ocupados em esfregar o pênis ereto em alguma parte de Bev sem querer – o joelho, a mão, a perna, qualquer lugar –, como cachorrinhos. Trevor era diferente, Bev percebeu na hora. Ele havia beijado participativamente, provocando-a, deixando-a provocá-lo de volta, tendo um tipo de comunicação que era muito mais interessante do que tudo que já lhe dissera com palavras. Nos momentos restantes de que Bev ainda conseguia se lembrar, achara que ele seria uma boa pessoa com quem fazer sexo.

Mas o sexo, quando tentaram, depois de algumas semanas de amassos clandestinos, quase fora arruinado pelo corpo de Bev, corroído pela culpa de um modo que sua mente não estava. "Está tudo bem" dissera ela inúmeras vezes, mas não estava, e por um horrível momento achou que Trevor desistira. Eles se afastaram um do outro, ofegantes, Bev se sentindo desapontada. Ter ido tão longe, e depois falhado! Aquilo era humilhante, para não dizer tão pecaminoso quanto teria sido consumar o ato. Tinha esperado que Trevor vestisse as calças e a jaqueta com tanta facilidade quanto as tirara, a deixasse ali e nunca mais voltasse. Em vez disso, ele se inclinou para ela e a beijou de novo.

– É porque você está com medo – disse ele, com calma. – O que deixaria você mais tranquila?

– Não sei. Desculpe.

– É seguro. Não tem nada com o que se preocupar.

Sempre havia muito com que se preocupar. Ela não conseguia aquietar sua mente.

– Tive uma ideia – disse Trevor, e então se ajoelhou. Bev era baixa o suficiente, e ele alto o suficiente para que essa posição deixasse o rosto dele bem entre as pernas dela. Trevor abriu-as com um gesto gentil, mas firme.

– Ah, meu Deus, de jeito nenhum – disse Bev, um tanto involuntariamente.

– Eu quero – a voz dele soou um pouco abafada.

– Isso não vai me deixar mais relaxada! – Bev se sentiu corar de horror, humilhação e vergonha. Não havia como ela gostar do que Trevor estava fazendo, e a ideia de que *ele* poderia gostar era quase assustadora. Ele estava gostando disso? E então de algum modo a vergonha se tornou parte do que estava claramente ficando divertido. Ela estava sendo tão má! Ah, Deus, ela era tão suja, repulsiva e má. Ah.

Mais tarde, enquanto a parte de trás da cabeça de Bev batia suavemente contra o galpão de ferramentas, e os calcanhares – ainda nos tênis Converse – se erguiam ligeiramente do chão a cada investida, ela não teve nenhum pensamento, nem mesmo sobre a própria maldade. E mesmo depois do acontecido, quando ela e Trevor se perceberam incapazes até de se olhar – tinham deixado a realidade juntos e estavam agora de volta a ela, afastados –, Bev não teve nenhum pensamento além de um que se repetia: ela precisava sair do Meio-Oeste, ir para algum lugar em que o tipo de coisa que acabara de experimentar fosse aceito, uma ocorrência regular, popular, possivelmente de utilidade pública. Estivera em dúvida se devia continuar em Minnesota e entrar para a universidade. Agora estava decidida a ir para o mais longe possível, talvez outro país. Não podia ter se importado menos com Trevor naquele momento. Queria todos os Trevors, disponíveis a qualquer hora, para sempre.

Contudo, duas semanas depois, durante as quais Trevor voltara ao seu relacionamento monossilábico anterior com Bev, e ela ansiava estupidamente por outro beijo ou ao menos um sorriso de reconhecimento do que eles fizeram, viu-se preocupada e precisando saber com certeza que pelo menos sua vida não fora arruinada. A estrada de pista única era sinuosa e interminável, mas ela continuou a dirigir até encontrar uma loja de conveniência em que ninguém poderia conhecê-la.

Depois de comprar o teste, parou em um milharal, abaixou os shorts jeans e urinou bem ali, esperando o fim de uma canção de Dixie Chicks que vinha dos alto-falantes do carro para verificar o resultado. Não havia ninguém em um raio de quilômetros, por isso ninguém ouviu seu grito de alívio.

De toda a experiência, a parte de que se lembrava mais vividamente agora, enquanto esperava o resultado do teste em seu banheiro no Brooklyn, era a embalagem daquele primeiro teste: a imagem de uma mãe vestida em tons pastel com cabelos louros armados, embalando uma criança e parecendo radiante – madona e criança. O teste que estava fazendo agora viera em uma embalagem moderna e elegante. No bastão, não havia nenhuma linha cor-de-rosa ou azul; a tecnologia do teste era superior a isso, embora ela ainda tivesse de verificar a bula para confirmar que o ☺ no visor digital significava que estava grávida.

16

– PARECE INCRÍVEL ISSO NUNCA TER ACONTECIDO COM A GENTE.
– Com a gente? Vai começar a dizer "estamos grávidas"? – perguntou Bev tensa. – Não somos um casal, Amy.
– Quis dizer "acontecido a qualquer uma de nós", mas de certo modo a gente é um casal. Somos parceiras de vida. Todas essas pessoas – Amy apontou para os casais que passavam por elas no mercado das pulgas, comendo espigas de milho e *tacos*, sorrindo um para o outro e usando óculos Ray-Ban – obviamente vão romper quando sua química sexual se esgotar. Mas nós ficaremos juntas para sempre.
– Eu sei, mas isso não está acontecendo com você. Não é problema seu; é meu. – Bev deu uma mordida na espiga de milho, mastigou devagar e depois cuspiu no guardanapo. – Argh. Estou tão faminta, mas, quando ponho algo na boca, sinto que vou vomitar de novo.
– Tem certeza de que não está só de ressaca?
– No início, pensei que fosse isso, mas minhas ressacas não costumam durar uma semana. E geralmente fico de ressaca por beber, não por, digamos, existir. E depois fiz um teste.
Ouviram um bebê gritar e, como se seguindo uma deixa, não conseguiram evitar se virar para olhá-lo. Era um perfeito bebê rosado do perfeito dispensário cor-de-rosa na área central do Brooklyn onde mulheres ricas e responsáveis de 33 anos iam buscar bebês em uma espécie de depósito gigante. Este bebê estava

fazendo uma desajeitada dança de pulos sem sair do lugar enquanto pegava fatias de rabanete do *taco* da mãe e as atirava uma a uma na calçada, narrando suas atividades com uma bateria de sons de pássaros ensurdecedores.

– Que monstrinho – disse Amy antes de poder se conter. Ela e Bev continuaram a olhar para o bebê, que atirava rabanetes, paralisadas, e então Bev virou calmamente a cabeça para o lado e vomitou um bocado de milho em uma bandeja de *tacos* vazia. Ninguém notou. Amy sentiu uma pontada de nojo, ou talvez náusea solidária. Esperou até Bev acabar de limpar a boca.

– Hum, quer ir para casa?

– Não. Quero ficar perto de gente agora. Isso faz com que eu me sinta mais normal. Fiquei enfiada em meu quarto nos últimos dias, recusando trabalhos temporários e assistindo a programas de TV ruins no computador. E lendo coisas na internet sobre aborto, e comendo alimentos leves, e vomitando.

– Por que não me contou logo?

– Acho que porque ter essa conversa com você transforma isso oficialmente em algo que está de fato acontecendo.

– Entendo. – Amy pegou o *taco*, mas, ao ver a pequena poça de vômito amarelo espumoso na bandeja de Bev, largou-o de novo.

– Então, você já marcou o dia, depois de toda essa pesquisa on-line?

– Sim. Eles disseram que tenho de esperar mais duas semanas para haver células do bebê suficientes para que as aspirem do meu útero. Então, é sem ser essa quinta-feira a outra. Você, hum...

– É claro que eu posso ir.

– Ufa.

– É óbvio que eu vou! Quero ajudar. O que você disse é verdade, mas não pense que está sozinha nisso. Eu estou bem aqui! – disse Amy, lembrando-se, com uma pontada de lástima, que na quinta-feira tinha uma hora marcada na depilação que seria difícil reagendar. – Então, como está se sentindo, além de enjoada e apavorada?

Bev se virou e olhou mais uma vez para o bebê; era impossível não olhar. Ele tinha se cansado de atirar rabanetes e agora estava aninhado nos braços da mãe, sonolento e dócil, com um ar de felicidade beatífica no rosto de boneco. A mãe usava botas Frye altas e uma jaqueta de couro macio de no mínimo quinhentos dólares, e conversava animada com uma amiga, acariciando distraída o pequeno topete sedoso do bebê. Bev usava tênis Vans que um dia tinham sido preto e branco e agora estavam cinza-amarronzado e branco. Seu próprio cabelo parecia ter sido lavado na última hora, ou estar dias sem lavar.

– Acima de tudo, me sinto um total fracasso. Quero dizer, quando minha mãe estava com a minha idade, já tinha três bebês. Olho para minha vida e é totalmente insano, absurdo, trazer uma criança para ela. Imagine uma criança no apartamento que divido com minhas colegas desagradáveis! É tudo um emaranhado de fios expostos mastigáveis. Meu bebê cresceria comendo baratas direto do chão.

– Bem, estou certa de que muitos bebês fazem isso – disse Amy. Então olhou para o rosto de Bev e percebeu que esse não era o tipo de conversa animadora de que ela precisava. – Ei, isso não é nada de mais, sabia? Você pode ter um bebê depois, se quiser. Engravidar por acidente agora não é um tipo de referendo sobre o estado de sua vida atual. Isso poderia acontecer com qualquer uma! E, depois da quinta-feira, será como se nunca tivesse acontecido.

– Mas o que eu quero dizer é que não estamos mais em uma idade em que aborto é a única coisa racional. Pessoas que conhecemos têm bebês.

– Ninguém próximo a nós. E obviamente ninguém, digamos, em nossa faixa de imposto de renda. Entendo seu raciocínio, mas só porque está grávida não significa que tem de se sentir mal por não estar pronta para ter um bebê.

Bev riu.

– Humm, é claro que sim. Como eu poderia não pensar isso? O que você pensaria? Quero dizer, o que faria se isso estivesse acontecendo com você?

Amy tinha pensado sobre isso e sabia exatamente o que faria. Um bebê deveria ser um troféu pela conquista de uma vida madura e perfeita, não outro obstáculo na corrida infinita em direção a uma linha de chegada infinitamente retrocedente e quem sabe até inexistente.

– O que você vai fazer, é claro. Isso é óbvio.
– Não é óbvio para mim.
– Por causa de sua... religião? Ou de como você foi criada?
– Não, de jeito nenhum. Quero dizer, talvez subconscientemente ainda haja um vestígio desse negócio de inferno no meu cérebro, mas talvez seja mais do que isso, como... não sei, acho que tenho essa ideia de que os filhos são a única coisa que pode tornar você adulto. E não acho que algum dia haverá outro modo de eu ter um filho além de ser pega de surpresa e forçada a ter, por mais que isso pareça bizarro. É como se claramente isso nunca fosse acontecer comigo de outro modo.
– Isso soa *mesmo* bizarro. E é claro que poderia acontecer de outro modo! Você só tem 30 anos!

Bev suspirou.

– Desculpe. Não tenho energia para continuar pensando nisso. Não se preocupe, só estou explicando meu raciocínio, não estou dizendo que quero ter um bebê.
– É claro que o melhor seria não ter nem essa história de bebê, nem de aborto, mas esse bonde foi perdido.
– Sim. Partiu. Tchau-tchau. – Sorriram uma para a outra de um jeito cansado. Uma brisa com cheiro de churrasco soprou sobre as arquibancadas de concreto, e Bev teve ânsias de vômito audíveis.
– O.k. Certo. Vamos embora. Eu saí de casa, ganhei muitos pontos com isso.
– Ganhou muitos pontos me contando.
– Foi um prazer. Vejo você na quinta-feira?
– Combinado.

17

OS ONZE DIAS ENTRE AQUELE EM QUE BEV CONTOU A AMY QUE estava grávida e o da hora marcada no Murray Hill Gynecology Partners se arrastaram infinitamente. Na segunda-feira, Bev aceitou outro trabalho temporário porque, se não aceitasse, chegaria perigosamente perto do fundo de sua conta bancária. Mandaram-na mais uma vez para o banco francês – o que de certo modo foi bom porque eles esperavam tão pouco dela que ninguém parecia notar o tempo em que ela passava longe de sua mesa, agachada sobre o vaso sanitário em uma cabine do banheiro congelante, onde por sorte nunca havia ninguém. Eles não pareciam ter outras funcionárias além da que ela estava substituindo.

Na segunda-feira, Bev saiu do trabalho e foi direto para casa. Subiu os quatro lances de escada tão rápido que quase tropeçou no ladrilho solto no patamar do terceiro andar, do qual se queixava muito desde que morava lá. Como sempre, o patamar cheirava a jornais velhos úmidos e sopa enlatada. Ao abrir a porta, por pouco não esbarrou em uma das duas colegas com quem dividia a casa, Sheila, que estava saindo; ela trabalhava à noite como servente em um hospital psiquiátrico.

– Você está se sentindo bem, Bev? Anda com muito enjoo ultimamente. O banheiro está ficando um pouco... humm, digamos, impraticável. Desculpe dizer isso.

– Ah, sim, sinto muito! Estou saindo de uma crise de gastroenterite. Vou fazer uma boa limpeza nele esta noite. Sinto muito, de verdade.

– Fico feliz em saber que está se sentindo melhor. Já vejo vômito suficiente no trabalho, sabe? Ah-ah.

– Ah-ah. O.k. Até mais.

Era raro ela cruzar com Sheila. Bev geralmente tinha coisas para fazer na rua ou se encontrava com Amy ou Mary depois do trabalho, mas esta noite só queria ir direto para a cama. Ainda assim, forçou-se a fazer primeiro algumas tarefas essenciais, inclusive limpar o banheiro. Havia outra coisa que acabaria tendo de fazer e bem que poderia ser agora, para parar de temê-la. Podia até mesmo fazer as duas coisas ao mesmo tempo, para maximizar a eficiência e o masoquismo. Pôs os fones de ouvido, conectou-os ao telefone, digitou o número e então colocou luvas de borracha e começou a encher de água quente e desinfetante um balde com esfregão.

Steve atendeu no primeiro toque.

– Oi, Beverly! Que bom ter notícias suas! A outra noite foi tão divertida! Quer combinar de sair de novo?

– Bem, é que... na verdade, estou ligando por causa da outra noite.

Ela não conseguiu manter fora de sua voz o medo e um pouco do que provavelmente parecia raiva. Já estava arrependida de ter telefonado para Steve. Mas era a coisa certa a fazer, e, além disso, ele poderia ajudar financeiramente. Era muito razoável esperar que ele no mínimo pagasse metade do aborto, mas esperava que ele se oferecesse para pagar tudo. Afinal de contas, não havia economizado em bebidas ou no jantar.

– Opa, você parece meio preocupada – aventurou-se Steve em um tom de voz menos relaxado.

– Ah, bem... sim, acho que estou mesmo.

Houve uma longa pausa e, quando Steve por fim voltou a falar, sua voz estava fria.

– Você sem dúvida disse sim. Estava mais do que claro que queria. Se você se arrependeu depois, não é problema meu. Mas realmente não fiz nada de errado, e espero que não esteja planejando dizer o contrário.

Bev quase deixou cair a esponja que estava usando para esfregar o vaso sanitário. Não havia nenhum respiradouro ou ventilador no banheiro sem janelas, e o cheiro do desinfetante, que no início fora agradável, agora começava a fazer sua cabeça girar.

– Não era aí que eu queria chegar. Mas, nossa, tudo bem.

Ele tentou se justificar.

– Ah, você sabe o que eu quero dizer. Mas sinto muito, você tem razão, foi um modo ríspido de dizer isso. Está tudo bem?

– Na verdade, não. Eu estou... olha, preciso fazer um aborto. Está marcado para a próxima semana. Será que você poderia me ajudar a pagar?

– Ah, desculpe se parecer meio grosseiro dizer isso, mas não tem ninguém que conheça um pouco melhor para pedir dinheiro emprestado? Nós só saímos uma vez.

– Estou perguntando porque isso é em parte sua... sua culpa! – Ele era realmente tão estúpido ou estava fingindo ser? Tentou se lembrar do que ele fazia na imobiliária. Era advogado? Ela achava que não.

– Como você sabe? Qual é a evidência?

Bev percebeu com súbita clareza que não havia como atingir seu objetivo, e no mesmo momento percebeu que ia vomitar de novo. Mais tarde, ficaria acordada à noite pensando em muitos, muitos insultos que poderia ter usado nesse ponto da conversa. Mas, em vez disso, apenas disse:

– Vá se ferrar. Tchau.

Ela desligou e então desfez todo o trabalho que fizera no banheiro, vomitando uma torrente de café gelado e bílis amarela, que espirrou na parede ao lado do vaso sanitário.

O.k., riscar "telefonar para Steve" da lista.

Bev saiu cambaleando do banheiro para a área comum semi-iluminada do apartamento, desabando no *futon* e ligando a TV no mesmo movimento hábil. Uma reapresentação de *Seinfeld* acalmou seu cérebro e corpo agitados, e ela se deu alguns minutos dessa intensa recuperação antes de passar para a próxima tarefa.

Pegou a pilha de correspondência sob a mesinha de centro e, o mais rápido possível, tirou as contas dos envelopes. Duas faturas de cartão de crédito, duas de financiamento estudantil, as contas de luz, gás e internet sem fio, que estava encarregada de dividir entre as moradoras e recolher dinheiro para pagar, sua conta de seguro-saúde – ainda tinha cobertura Cobra por estar na escola de pós-graduação, embora precisasse se lembrar de descobrir se o da Freelancers Union era mais barato – e sua conta de telefone. Deixou para abrir por último um envelope vermelho do banco que parecia poder conter más notícias, e não estava errada: uma carta a informava de que seus repetidos saques a descoberto os levaram a aumentar a taxa cobrada.

Bev arrancou uma folha de um caderno e somou tudo. Depois calculou quanto precisaria ganhar em seus trabalhos temporários para pagar a soma, e, embora o resultado fosse deprimentemente apertado – e não incluísse luxos como comida, cosméticos e abortos, que teria de pagar com os cartões de crédito –, era administrável, desde que ela não ficasse mais nenhum dia sem trabalhar este mês ou em um futuro próximo. Teria de tirar a quinta-feira de folga, mas esperava que não a sexta-feira. Não eram boas notícias, mas era melhor saber.

Desde sua conversa com Amy no domingo, havia um pensamento na mente de Bev que nem mesmo poderia ser inteiramente classificado como tal – era mais como um pensamento subconsciente, um sussurro tamborilando sob a superfície de todas as suas outras atividades cerebrais. Era sobre a gravidez e pensar nela na forma de um bebê, e como talvez esta fosse sua única chance de ter um. Isso não fazia nenhum sentido para Amy, e Bev sabia por quê. Não era o tipo de coisa que se podia esperar que alguém com o perfil de Amy entendesse. Mas os pais de Bev eram jovens e pobres quando a tiveram, e ainda jovens e relativamente pobres quando tiveram seus irmãos. Embora não houvesse sido fácil não ter os mesmos tênis ou os cereais no café da manhã de outras crianças, Bev adorava suas irmãs e seu irmão. Na maior parte do tempo, sentia-se feliz por ter nascido. É claro que morar em Nova York era diferente de morar em Minnesota, e ela não tinha a crença inabalável dos pais em Jesus como um bisbilhoteiro que intervinha na vida das pessoas, o que sabia que tornava mais fácil sobreviver aos momentos difíceis. Mas ainda havia algo em ter crescido dessa maneira que estava tornando seus sentimentos menos óbvios do que a folha de papel na frente dela – para não mencionar a conversa que acabara de ter com o Pai do Ano Steve – dizia que deveriam ser.

O pensamento era simplesmente o de que, se ela conseguisse imaginar um modo de sustentar a si mesma e ao bebê, faria isso. Mas ela não conseguia e, portanto, não o faria. Aquilo era – tinha de ser – simples assim.

18

ELES ACABARAM NÃO FAZENDO AMY TENTAR REPETIR O SUCESSO viral em baixa fidelidade de "finalmente vela Yankee aroma de cheesecake de morango!!!". Em vez disso, Jonathan e Shoshanna se divertiram esbanjando em equipamentos e aluguéis para a primeira tomada do Vyideo. Como muitas pessoas que sempre foram ricas, não viam nenhum problema em gastar em bobagens que só usariam uma vez, mas hesitavam em ter despesas fixas menores, como papel higiênico melhor para o banheiro do Yidster. Contrataram uma maquiadora profissional e um operador de câmera, que já havia gastado algumas horas iluminando o canto do escritório onde um rolo de papel branco fora preso na parede com fita adesiva Gaffer. Era onde Amy seria filmada.

Ela olhou na direção do canto branco enquanto se debruçava sobre sua mesa, como sempre fingindo estar superocupada. Sentia ao mesmo tempo um suor frio e calor, como se estivesse gripada. No canto oposto, a maquiadora descarregava sua maleta com rodinhas cheia de tubos, pós compactos e paletas. De suas mesas, Lizzie e Jackie observavam impassíveis os procedimentos. Se Jonathan e Shoshanna tivessem se dado ao trabalho de olhar o Yidster ao longo do dia (não tinham), teriam visto que fora atualizado apenas uma vez, às dez horas, com uma exibição de slides de filhotes de animais com manchas no alto da cabeça peluda, que pareciam solidéus. Amy havia notado, mas não dissera nada sobre isso.

Finalmente Amy se posicionou no canto, na frente do operador de câmera. Jonathan se sentou em uma cadeira giratória na posição mais alta, para compensar seu tronco curto e talvez fazê-la parecer mais com uma cadeira de diretor. O operador de câmera assentiu com a cabeça. Era hora de começar.

– O.k., Amy! – gritou Jonathan, embora ela só estivesse a dois metros dele. – Vamos rodar! Pode começar.

– Eu sou Amy Schein, indo até vocês ao vivo da sede do Yidster, com o Yid Vid de hoje!

– Corta! Indo até vocês ao vivo?

– Desculpe. O que eu deveria...

– Basta não ser artificial. Seja você mesma. Vamos lá, recomece.

Amy deu de ombros secretamente. "Seja você mesma" era algo que ouvira muito em seus primeiros dias de trabalho no blog de fofocas; aquilo não havia significado "seja você mesma" na época e também não significava agora. Amy desejou que houvesse um modo de explicar a Jonathan que os diretores *de verdade*, pelo menos aqueles que trabalhavam em programas de "melhores momentos da cultura pop", mentiam para você e o bajulavam o tempo todo para mantê-lo confiante: "Isso ficou ótimo! Mas acho que pode ficar ainda melhor. Quer tentar mais uma vez?" era seu modo de dizer que você tinha sido péssimo e estava prestes a fazer mais trinta tomadas.

– Eu sou Amy Schein, e este é o Yid Vid de hoje!

– Corta! Argh, você não consegue... dizer duas palavras sem mover as sobrancelhas? Duas palavras. Isso não é difícil. Olhe para mim agora, falando isso. Minhas sobrancelhas se moveram?

Na verdade, tinham se movido, mas Amy achou que salientar isso para ele talvez fosse contraproducente. Perguntou a si mesma se deveria aplicar botox, apenas uma vez, só para chegar ao fim desse dia.

– Eu sou Amy Schein, e este é um Yid Vid.

– Corta! O.k., dessa vez foi melhor, mas agora está um pouco monótono. Dá para ser mais "entusiasmada" sem ser "exagerada"? – Jonathan fez uma pausa. – He-he, isso rimou. Desculpe, espere um segundo.

– Jonathan – disse Amy, finalmente perdendo a paciência. – Você está *twittando* isso?

Ele não tirou os olhos do iPhone.

– Não se preocupe. Não estou dizendo que é sobre você.

As sobrancelhas de Amy deram saltos-mortais, mas Jonathan estava absorto demais em seu telefone para notar. Quando ele voltou sua atenção para Amy, ela tomara uma decisão.

– Jonathan?

– Sim, está bem, vamos recomeçar. A introdução, e depois vá direto para a primeira parte.

– Não, Jonathan. Podemos parar? Tenho que falar com você sobre... eu não posso fazer isso.

Ele encolheu os ombros.

– Tem razão, você é bem ruim nisso, mas pode fazer. Vamos editar um pouco. Você sabe editar, não é?

O coração de Amy disparou. Subitamente ficou tão zangada que sentiu que poderia entrar em combustão espontânea. Jonathan era todas as pessoas que ela já odiara: o chefe do blog de fofocas, que a deixara em apuros; o dono do apartamento, que aumentara seu aluguel; os pais, que não se deram ao trabalho de incentivá-la quando ela contou sobre seus sonhos. Odiou-o muito, mas não tanto quanto a si mesma por se colocar em uma posição em que não tinha outra escolha além de aceitar as ordens dele.

Ela, no entanto, tinha outra escolha. Era uma escolha idiota, claramente autodestrutiva, mas era o que tinha a fazer.

– Jonathan, chega. Parei. Vou embora.

– Hã?

– Não quero mais trabalhar aqui. Estou me demitindo. Não vou cumprir aviso prévio. Vou embora imediatamente. Não trabalho mais aqui. Você pode encontrar outra pessoa para... – Amy procurou as palavras certas. Não queria confessar que seu trabalho consistia em grande parte em não fazer nada; isso parecia humilhante. – Manter seu site atualizado – disse de um modo pouco convincente. – Mas essa pessoa não sou eu, e não posso mais fingir que sou.

– O que quer dizer com não é você? Amy, você *é* o Yidster. Você é a essência do Yidster.

– O que *quer dizer* com isso?

– Sabe, você é nosso público-alvo. Jovens judeus urbanos subindo na escala social.

– Bem, estou oficialmente descendo. A partir de agora.

Ela girou em seus calcanhares e passou decidida pelo totó em direção a sua mesa para pegar a bolsa. Lizzie e Jackie, que tinham feito o possível para fingir que não estavam ouvindo atentamente cada palavra, tentaram não virar a cabeça na direção dela enquanto Amy tirava apressada das gavetas itens indispensáveis no escritório – chinelos, um par de luvas e desodorante.

– Eu sabia que não devia tê-la contratado. Não foi isso que fez em seu último emprego, simplesmente foi embora? Uma atitude nada profissional, Amy. Você sabe disso, não é? E vou dizer a qualquer um que perguntar que você não é uma funcionária confiável.

Avi, voltando de um intervalo para fumar, ouviu o fim da frase ao entrar no escritório, bem quando Amy estava prestes a sair.

– Ela vai embora?

– Já vai tarde! – rosnou Jonathan.

Avi apertou os olhos.

– *Desertora* – disse ele para Amy em um sussurro arrepiante.

– Ah, vão se catar, vocês dois – disse Amy, começando a se sentir um pouco ridícula. – Bem, adeus, Lizzie. Tchau, Jackie. Boa sorte. Vejo vocês no Facebook e por aí.

– Hum, tchau – disse Jackie. – Boa sorte!

Lizzie apenas ficou olhando, aparentemente aturdida demais para falar.

Esperar o elevador estava fora de questão. Amy desceu a escada dois degraus de cada vez, parando para respirar fundo no patamar do primeiro andar. Na calçada, decidiu ir a pé para casa. Tinha de fazer alguma coisa com esse excesso de energia nervosa; tinha de permanecer em movimento o máximo possível.

Estava mais frio do que ela havia imaginado que ficaria quando saiu de casa naquela manhã; o ar gelado entrava por sua blusa leve

– o inconfundível sabor do outono vindo mais rápido do que qualquer um previra. Ao menos tinha uma boa jaqueta para o inverno? A que comprara alguns anos atrás, no auge de sua imprudência financeira ao conseguir o emprego no blog, era uma peça de grife extravagante com mangas destacáveis. Mangas destacáveis! Como se você algum dia pensasse: *sabe, o que eu realmente quero é uma jaqueta que aqueça meu tronco, mas deixe minhas extremidades descobertas*. Tinha quinhentos dólares na conta bancária. O aluguel e as faturas de cartão de crédito venceriam dali a uma semana.

Se ao menos tivesse sido paciente, fingido incompetência (realmente fingido, não *sido* incompetente) até a demitirem, para poder contar com o seguro-desemprego! Por um segundo, sentiu-se bastante zonza e tentou se forçar a observar os arredores: as belas casas antigas, as ruas desertas de paralelepípedos de Vinegar Hill, o trecho de paisagem singular que atravessava entre o bairro de seu trabalho e o porto industrial de Navy Yard.

Havia um templo budista na esquina, um prédio anômalo multicolorido de blocos em forma de favas que se sobressaía entre os prédios de arenito pardo. A fachada estava coberta por bandeirinhas do Tibete, que esvoaçavam ao vento. Impulsivamente, ela subiu correndo os degraus da entrada e tentou abrir a porta, que estava trancada.

Justamente quando estava com o dedo sobre a campainha, ouviu sons vindo de dentro. Ela parou. O que estava pensando – que se atiraria sobre um velho sábio bodisatva, imploraria por misericórdia e aprenderia a levar uma vida de solidão consciente? Desceu os degraus correndo e continuou a correr pelo depósito de carros rebocados e Navy Yard, depois em paralelo à Brooklyn-Queens Expressway até finalmente parar na entrada de seu prédio. Uma onda de exaustão a atingiu enquanto abria a porta, e ela se arrastou escada acima com uma lentidão exagerada, como um zumbi.

Quando chegou à porta do apartamento, suspirou: havia uma carta afixada nela. Era do sr. Horton, ou da "Emerson 99, sociedade anônima de responsabilidade limitada", como ultimamente ele gostava de se apresentar. Informava que ela excedera o prazo para tomar sua decisão e agora estava sendo despejada. Tinha um mês para juntar suas coisas, arranjar um novo apartamento e se mudar.

Amy destrancou a porta, foi até o banheiro, abriu o armário de remédios e procurou atrás de uma caixa de absorventes seus Camels de emergência – mofados, mas ainda fumáveis. Sentia-se fraca demais para sair de novo, por isso se ajoelhou perto da janela aberta dos fundos do apartamento e fumou um cigarro atrás do outro, até quase desmaiar. Então deitou-se no chão e ficou olhando para o teto. Como era possível que apenas em algumas horas tivesse passado de remediada a desempregada e sem-teto? Como uma sem-teto podia ter uma carteira Comme des Garçons, um par de sandálias Worishofer, uma geladeira com tomates secos em conserva de azeite marroquino – todos os sinais de bonança burguesa, mas nenhum de real estabilidade? Deveria telefonar para seus pais? Nem podia imaginar a conversa. Telefonaria para Bev. Não, Bev já estava com problemas demais agora. Podia telefonar para Sam. Para que servia um namorado, se não para consolar quando estava passando por uma crise?

19

O ATELIÊ DE SAM FICAVA NA FÁBRICA DE LÁPIS, UM ARMAZÉM EM Greenpoint que lembrava Amy das melhores coisas na universidade. A escada sempre cheirava a tinta e cigarros enrolados à mão, e a coisa toda era irregularmente aquecida por grandes radiadores velhos. Amy adorava visitar Sam lá, ver todos os outros artistas nos corredores e no telhado; era muito bom saber que ainda havia pessoas que ganhavam a vida criando coisas físicas – mesmo algumas delas sendo ilustradores comerciais e designers gráficos. Bem, Sam não era! Era apenas um cara que pintava gigantescos quadros a óleo de Cuisinarts.

Eles foram conversar no telhado. Ainda estava frio, e escurecia assustadoramente cedo. Amy pegou seu maço de Camels mofados. Sam fez uma careta.

– O que foi? Eu disse que estou surtando! Tenho o direito de fumar!

– Não vou beijá-la se você fumar, querida – disse Sam, puxando-a para perto e empurrando a mão dela para longe do maço. Amy sentiu uma pontada de raiva. Quem estava querendo beijar? Ela precisava mais de fumar do que de um beijo. Mas pôs os Camels de lado. Também precisava de Sam junto dela.

– Bem, então... realmente não sei por onde começar, mas sabe aqueles vídeos que queriam que eu fizesse? Eu estava fazendo um hoje, e parei no meio e anunciei minha demissão imediata.

Sam deu um lento suspiro.

— Ah, nossa! Nossa! Essa é uma notícia e tanto.

Amy procurou ansiosa no bolso pelos cigarros e pelo isqueiro.

— Sim, eu sei. Mas não podia mesmo arriscar... quero dizer, a ideia de me expor daquela maneira para o Yidster. Mesmo se ninguém visse... eu veria. E você sabe que alguém acabaria vendo. Haveria comentários, eu os leria e sentiria raiva de mim mesma por ter lido, e depois ficaria pensando naquele lixo. Você não sabe como é...

Sam encolheu os ombros.

— Minha última exposição teve uma crítica ruim em um site chamado Fartiste.

— Bem, certo, mas o que eu estou dizendo é que você não sabe como é se sentir infeliz como eu costumava me sentir, por causa da internet.

— Tem razão. Eu não sei exatamente como é.

A família de Sam havia sido tão pobre que, quando eles chegaram aos Estados Unidos, às vezes não tinham o que comer, e sua irmã mais velha morrera de leucemia quando ele era adolescente. Ele nunca tocava nesses assuntos, é claro.

— Olha, sei que isso não é o fim do mundo. Mas, além disso, e acho que essa é a coisa realmente ruim, o sr. Horton está me despejando. Ele disse que não respondi rápido o suficiente à carta sobre o aumento do aluguel.

— Ah. Por que não respondeu?

— Bem, porque pensei que nós íamos conversar mais. Sobre morarmos juntos ou não, o que fosse. Pensei que talvez acabássemos encontrando um novo lugar juntos. Mas agora acho que não estou na posição de... bem, de qualquer maneira eu estava adiando isso. Não acho que ele realmente tem o direito de me despejar. Quero dizer, posso lutar contra isso...

— Mas seu apartamento fica sobre o dele. Ele poderia tornar sua vida lá bastante desconfortável.

— Sim. Eu pensei nisso — disse Amy com irritação. Precisava desesperadamente do clique do isqueiro, daquela primeira forte tragada.

— Mas você poderia falar com ele. Talvez ele recupere o bom senso. Provavelmente só quer que você pague o novo aluguel.

— Bem, eu não quero pagar, por uma questão de princípio! E, além disso, não posso.

— Nem mesmo com a minha ajuda?

— De quanta ajuda estamos falando? Só tenho mais um cheque para receber do Yidster e preciso comer e...

— Bem, desde que isso não signifique "comer em restaurantes sofisticados", você ficaria bem, não é? Quero dizer, deve ter algumas economias.

Eles realmente nunca haviam falado sobre dinheiro. O dinheiro parecera ser uma parte do mundo exterior, do qual o relacionamento deles era um refúgio. Sem dúvida o assunto surgira algumas vezes, e ambos tinham olhado para as pilhas de envelopes com extratos bancários e contas e se perguntado o que havia dentro deles. E Sam tinha aquela coisa marxista encantadora de achar que restaurantes, roupas novas etc. eram frivolidades que só serviam para manter os trabalhadores viciados e escravizados pelo Capital. Amy teoricamente concordava com ele em relação a isso, mas adorava usar uma roupa nova pela primeira vez, de preferência em um restaurante.

Agora havia chegado o momento da verdade, e Amy decidiu — bem, na verdade, não tinha outra escolha — contá-la para Sam.

— Tenho o oposto de economias. Tenho que pagar duzentos dólares por mês para um cartão de crédito que nem posso mais usar.

— Isso foi uma dívida que você contraiu porque comprou artigos de primeira necessidade quando estava desempregada, ou porque não quis atrasar os pagamentos de seu financiamento estudantil?

— Não, foi porque comprei coisas que não podia pagar, mas que não queria admitir que não podia pagar, porque simplesmente não queria pensar em dinheiro.

— Que tipo de coisas? Roupas? Você nem se veste tão bem!

— Puxa, obrigada! — Dane-se, ela ia fumar.

— Amy, olha, desculpe por ter dito isso. Não estou tentando julgar você. Nem sempre fui responsável também. E estou disposto a ajudar. Mas não sou uma fábrica de dinheiro. Há mais alguém para quem possa pedir, como seus pais ou outra pessoa? Neste momento, estou tentando economizar para a Espanha e para ajudar meus pais a consertar o carro deles. Mal posso pagar meu próprio aluguel, quanto mais o seu.

– Então você vai para a Espanha?

Sam se recusou a olhá-la nos olhos. Amy exalou a fumaça do cigarro, tentando dirigi-la para longe de Sam, mas o vento a soprou na direção dele, que inconscientemente a abanou, o gesto de golpear o ar na direção de Amy fazendo parecer que a estava enxotando.

– Bem, eu não queria interromper sua má notícia com minha boa notícia, mas sim, consegui a bolsa! Isso não é ótimo? Estou ansioso pela sua visita.

Amy olhou para Sam, a brasa do cigarro perigosamente perto da ponta de seus dedos crispados. Eles haviam passado muito tempo juntos respirando o mesmo ar, dormindo na mesma cama e ouvindo um ao outro usar o banheiro sem realmente notar ou até mesmo pensar nisso. Nos últimos meses, parecera que estavam na vida um do outro de verdade, talvez para sempre. Mas agora parecia que Amy tinha cometido um erro. Talvez tivesse presumido que ela e Sam estavam caminhando para algo permanente porque estavam em uma idade em que as pessoas se casavam. De repente ela pensou em quantas vezes ao longo de seu relacionamento eles estiveram em casamentos, jantares, cercados por outros casais, funcionando como uma unidade e achando que era mais fácil agir assim. Porque casais eram o que a sociedade queria, e para o que fora criada. Mas talvez não estivessem indo na direção de nada, talvez estivessem apenas beirando a inércia.

Amy olhou para o rosto de Sam e tentou encontrar a pessoa familiar por quem sentira tanta ternura. Mas estava olhando para um estranho. Um estranho prestes a passar dois meses na Espanha.

– Como eu iria visitá-lo? Não posso pagar a viagem – disse ela em voz baixa, começando a ir na direção da escada.

— Amy, espera, meu talão está lá embaixo. Vou te dar um cheque. Pelo aluguel que devo, porque tenho ficado muito na sua casa.

Amy desejou ser dramática, mostrar que tinha princípios e continuar a andar, mas é claro que desceu a escada com Sam, pegou o cheque (de setecentos dólares) e até mesmo o deixou beijá-la, o que ele fez corajosamente apesar de seu hálito de cigarro. Então se separaram sem mais discussões, os dois prometendo telefonar mais tarde.

20

BEV SE SENTOU PERTO DE AMY NA CADEIRA DE PLÁSTICO MAGENTA, claramente tentando não vomitar. Seu rosto estava mais pálido do que de costume. Naquela manhã, quando Amy foi buscá-la, ela havia fingido indiferença, andando pelo apartamento com a habitual eficiência e passo firme, mas agora segurava o antebraço da amiga com a mão fria e úmida.

– Beverly Tunney? Beverly? – por fim chamou uma enfermeira da porta, e todos na sala de espera tentaram ser sutis quando sua entediada curiosidade os fez virar automaticamente na direção de Bev, que se levantou. Amy lhe deu um último aperto no braço e depois a observou passar pela recepção rumo ao corredor que levava a outra sala de espera, uma menor com um sofá baixo e duas cadeiras. Seria ali que Bev passaria os últimos dez minutos antes do aborto, provavelmente olhando desinteressada para o espaço em vez de ler uma das revistas sobre celebridades ou criação de filhos dispostas sobre a mesinha de centro.

Mas, em vez de continuar a andar, Bev parou.

– Me desculpe. Não estou me sentindo bem – disse para ninguém em particular antes de cair de joelhos e depois se esparramar no chão com o rosto virado para cima.

Amy atravessou a sala correndo e se agachou perto do rosto de Bev. Um murmúrio feminino se fez ouvir na sala de espera enquanto as mulheres sussurravam comentários umas para as outras, tentando ser educadas. A enfermeira se ajoelhou perto de Amy e tomou o pulso de Bev, que estava inconsciente. Ela era uma mulher de aparência séria com anéis de diamantes pavê marcando os dedos inchados.

– Você sabe se ela comeu alguma coisa hoje? – perguntou a Amy.
– Imagino que não. Ela tem sentido náuseas...
– Mas você não sabe com certeza? É parceira dela?
– Não, sou apenas amiga.
– Mas você não mora com ela.
– Não.
– O.k. – A enfermeira suspirou. As pálpebras de Bev tremeram. – Beverly?

Bev abriu os olhos e logo os apertou, porque estava olhando diretamente para as luzes fluorescentes no teto.

– Ah, droga. Mas que merda? Eu desmaiei? Ah, meu Deus, estou tão envergonhada! – disse ela, e então começou a chorar.

– Beverly, você consegue ficar em pé? Vou levá-la de volta para uma das salas de exames, e você pode ficar deitada lá até se sentir melhor, está bem?

– Posso ir com ela?

A enfermeira parou por um segundo e depois deu de ombros em aquiescência.

– Mas ainda posso fazer isso hoje, não é? – perguntou Bev enquanto a enfermeira a ajudava a se levantar, e elas começavam a andar devagar pelo corredor. – Ah, uau. Estou me sentindo estranha. Posso me sentar?

A enfermeira abriu a porta de uma sala de exames vazia – havia um cheiro de álcool e um som familiar de papel sendo amassado quando Bev se sentou à mesa de exames – e instruiu Bev a pôr a cabeça entre os joelhos até parar de se sentir tonta.

– Não a deixe ainda se levantar e andar – disse ela firmemente ao sair da sala, como se de algum modo Amy fosse culpada daquilo.

Com a cabeça entre os joelhos, Bev começou a chorar de novo.

– Não acredito que consegui encontrar um modo de estragar *isso*!

– Shh – disse Amy, amassando papel sob suas nádegas enquanto se sentava perto de Bev e começava a acariciar suas costas.
– Você não estragou droga nenhuma. Você é muito corajosa.

21

QUANDO BEV E AMY TRABALHAVAM JUNTAS NA EDITORA, HAVIA um bar uns dez quarteirões ao norte – no trecho da Broadway que de resto era bastante gentrificado – onde as cervejas eram tão baratas e os clientes tão pobres e pouco atraentes que o lugar parecia uma recriação elaborada de um bar em uma cidade diferente (digamos, da Filadélfia), ou pelo menos um bairro diferente. Era para lá que Amy, Bev e às vezes um amigo do escritório – um publicitário gay mais velho chamado Adam – iam depois do trabalho para relaxar e beber garrafas de Budweisers. Na happy hour, você pagava uma garrafa e levava duas, por isso basicamente acabava bebendo quatro garrafas. Uma noite, para o choque de Bev e Amy, Adam levou ao bar seu amigo Todd, que também trabalhava na área de publicidade. Choque maior ainda foi Todd ser heterossexual, e sua boa aparência ser realçada com grande vantagem pelo ambiente sujo e escuro. Na segunda rodada, que Todd pagou, Amy e Bev tinham desenvolvido ideias românticas semiconscientes sobre ele, o que tornou a noite muito mais divertida: provocarem uma à outra e competirem de leve pela atenção dele as tornou mais alegres e engraçadas. Eram apenas 20:30 quando eles falaram em pedir uma terceira rodada, mas o início do inverno fazia parecer que era meia-noite. Ninguém havia jantado. Eles decidiram pedi-la.

– Sempre imaginei que se eu fosse rica teria uma grande piscina de dinheiro onde mergulhar, como o Tio Patinhas – disse Amy.

— Quem é esse? — perguntou Bev. Seus pais nunca admitiram ter televisão em casa até Bev ir para a universidade, quando, de algum modo, reduziram sua religiosidade a um ponto em que ainda era intensa, mas não extrema.

Todd começou a explicar alegremente a árvore genealógica da família do personagem de desenho animado para Bev, que assentia enlevada com a cabeça enquanto ele detalhava as relações familiares que ligavam o Tio Patinhas a Donald, Huguinho, Zezinho, Luizinho e Patolino (menos plausivelmente), que Amy estava certa de que fora criado por um estúdio de animação diferente de seus supostos primos. Ela revirou os olhos, voltou-se para Adam e começou uma conversa sobre alguém que eles detestavam no trabalho. Alguns minutos depois, quando terminaram as cervejas e Amy sugeriu que eles fossem comprar cachorros-quentes ou algo para comer, Bev e Todd se opuseram.

— Acho que vamos ficar aqui e discutir em mais detalhes essa coisa dos patos — disse Todd. Bev sorriu e reprimiu um soluço.

— Está certo. Bem, só vou fazer xixi. Quer ir fazer xixi comigo, Bev?

Ela arregalou os olhos por uma fração de segundo, repreendendo Amy por ter sido tão óbvia, mas então se levantou sem dizer nada e a seguiu até o banheiro. Só havia um. Amy pôs um pedaço simbólico de papel higiênico sobre o vaso sanitário, levantou a saia, abaixou a meia-calça e se sentou para urinar. Bev evitou olhar nos olhos dela — talvez porque teria parecido estranho encará-la enquanto ela urinava — e voltou-se para o próprio reflexo no espelho.

— Então você vai transar com o Todd, não é?

Bev deu de ombros para si mesma no espelho.

— Talvez. É uma possibilidade.

Amy puxou o papel higiênico, rasgou um pedaço e se limpou.

— Não quer, digamos, fazer com que ele cumpra o ritual de primeiro comprar um cachorro-quente para você ou algo assim? Ou talvez seja melhor você voltar para o Brooklyn agora, pensar sobre isso quando estiver sóbria, e mandar um e-mail para ele amanhã se ainda o achar atraente.

Agora Bev olhou para Amy, que estava ajeitando a saia e dando descarga.

– Só queria saber qual é o motivo dessa preocupação, Amy. Você está tentando me proteger de Todd? Ele trabalha na Putnam e usa mocassins; não acho que vai me esfolar e fazer uma capa com a minha pele.

– Está certo, lancem os dados!

Enquanto Amy ia até a pia para lavar as mãos, Bev se sentou para urinar. Não se deu ao trabalho de cobrir o vaso sanitário; todos os germes já estavam no traseiro de Amy mesmo.

– Só está irritada porque transaria com Todd se ele tivesse dado atenção a você.

Amy deu de ombros.

– Não. Quero dizer... provavelmente não...

– Mesmo se eu gostasse dele, mesmo se você soubesse disso.

Elas ficaram em silêncio, avaliando uma à outra. Esse era o tipo de coisa que não devia ser dita entre mulheres.

– Eu não faria isso – disse Amy por fim. – Quero dizer, não se soubesse que você gostava dele. Não se você me pedisse para não fazer. Não acho que eu faria isso. Pelo menos, não com você. – Ela se afastou da pia para Bev poder lavar as mãos.

22

BEV E TODD SE APAIXONARAM. OU PELO MENOS BEV SE APAIXONOU por Todd. Anos depois, quando as coisas se revelaram tão desastrosas, ela se perguntou se Todd era capaz de amar ou pelo menos ter qualquer um dos sentimentos que a palavra "amor" poderia envolver, como "empatia". Mas naquela primavera, enquanto riam comendo risoto de aspargos em restaurantes 24 horas na Smith Street e faziam mais sexo em algumas semanas do que Bev fizera em vários anos somados, aquilo parecia inequivocamente amor para ela.

A união deles era de mente e corpo, o tipo de paixão que se lê em livros e se vê em filmes, mas que nunca se pensa que um dia se experimentará. Especialmente se você fosse Bev e tivesse crescido com pais que, em aniversários de casamento e outras ocasiões românticas, davam um tapinha amistoso no ombro um do outro e murmuravam "Te amo".

Todd era dado ao tipo de atitude que, para uma pessoa não apaixonada, poderia parecer exagerado ou irritante. Ele comprava para Bev flores ou livros levemente danificados na Strand e dizia que o tinham feito se lembrar dela. Iam juntos a museus e se sentavam em bancos de parques, observando os transeuntes e inventando pequenas histórias sobre eles de um modo que Bev tinha feito antes apenas com mulheres, isto é, Amy. Também faziam algo juntos que Bev tinha de admitir para si mesma que fantasiara durante anos: passavam as manhãs de domingo em casa lendo o *The New*

York Times, comendo *bagels* e bebendo café. Essa era uma das coisas que pessoas que não moravam em Nova York – como os pais de Bev – provavelmente pensavam que as pessoas que moravam lá faziam o tempo todo, como assistir a musicais na Broadway. Mas até Bev conhecer Todd, nunca tinha feito isso. O apartamento dele era ótimo para se ficar e comer *bagels*. Grandes janelas que davam para o leste deixavam entrar a quantidade perfeita de sol, e o sofá de couro era um convite a descansar e cochilar, e acomodava com facilidade duas pessoas, sobretudo duas tão encantadas uma com a outra que podiam ficar enroscadas durante horas, lendo a mesma parte do jornal.

Todd, de algum modo, conseguira morar sozinho em um velho prédio com porteiro em Brooklyn Heights; embora trabalhasse na área de publicidade, gerações anteriores de sua família não haviam trabalhado. Uma versão anterior de Bev teria achado o bairro, assim como os mocassins dele, terrivelmente cafonas, mas agora ela adorava estar tão perto da Promenade. E nas noites que passava na casa de Todd adorava a proximidade com o metrô que a levava para o trabalho, usando a saia da véspera e uma blusa diferente, e parecendo tão feliz que pessoas do departamento de produção que ela mal conhecia comentaram sobre sua animação. Ela murmurou algo sobre tomar vitaminas.

– Vitamina *D* – disse Amy, com uma piscadela entediada. Ela havia superado instantaneamente seu ressentimento inicial pela preferência de Todd por Bev e agora estava feliz por sua amiga apaixonada, mas tão ocupada admirando o panorama de novas perspectivas profissionais que de repente se abriram para ela que não estava prestando a mínima atenção na transformação de Bev. Amy foi trabalhar no blog de fofocas logo antes dela anunciar a decisão que mudaria sua vida.

– Você vai se mudar para *onde*?

Amy quase cuspiu o sushi de linguado. Era sua primeira semana no novo trabalho, e elas estavam comemorando com um almoço no Tomo. Amy passara a manhã sendo entrevistada na MSNBC sobre um problema que Britney Spears estava tendo. Agora Amy estava tendo problema em comer direito com a maquiagem para TV, tentando inutilmente não deixar batom em quantidades industriais nos pauzinhos.

— Para Madison. Todd vai para a faculdade de direito da Universidade de Wisconsin no outono. Ele não queria me dizer até saber se tinha sido aceito, mas, assim que soube, me perguntou se eu iria com ele e...

— Madison... WISCONSIN?

— É pequena, mas uma grande cidade universitária. Tem mais ouvintes da NPR *per capita* do que qualquer outro lugar da América. Tem mercados de produtores rurais e pequenas fábricas de cerveja como há aqui. E dá para alugar uma casa pelo preço que eu pago no aluguel de um quarto. Eu já estive em Madison. Você ia gostar de lá. — Bev tentou sorrir. — Quero dizer, você vai gostar. Vai me visitar, não é?

Bev olhou de soslaio para Amy, esperando que ela não começasse a chorar. Se chorasse, Bev também choraria, e além disso Amy parecia estar usando cílios postiços e ficaria com uma aparência horrível se deixasse as lágrimas que se acumulavam em seus olhos caírem.

— Você não pode fazer isso comigo! Quero dizer, desculpe, obviamente isso não tem nada a ver comigo, mas com seu trabalho e tudo! Você adora Nova York! Sempre disse que morar aqui era seu objetivo de vida!

— Eu amo o Todd — disse Bev. — Não amo tanto assim meu emprego...

— Sim, isso eu entendi — disse Amy. No colo, ela havia começado a rasgar em minúsculos pedaços o fino envelope branco que antes contivera os pauzinhos.

— Eu não quero um relacionamento de longa distância, Amy, e nunca conheci ninguém com quem eu quisesse tanto estar quanto Todd. Não posso perdê-lo.

— Ele não está planejando voltar para cá depois da faculdade?

– Ele, bem... ele realmente adora o Meio-Oeste. Quer morar perto dos pais. Meus pais também moram lá, é claro... Quem sabe não acabamos pensando em Chicago?

– Então você vai se *casar* com esse cara?

– Bem, acho que em algum momento vamos falar sobre isso.

Bev observou o rosto de Amy se contorcer em uma centena de expressões faciais à velocidade de uma a cada nanossegundo.

– Vá em frente, Amy, extravase logo agora e talvez a gente não tenha que lidar com isso depois.

Amy vomitou as frases.

– Você está cometendo um grande erro e odeio vê-la se sabotar assim. Não há nada de errado com Todd, mas o mundo está cheio de Todds. Só há uma Bev, e você pertence a este lugar. Vou ficar muito triste sem você. Bem... o que mais? Ah, sim! É isso! O que você vai *fazer* em Madison? Faculdade de direito também?

Bev sorriu; era bom ouvir outra pessoa expressar seus próprios piores medos.

– A universidade tem uma editora... Se eu não conseguir encontrar logo algum tipo de trabalho na área editorial, posso arranjar um provisório em um restaurante... Não me importa muito o que vou fazer, Amy. Estou pronta para uma mudança. Vai ser bom viver num lugar em que nem todos estão competindo por uma droga de vaga de assistente editorial que acabou de abrir. E nós vamos morar em uma *casa*. Tipo, com muitos quartos!

– Muitos quartos em Madison. Wisconsin.

– Eu sabia que você reagiria assim.

Com expressão mal-humorada, Amy pescou um sashimi e levou-o à boca.

– Bem, não era assim que você queria que eu reagisse? – disse ela com a boca cheia de peixe.

A PIOR COISA EM Madison – e houve muitas coisas ruins competindo pelo título – foi Bev ter sido forçada a correr. Todd adorava correr. Adorava participar de maratonas, bebericar a mesma cerveja light a noite toda em uma festa cheia de estudantes de direito alegres do Meio-Oeste porque estava "em treinamento", adorava assinar a *Runner's World* para ler no banheiro. Bev definitivamente não gostava de nenhuma dessas coisas. Fábricas de cervejas baratas de alta gravidade eram, em sua opinião, uma das melhores coisas do Meio-Oeste, e, se teria de passar uma hora falando sobre lei fiscal com uma loura de rosto largo que modulava seus longos *oh* como Marge Gunderson, precisaria beber várias delas. Além disso, correr doía. Era verdade que tinha ficado mais rápida, mas essa conquista era estranhamente insatisfatória. Tornar-se melhor em algo em que não tinha nenhum interesse fazia Bev se sentir como se tivesse voltado ao colegial. Era a mesma sensação que tivera depois de seu teste de conhecimentos de cálculo; mal acabara a prova, já sabia que apagaria a parte de cálculo de seu cérebro e nunca usaria esse conhecimento de novo. Havia imaginado a gaveta agora vazia no cérebro onde um dia poderia inserir outro tipo de conhecimento que se encaixaria bem no lugar, como um cartucho de impressora. Naquela época, seu objetivo era puro e claro: acumular conquistas, ganhar bolsas de estudo e sair do Meio-Oeste.

E agora estava de volta. Mas pelo menos não era mais apenas uma amolação para Todd em sua corrida matutina de três quilômetros ao redor do condomínio ladeado por um milharal onde ficava a casa deles. Às vezes, Bev conseguia acompanhá-lo por alguns minutos antes de ficar para trás e o deixar prosseguir. Mais tarde descobriria que desgastara metade da cartilagem do acetábulo durante aquele período; algo em sua estrutura não estava bem, ou ela usara o tipo errado de tênis. Ou talvez alguns corpos fossem feitos para deslizar suavemente pela superfície da Terra e o seu não fosse um deles.

No início do outono de seu segundo ano em Madison, Bev voltava de uma corrida particularmente punitiva quando viu Todd sentado na pequena varanda da casa deles com a cabeça entre as mãos. Seus ombros tremiam. Ao perceber que ele estava chorando, sentiu uma inesperada alegria.

Bev ainda estava apaixonada por Todd, mas agora o amor era mais complicado. Parecia ter se misturado com um crescente ressentimento que não era nada perto da rebeldia e frustração que, na adolescência, dirigira aos pais. Desde que eles tinham ido morar juntos, as flores e saídas foram rareando, sendo substituídas por uma torrente de estratégias de Bev para melhorar as coisas, como a corrida. Todd olhava para as nádegas redondas dela e a saliência suave no meio do seu corpo e se perguntava em voz alta se ela não deveria tentar cozinhar algo um pouco mais saudável de vez em quando. Bev preenchia suas horas livres, quando não estava trabalhando no bar de vinhos, fritando e salteando, seguindo livros de receitas clássicas, muitas delas cheias de carne, creme e manteiga. Todd havia comprado de presente um livro de preparação para a pós-graduação. Ela se aproximou dele em uma festa e Todd dizia aos amigos que Bev queria fazer pós-graduação, mas ela não queria.

Uma vez, ela estava deitada na cama ao lado de Todd, olhando nos olhos dele e pensando no quanto o amava, e ele a olhou com a mesma intensidade. Quando Todd abriu a boca para falar, Bev esperava no mínimo um elogio, ou talvez a sugestão de eles "brincarem de beijar", seu eufemismo fofo para o sexo.

— Talvez você devesse ir a um dermatologista, querida. Não acho normal uma mulher da sua idade ter tantas espinhas.

A pele dela não estava tão ruim, mas a andara espremendo, e, depois que ele disse isso, é claro que a espremeu ainda mais.

Por isso foi bom para Bev ver Todd, o perfeito Todd, chorando. Ela enxugou a testa com a faixa em seu pulso e subiu a escada da casa correndo, pronta para consolá-lo. Talvez alguém da família dele estivesse doente ou ele tivesse sido injustamente acusado de plagiar uma dissertação ou algo no gênero. Ela seria a rocha para a qual Todd poderia voltar em momentos de crise. Ele a olharia como a olhara naquelas manhãs de sexo intenso no Brooklyn e perceberia que nunca quis ficar sem ela.

Essa imagem mental se dissipou em um instante quando Todd olhou diretamente através dela, como se ela fosse um cão ou uma caixa de correio, uma parte banal da paisagem.

— Não quero falar sobre isso. Não é nada. Vá tomar uma chuveirada. — A voz dele vacilou como a de um adolescente. Muda de espanto, Bev apenas obedeceu.

Enquanto se ensaboava, imaginou tê-lo ouvido em algum lugar da pequena casa chorando como uma criança inconsolável, mas o som podia ter vindo da tubulação. Provavelmente viera, porque, quando Bev saiu do chuveiro, Todd estava bem e com o rosto totalmente seco, folheando em silêncio um de seus livros universitários à mesa da cozinha.

— Por favor, me diz por que estava chorando — disse Bev, nua e enrolada na toalha.

— Ah, meu Deus, querida... foi por uma bobagem tão grande que não vale nem a pena falar.

— Não me importa se foi por uma bobagem. Quero saber! Quero saber tudo sobre você! Quero ajudá-lo.

— E eu não quero falar, portanto a melhor coisa que você pode fazer por mim, meu bem, é respeitar isso, o.k.? — Todd sorriu com a boca, mas havia algo duro e contido na parte superior do rosto dele que Bev nunca vira. — Agora vá se vestir ou pegará um resfriado.

Bev teve um vislumbre momentâneo dos primeiros dias do relacionamento deles em que nenhum dos dois usara de fato roupas dentro de casa durante semanas. Pensou em ir na direção de Todd, tocar toda a extensão do corpo dele com seu corpo quente e úmido do banho, mas, em vez disso, subiu a escada e se vestiu.

No dia seguinte, Bev estava no supermercado Pick'n Save, na fila do caixa, quando pegou o jornal local e viu a história sobre o acidente de carro que matara a colega de turma de Todd, a loura de rosto largo, futura advogada tributarista. Muitas coisas passaram pela cabeça de Bev na hora, inclusive muitas explicações bastante razoáveis para o comportamento de Todd, mas, depois de encher o porta-malas do carro (tecnicamente o carro de Todd, assim como a casa deles era, tecnicamente, a casa de Todd) com os ingredientes para o *boeuf bourguignon*, sair do estacionamento, se afastar da área comercial e entrar na pequena estrada de duas pistas voltando para seu condomínio, pôs o fone de ouvido do celular e ligou para Amy.

– Ahhh! Bev? Ah, meu Deus! Como vão as coisas? Oi!

Bev ouviu Amy mudar de posição. Imaginou-a em pé à janela do apartamento, olhando para a Brooklyn-Queens Expressway. Em seu pensamento, podia ver perfeitamente o rosto divertido de Amy, e subitamente sentiu tanta falta dela que mal conseguiu falar.

– Oi, amiga. Desculpe por ter ficado incomunicável nas últimas semanas.

– Não se preocupe, sei que estava ocupada no restaurante, com Todd, essas coisas. Mas estou com saudades.

– Eu também. – Bev teria telefonado para Amy todos os dias se o prazer de ouvir a voz de sua melhor amiga tivesse superado o estresse de sentir que tinha de construir algum tipo de narrativa que fizesse a vida que escolhera no Meio-Oeste fazer sentido.

– Então, o que me conta?

Bev passou pelos milharais, seguindo o longo caminho, as verduras no porta-malas estragando lentamente no calor do veranico de outono. Contou à sua melhor amiga sobre o choro de Todd, a morte da colega de classe dele e suas suspeitas. Amy ouviu sem interromper, com uma reserva incomum.

– Você tomou um Klonopin, amiga? – perguntou Amy finalmente. Um clínico geral tranquilo do Meio-Oeste receitara um generoso suprimento de benzodiazepinas a Bev para tomar conforme o necessário, quando ela desatara a chorar durante um exame de rotina.

– Dois.

– Tem alguma prova de que Todd tinha algo com essa garota, além de ele chorar?

– Bem, trabalho quase todas as noites da semana, e Todd vai para a faculdade de dia; nossos horários são totalmente opostos. Ele sai bastante sem mim, com os amigos da faculdade. É difícil imaginar alguém mais fácil de enganar do que eu, para resumir.

– Vocês ainda transam?

— Humm... sim. Bem, não muito. Geralmente acordando no meio da noite e como que... estuprando um ao outro. O tipo de sexo em que você acorda de manhã e pergunta "Isso aconteceu mesmo?".
— Argh.
— Eu deveria perguntar a ele sobre isso?
— Bem, é claro que meu impulso seria dizer para confrontá-lo, mas isso sou eu. Quer dizer, não é chegar pra ele e perguntar de cara se ele estava transando com ela. Apenas perguntar se era por isso que ele estava chorando. Você também a conhecia, não é? Não seria estranho dizer algo como: "Ei, Todd, soube que fulana morreu. Que coisa terrível! Vamos ao funeral" etc.
— E se...
— Bem... caramba, Bev, se ele a estava traindo com ela, você teria de sentir ciúme de uma pessoa morta, o que é horrível, mas não vejo como evitar. E também teria de deixá-lo, voltar para Nova York e morar comigo até conseguir arranjar um novo emprego aqui, mas isso não seria tão ruim, não é?
— Parece bastante ruim. Já me mudei para Nova York sem nada uma vez, depois da universidade. Não esperava ter de fazer isso duas vezes. Não foi divertido. Comi ensopado de manteiga de amendoim.
— Você comeu o quê?
— O ensopado mais barato possível; sacia e é bem nutritivo. Eu o encontrei em um livro de receitas vegetarianas. Você mistura uma xícara de manteiga de amendoim com os legumes que estiverem em promoção e acrescenta uma lata de tomates pelados. Fica bom com arroz. Ou, bem... não propriamente *bom*, mas alimenta.
— O que mais vai fazer?
Bev pensou. Podia ir para casa, nunca tocar no assunto com Todd e esperar com calma que as coisas voltassem ao que atualmente passava por normal. Essa era uma opção. Outra era a que Amy acabara de sugerir. Uma terceira opção era bater com o carro em uma árvore, o que nas atuais circunstâncias parecia melodramático, talvez injustificável, e, se justificável, apenas poeticamente, de um modo que não a agradava. O acidente que matara a advo-

gada tributarista loura e sorridente havia ocorrido na rodovia e envolvido uma carreta tombada.

– Acho que vou fazer o que você disse.

– Acha ou vai?

– Vou. – Bev fez uma pausa. – Você ainda tem aquele sofá bem desconfortável para dormir, ou comprou outro?

– Em parte por causa do que você disse na última vez em que me visitou, agora tenho um sofá-cama. É todo seu pelo tempo que precisar.

– O.k. Combinado.

O que Bev achava mais difícil de explicar para si mesma, quando se lembrava desse período, eram os três dias que ficou com Todd depois de descobrir a traição dele, antes de finalmente comprar uma passagem de avião, empacotar suas mínimas coisas e ir morar com Amy em Nova York. Em parte parecera errado deixar alguém que estava de luto, mesmo se era por uma pessoa com quem havia traído você (debaixo do seu nariz! durante meses! e com todos os seus "amigos" mútuos sabendo!). Quando Bev finalmente foi para casa no dia da manchete no jornal, depois de dirigir através dos campos por tanto tempo que ficara com pouca gasolina e a parte de trás das coxas com marcas do banco do carro, Todd a esperava na varanda. Ele a abraçou triste, levou-a para a cozinha, onde fizera o jantar – salada grega, frango grelhado e molho de baixa gordura industrializado –, e serviu para ambos duas grandes taças de vinho branco. Bev se sentou, comeu mecanicamente e tomou grandes goles do vinho amargo, enquanto ele estendia a mão para ela por sobre a mesa e, com lágrimas escorrendo pelo rosto, lhe contava tudo. Tudo mesmo. Em algum ponto, tarde demais, Bev pousou seu garfo e ergueu uma das mãos para pedir silêncio.

– Não preciso dos detalhes, sabe? Prefiro não saber – disse ela, e foi como se sua voz fosse a de outra pessoa no rádio, a voz de um anfitrião sensato da NPR se infiltrando suavemente de outra sala.

– Desculpe. Eu só precisava contar para alguém e... querida, você é a melhor amiga que tenho aqui. – Todd enxugou o rosto com um guardanapo de papel, parou, fungou e comeu uma garfada de salada. – Entendo se você quiser ir embora, mas espero que saiba o quanto seu apoio significa para mim. Estou me sentindo péssimo agora. É uma situação muito estranha.

De fato, era uma situação estranha. Bev nunca havia passado por algo assim. Como podia falar, pensar ou tomar decisões enquanto, em seu cérebro, toda a sua disposição neurológica estava sendo reorganizada à força? Suas lembranças dos últimos meses, suas esperanças para o futuro e suas suposições sobre o presente eram todas obsoletas. Cada pensamento consciente que tinha levava a algum tipo de análise. O pensamento era condizente ou não com o que ela sabia agora? A maioria não era. Mas o que aconteceria com esses pensamentos? Para onde iriam? Ela ainda não estava pronta para abrir mão deles. Era como ter um vestido que não cabia mais em você e nunca caberia de novo, mas, ainda assim, não querer desistir dele. Mas também era como levar um soco no estômago atrás do outro.

Ainda pior do que a sensação atordoante de reorganização neural constante era a estranheza de querer procurar conforto em Todd, se esquecendo – de um momento para outro – que ele era o motivo de se sentir péssima e que, portanto, não podia, por definição, fazê-la se sentir melhor. Bev tentou dizer um pouco disso a ele, mas começou a soluçar. Todd parou de falar, foi para junto dela, pôs os braços em seu ombro e também soluçou. Dar-se conta de que ele talvez não estivesse chorando pelo mesmo motivo que ela – e provavelmente não estava – fez Bev soluçar ainda mais.

Mas no terceiro dia, depois que Todd saiu de casa pela primeira vez por motivos que deixou vagos, mas a uma hora que Bev sabia significar que ia ao funeral de sua colega, ela pôs suas roupas e livros em uma mala e numa grande mochila verde e pediu um táxi pelo telefone para levá-la ao aeroporto. Telefonou para Amy assim que soube quando aterrissaria e depois para a dona do bar de vinhos, pedindo demissão. A dona do bar garantiu que não era preciso se desculpar tanto, que aquela era uma cidade universitária em que as pessoas iam e vinham com facilidade nesses tipos de empregos.

— Me sinto tão mal — disse Bev. — Realmente pensei que ficaria mais tempo aqui.

— Não faz sentido se sentir mal por algo que já está decidido — respondeu a mulher. — Você vai arrasar na cidade grande!

O voo foi mais turbulento do que de costume, mas pela primeira vez em sua vida Bev não ficou apavorada achando que o avião poderia cair. Talvez tivesse atingido o estado ideal pelo qual os budistas anseiam: o desapego, até mesmo à própria vida. Provavelmente precisaria ver seu antigo psiquiatra quando chegasse a Nova York e voltar a tomar antidepressivos assim que possível. Não podia ser sadio se importar tão pouco com o fato de viver ou morrer.

O APARTAMENTO DE AMY se tornou temporariamente o apartamento de Amy e Bev, uma situação que no terceiro mês começara a parecer difícil de sustentar por um período muito mais longo. Bev tentava ser uma ótima companheira, fechando o sofá-cama todas as manhãs, guardando suas cobertas no armário, lavando o que ela e Amy haviam usado sem que isso lhe fosse pedido e sem fazer grande alarde. Mas o apartamento era pequeno, e Bev se deu conta de que Amy estava acostumada a morar sozinha, que a tolhia apenas por estar lá. Precisava se mudar, mas sem emprego isso era impossível, e ainda não encontrara um, nem mesmo outro servindo clientes. Os gerentes de restaurante que a entrevistavam pareciam intuir sua fragilidade; falavam com uma gentileza que era mais do que profissional. Ela ainda chorava muito. Tudo a fazia chorar: artistas de rua cantando no metrô, um pombo morto na sarjeta, um anúncio de seguro de vida com um casal de idosos de mãos dadas falando francamente sobre o que queriam deixar como legado. Não admirava que estivesse se saindo mal nas entrevistas. Era impossível parecer otimista e interessada em servir quando não se sentia sã.

Mas, embora isso estivesse acontecendo tão devagar que era quase imperceptível, havia momentos em que Bev percebia que estava progredindo. Ela e Amy cozinhavam e viam TV juntas. Amy fazia uma piada, elas riam, e Bev se esquecia por uma fração de segundo que estava sofrendo. Naqueles momentos, sentia-se tão bem quanto possível. Mas às vezes Amy ia para seu quarto, e Bev se sentia mais só e deslocada no mundo do que nunca. Tudo que acontecera com ela em Madison parecia ter sido sua culpa – em primeiro lugar, ter ido para lá, ter confiado tanto em Todd e, acima de tudo, ter valorizado mais estar com ele do que sua vida em Nova York e sua amizade com Amy. Ela tentara explicar isso para Amy, e ela apenas encolheu os ombros e disse que não fazia sentido lamentar nada, porque não se podia mudar o passado, portanto era um desperdício inútil de energia mental até mesmo pensar sobre isso. Era basicamente o mesmo que sua antiga chefe do bar de vinhos tinha dito quando ela foi embora, e Bev também não acreditara muito nisso na época. Entendia que era inútil se lamentar, mas também não achava que se esquecer de tudo de ruim que acontecera era o modo de seguir em frente. Ela não disse isso para Amy.

Quando Bev contou a Amy que Todd viria à cidade em um fim de semana para se encontrar com amigos, e que queria vê-la e também devolver algumas coisas suas, Amy foi contra. Disse que o apartamento tinha uma política de "não manipulação emocional". Mas Bev a convencera, é claro, e agora ele estava vindo na condição (ideia de Bev) de que Amy estivesse presente.

BEV E AMY SE sentaram à mesa da cozinha com uma garrafa de vinho branco gelado entre elas, meia hora antes do horário em que Todd era esperado. Quando encheu pela segunda vez as taças delas, Bev pôs a garrafa de volta na geladeira, mas na terceira deixou-a sobre a mesa; sabia que a terminariam antes que tivesse tempo de esquentar. Sentiu-se estranhamente calma, mas talvez fosse apenas torpor. Havia imaginado como seria ver o rosto de Todd de novo. Já havia falado tanto sozinha no chuveiro criticando o comportamento e a personalidade dele que não parecia particularmente relevante esse momento estar prestes a acontecer; já quase o vivenciara. Por isso, quando ouviu a campainha, a pontada de terror que atravessou suas vísceras a pegou de surpresa.

– Foi uma péssima ideia. Ah, meu Deus! Não posso fazer isso. Você pode descer, pegar as coisas e dizer para ele ir embora?

Amy franziu a testa e ergueu as sobrancelhas – aquelas lagartas enormes.

– Se é isso que você quer... Tem certeza?

Bev respirou fundo algumas vezes. A campainha tocou de novo – um pouco mais impacientemente, como se Todd não estivesse acostumado a não ter suas necessidades supridas nem mesmo por alguns segundos.

Amy revirou os olhos.

– **Cresça**, Todd.

A atitude de Amy, o modo como ela resumiu o problema de Todd, encorajou Bev. Ela foi até o interfone, apertou o botão e disse "Vou descer logo" em um tom de voz quase totalmente normal, como se Todd não fosse mais ameaçador do que o entregador da FedEx.

Na entrada do prédio, mal olhou para ele. Disse apenas "Sobe" e chegou para o lado para deixá-lo passar. Ele parou, como se esperasse que ela se oferecesse para ajudar com a caixa de papelão gigantesca em suas mãos ou começasse a subir a escada primeiro, mas Bev não fez nem uma coisa nem outra. Não havia a menor chance de iniciar a interação entre eles lhe dando as costas, deixando-o subir um lance de escada com o traseiro em sua linha de visão. Todd estava usando calças cáqui, e Bev achou que ele parecia ter ganhado uma pequena, mas óbvia quantidade de peso.

No apartamento, ela observou Amy, ainda sentada com seu vinho, respondendo aos cumprimentos discretos e forçados de Todd com um olhar gelado. Finalmente ela disse "Oi" de um modo que fez aquela única sílaba parecer sarcástica. Bev sentiu uma estranha mistura de assombro e irritação. Amy não podia apenas agir de um modo indiferente e normal? Não. Tinha de deixar bem claro que desprezava Todd, como se um público imaginário estivesse assistindo, julgando sua coerência.

– Vamos falar em particular por um segundo – Bev se ouviu dizendo. Ela temeu encarar Amy enquanto levava Todd na direção do quarto de Amy e fechava a porta.

Ele pôs a caixa no chão com um pequeno gemido e depois ficaram inevitavelmente olhando um para o outro. Todd tentou sorrir e se conteve, mas sustentou o olhar dela. Estar tão perto de Todd – perto o suficiente para sentir o cheiro familiar de sabonete levemente leitoso do corpo dele – levou Bev de volta aos primeiros dias deles juntos, àquelas horas alucinantes na cama e aos momentos breves e também irreais em que tinham de estar separados, quando ela havia flutuado pela vida perdida em uma fantasia de amor fácil e eterno. Esqueceu-se imediatamente de todos os insultos que planejara com cuidado e desejou se enterrar nos braços de Todd e morrer neles.

Todd pareceu sentir o mesmo.

– Bev, você não sabe o quanto senti sua falta. Fique à vontade para dizer não, mas... podemos nos abraçar?

Por que negar isso a ele? Por que negá-lo a si mesma? Ela foi em direção aos braços de Todd. Não tocava em ninguém ou era tocada havia algum tempo, a menos que contasse a horrível intimidade no metrô; e o corpo de Todd contra as partes sensíveis do dela foi demais. Bev começou a chorar. Todd acariciou seus cabelos e sussurrou "Shh" enquanto suas lágrimas ensopavam o ombro da camisa polo dele.

Quando Amy irrompeu pela porta, eles se separaram como se tivessem sido pegos fazendo algo ruim, e realmente estavam.

– De jeito nenhum isso vai acontecer debaixo do meu teto. Olha só, seu idiota, você está aqui para devolver as coisas da Bev e ir embora, não para arrancar a casca da maldita ferida que causou e que precisou de tanto tempo e esforço emocional para cicatrizar.

– Ei – disse Bev num sussurro.

– Bem, lamento não ter conseguido pensar em um modo menos desagradável de dizer isso, mas você sabe que eu tenho razão! Não caia nessa de novo. Todd já estragou sua vida o suficiente.

— Por favor, fique fora disso, Amy. Realmente não é da sua conta — disse Todd calmamente, e então ambos olharam para Bev.

Bev percebeu que cabia a ela tomar o partido de um ou outro. Se escolhesse Amy, a esperavam – em um futuro imediato – um sermão, mais lágrimas, mais cigarros e mais vinho. Talvez mais sorvete. Mas, fora isso, o futuro era incerto. Se escolhesse Todd, seu futuro imediato poderia conter sexo possivelmente incrível com pedidos de desculpas e lágrimas, embora não estivesse claro onde o fariam. Contudo, a longo prazo... o fato era que ela já sabia como seria a longo prazo com Todd. Podia fingir para si mesma que não sabia por uma noite, mas não muito mais. E o que estaria sacrificando, além dos meses que levara para cicatrizar a ferida que Amy mencionara, seria Amy. Elas ainda seriam amigas, mas algo estaria perdido. Por mais que tivesse sido detestável, Amy se arriscara tentando proteger Bev – de Todd e dos piores impulsos dela. Amy nunca havia feito isso; se Bev rejeitasse sua ajuda agora, era provável que não a ofereceria de novo.

Bev afastou-se de Todd, aproximando-se de Amy.

— É claro que é da conta da Amy. E ela tem razão, infelizmente.

— Você a ouviu! Saia daqui! E não quero saber de mensagens de texto bobas ou coisas desse tipo. Apenas a deixe em paz! E tenho pena da próxima garota que entrar em contato com seu veneno, seu imbecil!

— O.k., já chega – disse Bev, embora estivesse sorrindo.

Todd tentou lançar um olhar para Bev de *que filha da mãe desgraçada*, mas ela balançou a cabeça. Viu na postura de Todd que ele desistira; acovardado, foi na direção da porta, limpando inutilmente a mancha escura que as lágrimas de Bev tinham deixado na sua camisa.

— Se você mudar de ideia, ficarei mais dois dias aqui. Acho mesmo que deveríamos conversar. Nós deixamos coisas em maus termos. Não quer dar um fim a isso?

— Isso *é* um fim – disse Bev, passando por ele para abrir a porta e deixá-lo sair.

23

QUANDO BEV SE SENTIU BEM O SUFICIENTE PARA SAIR DO CONSULtório do ginecologista, elas pegaram um táxi para o apartamento de Amy. Assim que chegaram, Amy ligou a TV e encolheu os ombros quando viu que na MTV estava passando uma maratona de *16 and Pregnant*. Mudou rapidamente de canal, mas não adiantou nada porque todos os outros programas também eram sobre gravidez ou comida.

Bev ficou deitada no sofá, e Amy sentou-se em uma almofada no chão, perto dos pés dela. Era cedo, um entardecer dourado, e ambas estavam enroladas em cobertores porque o tempo tinha esfriado, mas o dono do apartamento de Amy ainda não ligara o aquecimento. Raios do sol que se punha entravam pela janela e pintavam listras de luz nas tábuas do assoalho. Elas sintonizaram a TV em uma reapresentação de *Keeping Up with the Kardashians*. A irmã do meio morria de medo de fazer sexo grávida, temendo machucar o bebê. Ela e o noivo tiveram uma aula especial de sexo em que uma mulher, vestindo uma capa, lhes mostrava como usar uma cunha de espuma e uma posição de conchinha. "Vamos para casa e [censurado] essas garotas grávidas!", disse o noivo no fim da aula.

Bev e Amy observaram isso por alguns minutos em pasmada incredulidade, e então Bev mudou o canal de novo para *16 and Pregnant*, em que uma garota com lágrimas escorrendo pelo rosto narrava a infelicidade diária de sua nova vida sem liberdade, com seu bebê. "É demais ser mãe, filha e esposa ao mesmo tempo", disse ela para a câmera, mas um minuto depois falou que amava o filho e não mudaria nada. Bev ignorou as tentativas de Amy de atrair seu olhar; dava para perceber que ela tentava interpretar sua expressão impassível, mas Bev não estava com vontade de conversar. Escureceu cada vez mais, e, quando o sol finalmente desapareceu, Amy foi para a cozinha começar a fazer algo para o jantar, e Bev ficou sozinha com seus pensamentos e as adolescentes instáveis.

Ela assistiu ao programa por mais alguns minutos, o máximo que conseguiu aguentar, e depois mudou para o noticiário local. Um prédio tinha sido consumido pelo fogo no Bronx, e uma repórter cheia de botox estava diante dele, tentando o máximo possível transmitir preocupação, embora suas sobrancelhas não pudessem se mover um milímetro para baixo.

A espiral mental familiar de Bev estava começando de novo, o habitual e incessante desejo de estar em algum lugar ou com alguém exceto onde e com quem estava agora. Com essa disposição de espírito, ela podia encontrar um motivo para invejar qualquer um: os Kardashians, as adolescentes grávidas, até mesmo as pessoas enroladas em mantas escuras, cheirando a cinzas, saindo com os olhos arregalados do prédio enegrecido. Todas tinham em comum não serem Bev, e ela as invejava apenas por esse motivo. Ela sabia que isso era horrível, e se sentiu culpada por esses sentimentos, o que só a fez se sentir mais desconfortável e voltar ao início da espiral. Tinha de fazer alguma coisa, qualquer coisa, para sair desse padrão, e o que geralmente fazia era comprar um maço de cigarros e uma garrafa de vinho decente, e se deitar na cama com eles, assistindo a reapresentações de *Um maluco na TV*. Mas o estranho agrupamento celular diabólico dentro dela estava exercendo seu poder ditatorial, fazendo aquelas fontes de conforto (exceto *Um maluco na TV*) parecerem mais do que intragáveis. Estava mais aprisionada do que nunca, aprisionada em seu cérebro e em seu corpo fora de controle.

Amy voltou para a sala com duas tigelas de macarrão com queijo da marca Annie's, e elas comeram enquanto assistiam à previsão do tempo. O fim de semana seria bonito e ensolarado.

— Não quero voltar lá – disse Bev finalmente.

— O quê? Por quê? Não gostou do consultório? Achei aquela enfermeira um pouco brusca e rude.

— Não sei. Só estou apavorada com a coisa toda.

— Porque tem medo de sentir dor ou...

— É só que eu realmente não quero fazer isso. Começo a sentir que vou desmaiar só de pensar em voltar lá.

— Eu não entendo. Quer dizer, entendo, mas... Bev, você tem que ir! Não quer continuar grávida, certo? Percebe que a alternativa é ligar sua vida à de outro ser humano para sempre, não é?

— Definitivamente não consigo lidar com isso.

— Bem, eu gostaria que houvesse algum feitiço que a gente pudesse usar, mas não há. Você tem exatamente duas opções.

— Ah. Chega de toda essa interminável "escolha" que deve existir para mim!

— Bem, você tem uma!

Elas comeram o macarrão com queijo em silêncio por um minuto.

— Eu gostaria de poder deixar o bebê na porta daquele casal para quem cuidamos da casa, em Margaretville – disse Bev.

Amy riu, como Bev pretendera que fizesse.

— É verdade. Eu deveria ter dito que você tem três escolhas. A da adoção realmente existe. Mas pense em como sua vida seria estranha nos próximos nove meses. Sabe, explicar isso para todo mundo. Deus, explicar para os seus *pais*! Sem contar os estranhos em seus empregos temporários, ou seja lá quem for. Estranhos aleatórios que cederiam o lugar para você no metrô e dariam parabéns.

— Espera. Então, se isso estivesse acontecendo com você, faria um aborto porque preferiria não ter *conversas embaraçosas*?

— Esse seria um dos motivos!

Bev tentou lançar um olhar zangado para Amy, mas, em vez disso, começou a rir, ao imaginá-la respondendo aos parabéns de um estranho no metrô dizendo que, na verdade, daria o bebê para adoção. O fato é que ela também faria isso.

– O que foi, hein?

Bev pronunciou as frases afirmativas como se fossem interrogativas.

– Hum, de verdade? Só estou guardando esse bebê para outra pessoa? Não estou realmente em uma posição em minha vida de querer ter um bebê neste momento? Mas obrigada assim mesmo. E, ah, obrigada por me ceder seu lugar.

Elas riram um tanto histericamente por um minuto e, quando se acalmaram, o riso tinha deixado os olhos de Amy brilhando de lágrimas.

– Não estou dizendo que seja uma ideia *terrível* – disse Amy.

– Espere aí, o quê?

– Adoção em geral. E acho que seria bom dar o bebê para pessoas que você conhece um pouco, ou amigas de amigos. Não pessoas que você *realmente* conhece, o que seria estranho. Mas aquele casal parecia bem legal. Ah, quer dizer, não propriamente divertido, mas pessoas boas, interessantes.

– O.k., vamos parar de falar sobre isso. Vou encarar essa, tomar um Klonopin e voltar à clínica.

Amy hesitou, prestes a dizer alguma coisa, mas depois decidiu não dizer.

– O que foi? – disse Bev. – Não vou ficar ofendida.

– Ah, está bem, isso é loucura. Mas e se alguém quisesse, digamos, custear as despesas médicas e também pagar por seu tempo e, sabe, sua angústia mental?

– Tipo, se alguém quisesse comprar meu bebê?

– Bem... sim.

– Ah!

– Tá, sei lá, apenas pense nisso.

– Estou pensando e acho que você está totalmente louca! – Mas Bev estava sorrindo, e ao sorrir percebeu que fazia muito tempo que seu rosto não assumia essa forma.

Amy também estava sorrindo.

– Sabe o que mais? Acho que devíamos beber alguma coisa.

– O quê? Não. Eca.

– Não, vamos sim! Isso fará você se sentir melhor. As francesas bebem o tempo todo quando estão grávidas.

– Isso não me parece bom.

– Uma tacinha de vinho não parece bom? Vai fazer bem pra gente sair de casa. Vamos pra um bar! Ver gente! Vamos tomar uma margarita no restaurante mexicano no fim do quarteirão. *Uma* só.

– Arghhhh.

– Então apenas me faça companhia enquanto eu tomo uma!

Duas margaritas depois, Bev e Amy não estavam mais no restaurante mexicano, mas em um canto aconchegante do bar da escola de artes, cinco quarteirões ao sul, que estava com uma promoção de shots de uísque e latas de cerveja PBR. A náusea de Bev desaparecera com aquela primeira bebida; ela achou que seria um serviço de utilidade pública os médicos simplesmente dizerem às mulheres infelizes que *havia* uma cura garantida para enjoo matutino, mas imaginou que existiam leis contra isso.

O teto do bar era decorado com papel crepom e enfeites brilhantes e, olhando para ele, Bev pensou por um momento em como pareceria triste e cafona de dia. Mas não era de dia, e os espelhos e o néon refletiam os enfeites e emprestavam brilho à penumbra. Com sua resistência irlandesa, Bev mal notava o efeito da bebida. No entanto, havia muito tempo que não se sentia tão bem, o que era um milagre. Estava certa de que até mesmo as francesas desaprovariam uma dose de uísque na gravidez, por isso deu a sua para Amy, que definitivamente não precisava dela; já estava ficando com a fala arrastada. Por algum motivo, elas tinham pesquisado Sally e Jason no Google, no celular de Amy, e agora apertavam os olhos para ler um perfil da revista *New York* na pequena tela. "Rústico Urbano" era o título.

Sally Katzen e Jason Park tinham restaurado cada centímetro de sua casa vitoriana depois de comprá-la em 2003 pelo que pareciam considerar uma "pechincha". Seu plano inicial era morar nela durante os meses de verão, mas, depois de algum tempo, perceberam que gostavam tanto da área que queriam ficar lá o tempo todo. Então venderam seu *loft* na Great Jones Street ("Argh! *Por quê?*", disse Amy) e se mudaram para as montanhas, indo frequentemente para a cidade à noite, a fim de explorar seus bairros favoritos. Também passavam muito tempo nas feiras de antiguidades no norte do estado e em mercados das pulgas em busca de objetos de decoração únicos com que preenchiam seu espaço, como puxadores de cobre para as gavetas da cozinha e a velha porta de celeiro que era agora uma escrivaninha...

– Você acha que eles transam?

Amy pôs os dedos sobre a foto, afastou-os para aumentá-la e então examinou Sally e Jason, que, ironicamente, estavam posando com um forcado em seu jardim ensolarado.

– Não. Olha só para essas botas Rag & Bone dele. Não há como esse cara ser heterossexual.

Bev suspirou.

– Então, resumindo, Sally tem a vida perfeita.

Amy falou apressada, cuspindo cerveja.

– Perfeita como? Casada com um cara gay, morando a quilômetros de distância no meio do nada e escrevendo e-mails épicos sobre os pormenores do sistema séptico de sua casa?

– Bem, mas pelo menos eles devem ser bons amigos, não é? Morar naquela casa maravilhosa com seu melhor amigo... não sei, o que poderia ser melhor do que isso?

– Ah, Deus do céu, Bev, você leu esta parte? É de arrepiar: "É verdade que o design simples de Park e Katzen seria prejudicado por caixas de brinquedos de plástico, mas, embora sejam exigentes, esperam não ser obsessivos com detalhes, caso se tornem pais."

– Sem dúvida, ela será.

– É claro que sim. Mas o que é mais importante: eles querem ter filhos!

– Amy, você está bêbada.

– E daí? Estar bêbada não torna isso automaticamente uma má ideia.

– Tentar *vender um bebê* para pessoas que vimos uma vez? Acho que isso é sem dúvida uma má ideia.

— E se eles pagassem todas as suas despesas e, sabe, um extra? E se você conseguisse convencê-los a pagar sua dívida do financiamento estudantil?

— O que deu em você?

— Puxa, Bev, nada! Só estou tentando ajudar, e parece que vender um bebê seria preferível ao seu... *ter* um bebê. Quero dizer, Deus do céu!

Bev suspirou e bebericou a cerveja.

— Antes de mais nada, minha vida... Bem, é como se as coisas não pudessem piorar muito, entende? Talvez seja disso que estou precisando para não afundar cada vez mais. Porque não sei o que mais me motivaria a finalmente refazer minha vida.

— Ah, não diga uma besteira dessas, Bev. Você está passando por uma fase difícil, só isso.

— Estou passando por uma fase difícil desde que nos conhecemos.

— Acho que talvez também estivesse passando por uma antes disso.

— Certo. Bem, aquela não foi uma fase difícil. Por outro lado, acho que você está realmente passando por uma agora.

— Não quero falar sobre isso. Esta noite tem a ver com você — disse Amy, e depois passou a próxima meia hora se queixando de que provavelmente romperia com Sam, que a estava abandonando para ir para a Espanha, que estava sendo despejada, que tinha pedido demissão e não tinha nenhum dinheiro.

Bev assentiu com a cabeça. Foi compreensiva e fez as perguntas certas enquanto esperava Amy terminar de falar. Era assim que a amizade delas sempre tinha sido.

24

INCRIVELMENTE, NÃO HAVIA NENHUM CAFÉ OU BIBLIOTECA EM Margaretville que permitisse a Sally acabar de escrever seu romance. Nem nas vizinhas Roxbury ou Fleischmanns. Havia uma em Woodstock, mas, se estava disposta a ir tão longe, por que não dirigir até a cidade e ir à biblioteca na Judson Memorial Church e ver se a magia continuava lá? E, se não estivesse, ou se a biblioteca estivesse fechada para reformas (de novo!), Sally poderia se encontrar, como hoje, em um café em East Village que várias encarnações atrás fora um bar onde a própria Sally servia mesas e se apresentava *go-go dancing* vinte anos antes. Nesse ponto, seria quatro da tarde, *o que era loucura*, certamente uma hora insana para Sally abrir seu laptop. Isso significava que só conseguiria estar com o jantar pronto no mínimo às dez. É claro que Jason não diria nada, mas é óbvio que ficaria irritado; jantar às dez era de fato irritante. Sally cozinhar era um dos costumes dos dois, outro vestígio da criação patriarcal de Jason que um dia ela achara exótica e emocionante. Eles partiriam para Londres na sexta-feira, e Sally ainda não tinha feito as malas. Jason faria algo para demonstrar sua irritação, mas isso seria sutil e interpretável como um gesto gentil, como talvez ela chegar em casa e encontrar alguma refeição funcional jasoniana já pronta, ou as malas deles feitas esperando na porta, de modo que ela tivesse de usar suas piores roupas íntimas e ficar sem seus produtos de cabelo pelo resto da semana em vez de guardá-los nas malas de novo.

A outra opção para Sally era se sentar em seu escritório na casa deles em Margaretville e escrever lá, mas obviamente isso nunca daria certo. Ela acabaria sentada à sua escrivaninha de carvalho antiga às oito da manhã com uma xícara de chá de jasmim fumegante e os dedos curvados sobre o teclado e depois passaria o dia inteiro – sem ao menos fazer um intervalo para almoçar – no Facebook, vendo o que suas colegas da universidade estavam fazendo. Ela invejava as que tinham grandes mostras em museus quase tanto quanto as com filhos pequenos ou grandes, quase adolescentes. Por mais que não quisesse admitir, considerando sua decisão recente de parar de tentar engravidar, invejava as que estavam grávidas. Elas tinham de ser tão exibidas em relação a isso? "É difícil trabalhar com um bebê chutando seu umbigo!", escrevera uma das grávidas outro dia. Essa atualização havia obtido muitas curtidas, e Sally sentira vontade de dar um soco no próprio rosto. Isso a fez desejar ainda ter acesso fácil a narcóticos. Não tomava nada além de vinho tinto havia anos, mas ler aquela atualização de status a fez querer injetar em si mesma puro esquecimento. Em vez disso, comeu um pedaço de cheesecake orgânico congelado e ficou no Facebook por mais três horas, como se a má experiência pudesse ser apagada por experiências adicionais, se ela ficasse lá tempo suficiente.

Então hoje Sally acordou, trocou os adorados mocassins por tamancos de salto alto e saiu sem ao menos tomar uma xícara de café. Parou na entrada para automóveis para se despedir de Jason. Ele estava saindo para uma corrida, depois da qual, como sempre, passaria o dia alegremente absorto em editar a revista de design que os sustentava. Ele estava usando calças justas, o saco escrotal formando um pequeno volume no tecido, que, ao se despedir com um abraço, Sally ajeitou distraidamente, como poria uma mecha de cabelos solta atrás da orelha de alguém. Então entrou no carro e dirigiu para a cidade.

Havia uma velha confeitaria italiana onde ela fazia ritualisticamente sua primeira parada antes de se instalar com o laptop em algum lugar menos antiquado. Sentia uma estranha sensação de dever para com o lugar, como se fosse a única pessoa que o mantinha funcionando, embora a população italiana idosa fizesse isso. Como sempre, sentou-se ao balcão, tomou um café expresso longo e comeu lentamente um pequeno prato de biscoitos de formato estranho, contando as mordidas para terminar. Depois pediu uma caixa de *cannoli* para levar para casa, embora Jason nunca tocasse neles.

Se estivesse com muita sorte, poderia encontrar alguém que conhecia; mas isso acontecia cada vez menos e, ultimamente, não acontecera nenhuma vez.

Com a caixa de *cannoli* amarrada com uma fita, balançando no saco plástico ao seu lado e às vezes batendo em sua coxa, Sally andou rapidamente para o sul, na Second Avenue. Deslocou-se em meio aos pedestres mais lentos como se fosse um carro no trânsito, às vezes atravessando a rua para evitar esperar em um sinal vermelho.

Ao se aproximar da esquina da Houston Street com a Second Avenue, perguntando-se confusamente para onde iria a partir dali, um casal de idosos chamou sua atenção. Um estudante encolheu os ombros para eles, como que se desculpando, enquanto seguia seu caminho pela rua; estava claro que o casal havia pedido alguma informação.

– O que estão procurando? – perguntou ela impulsivamente.

– St. Mark's Place – respondeu o homem. Ele usava óculos elegantes e tinha uma barba branca bem aparada. Sally apontou para o norte.

– É a mesma coisa que a Seventh Street – disse solícita. Enquanto o casal se afastava, ouviu a mulher comentando:

– Pensei que fosse a mesma coisa que a Eighth Street.

– Eu quis dizer Eighth Street! Eighth Street! – gritou Sally para eles, sem querer acreditar que cometera um erro tão estúpido. Agora, até os turistas conheciam seu antigo bairro melhor do que ela. Não podia acreditar que já fazia quase vinte anos que se mudara para aquele *loft* no prédio de dois andares na Second Avenue. Havia um torso de manequim em um canto, não porque

Sally algum dia tivesse costurado, mas porque adorava sua forma quando espiava do outro lado da rua para dentro de sua própria janela. Aquilo era como uma presença ligeiramente assustadora no *loft*, chamando-a para casa.

 Agora, às vezes uma saída ao acaso ou, como hoje, planejada, a levava para perto do prédio, e se Sally estivesse com disposição passava por ele. Na calçada do outro lado da rua de seu antigo apartamento, tentando parecer casual, olhava para a janela, meio que esperando ver a forma da mulher sem cabeça ainda lá. Os atuais ocupantes, fossem quem fossem, tinham instalado cortinas grossas, que estavam sempre fechadas. Ela desejava que alguém demolisse o prédio.

 O prédio inevitavelmente seria demolido – muitos dos velhos prédios e *lofts* ao redor já tinham sido. Não demoraria muito para passar por ele e ver a estrutura de tijolos desgastada pelo tempo substituída por uma das novas torres pretas e prateadas chamadas Azure, Core, Cerulean, Glaze, Spire. Mas enquanto os trechos ao sul perto da Houston e ao norte na Fourteenth Street já tinham sido colonizados dessa maneira, seu antigo prédio ainda estava em pé, quase igual a quando ela se mudara para lá. Naquele tempo, Sally não havia realmente apreciado sua beleza. Apesar de todo o prazer que lhe dava falar sobre seus primeiros anos em Nova York, não se lembrava muito bem de períodos de tempo específicos. Lembrava-se vagamente de sensações. Do forte calor associado ao *loft* e de sonhar acordada. E do néon, da sensação noturna de adrenalina que associava às ruas e aos bares. Às vezes, tinha essa sensação nos lugares mais estranhos. Podia ser provocada pela qualidade da luz em um bar de aeroporto ou pelo halo ao redor de um poste que iluminava uma faixa deserta da calçada em sua cidade sonolenta no norte do estado.

 Sally havia presumido que a moderação da idade adulta acabava chegando para todos, sem exceção ou muito esforço – como um ônibus, se você apenas esperasse o suficiente. Foi preciso conhecer Jason para saber que estava errada.

Na primeira noite juntos, eles não fizeram sexo, apenas falaram sem parar no sofá de veludo acetinado cor-de-rosa de Sally, as anfetaminas combinadas com a euforia natural de sua intimidade fácil mantendo-os acordados até o nascer do sol transformar o cinzeiro lapidado que tinham enchido em um prisma que projetava raios de luz na parede atrás deles. Chegou um momento em que Jason perguntou diretamente a Sally como ela planejava se sustentar no futuro. Ela achava que envelheceria ali naquele *loft*, entregando ao dono do lugar grossos envelopes com notas de cinco dólares presas com elásticos? Jason a forçou a articular sua visão de recepções de gala em museus de capitais europeias e, até sob o efeito de drogas, Sally percebeu o quanto essas fantasias pareciam ridículas. Tudo que antes considerara um "plano" se revelou mais como um capricho vago, mas o estranho foi que ela realmente não se importou. Na mesma hora ficou claro que Jason tinha um plano. Ele tinha planos suficientes para os dois.

Jason tinha 6 anos quando a família se mudou para o Queens vinda de Seul, e suas lembranças mais antigas eram de encher tubos de papel com moedas atrás da caixa registradora no primeiro dos mercados de produtos agrícolas de sua família. Agora eles tinham quarenta. Jason havia ido para Harvard e estava terminando um mestrado em arquitetura em Yale, sobre o qual falava como se fosse um hobby, uma distração do trabalho real de dirigir seu escritório de design. Ao contrário de todos os amigos de Sally, ele estava disposto a admitir que o dinheiro era necessário, até mesmo importante. Planejamento, perseverança e dinheiro: com isso, Jason transformou o que Sally achou que era uma aventura passageira pouco promissora em um relacionamento que nesse ponto ocupara quase metade de sua vida.

Ela se lembrava do momento em que Jason saiu do *loft*, naquela manhã, depois de ter ficado claro que eles haviam passado por coisas demais juntos, agora se conheciam bem demais (e também estavam sóbrios demais e de ressaca) para o sexo descompromissado que fora o objetivo inicial de seu flerte. Após vestir o casaco, Jason havia sorrido e tocado no rosto de Sally, e depois erguido a palma da mão para mostrar a partícula de brilho que removera de sua bochecha.

– Desculpe. Isso estava me incomodando desde as duas da manhã – disse. – Sua pele é tão macia.

Depois que Jason foi embora, ela se deitou para cochilar até o início de seu turno naquela tarde, mas, embora estivesse exausta, não conseguiu dormir. No início, não tinha se sentido atraída por Jason, ou, pelo menos, era o que achava. Ela o havia levado para o *loft* quase por acaso; gostara da conversa deles, e Jason parecia tão digno de confiança, tão pequeno e nada ameaçador. Mas de algum modo a casta carícia dele transmitira uma enorme contenção. Que abismos de paixão violenta ele estava reprimindo? Ela os imaginou repetidamente e depois não conseguiu mais dormir, e então foi trabalhar em um estado de exaustão composto pelo tipo de torpor de uma paixão que lembra um pouco o de uma gripe.

Lembrar-se de que um dia achara a ideia de sexo com Jason misteriosa e irresistível quase a fez rir. Ainda o desejava, é claro, mas ele era muito familiar para ela; a mesma pessoa que fora naquela noite, mas também totalmente diferente, como o quarteirão pelo qual caminhava agora. Cada centímetro da Second Avenue estava repleto de associações com a antiga vida de Sally na cidade. Ela se lembrava de muitas tardes sem objetivo como essa, passadas visitando várias amigas em cafés, butiques, bares e locadoras de vídeos, onde elas ficavam atrás de balcões o dia inteiro. Lembrava-se de como se sentia virtuosa por distraí-las por alguns minutos, como se isso fosse algum tipo de trabalho necessário. Agora, todos que trabalhavam nessas lojas e nesses restaurantes – na verdade, quase todos que passavam por Sally na rua – eram quinze anos mais novos do que ela.

Era impressionante a rapidez com que você passava de se sentir olhada com desconforto e paquerada sempre que saía de casa a ser praticamente invisível. Aquilo parecia ter acontecido no dia em que Sally completou 35 anos. Ou talvez, ao sair da cidade, tivesse quebrado um feitiço. Embora não houvesse nada nas roupas ou no comportamento de Sally que indicasse que ela era uma visitante, os desconfiados moradores do local podiam sentir e talvez farejar isso. Talvez sentissem o cheiro úmido de uma lavanderia dos subúrbios, o cheiro quente e doméstico que quase nunca era sentido na cidade.

Houve um tempo intermediário na vida de Sally, antes de ela e Jason terem levantado acampamento para Margaretville, quando pensava que finalmente era dona de sua vida e estava à beira da fama e do sucesso, em que realmente já era um pouco famosa e bem-sucedida. Começou após seu casamento sair no *Times* com o título "Designer e pintora tornam a boemia uma arte".

Ela havia decorado o *loft* de Jason na Great Jones com o tema do Dia dos Mortos e usara um vestido de casamento mexicano que sabia que era um pouco transparente demais sem combinação, mas a dispensara assim mesmo, e na fotografia do *Times* dava para ver um de seus mamilos através do tecido. Os amigos de Jason incluíam muitos pintores semifamosos, dramaturgos e editores de revistas, e nos meses que se seguiram ao casamento Sally havia se dedicado a recepcionar. Jason adorava levar pessoas para o *loft* porque isso funcionava perfeitamente como propaganda de suas habilidades de decorador; os convidados mais ricos para o jantar sempre acabavam por contratá-lo para refazer seus próprios espaços no estilo pessoal e particular de Jason. As peculiaridades características de Jason se tornavam as peculiaridades de muitas outras pessoas. Ele falava o que deveriam dizer sobre as peças excêntricas, se declarar que eram relíquias de família ou achados do mercado das pulgas. Sally passava os dias procurando roupas perfeitas e flores frescas e de vez em quando até mesmo pintando. Suas telas feitas com técnica mista – começara a pintar de novo – estavam penduradas nas paredes do *loft*, e ela se lembrava da excitação que tentara esconder sob um verniz de indiferença quando um fotógrafo da *Paper* foi fotografá-la ao lado de uma delas. O *loft* ensolarado com as enormes janelas que davam para o oeste se prestara muito bem aos instantâneos; Sally gostaria que houvesse mais deles. Haviam dedicado uma página inteira ao seu perfil, concentrando-se um pouco menos na arte do que no fenômeno das festas de Sally e Jason e no passado curiosamente sórdido dela (Sally fora franca sobre o *striptease*).

A mudança para o campo parecera uma volta olímpica: Jason tinha trocado seu escritório pela editoria de uma revista de design internacional, Sally podia trabalhar em qualquer lugar e obviamente os amigos deles os visitariam o tempo todo. Passariam fins de semana com eles, como em um romance ambientado em uma casa de campo. Sally e Jason tinham pensado em manter o *loft* dele como uma segunda residência – como Sally desejou ter mantido seu *loft* na Second Avenue! –, mas o imóvel havia valorizado tanto que pareceu ridículo não vendê-lo. Além disso, eventualmente, havia filhos a considerar; Sally tinha suas velhas ideias sobre os aspectos enriquecedores da vida infantil na cidade baseados em *A pequena espiã* desprezadas por Jason, que passara seus anos de formação em Flushing, ansiando por brincar ao ar livre enquanto ficava atrás de uma caixa registradora. Na época, eles haviam brigado por causa disso, mas Sally acabou percebendo a sensatez da mudança. Agora adorava os ritmos suaves da vida no campo. Adorava cuidar do jardim e trabalhar quando sentia vontade. Havia pintado e depois se entediado com a pintura e feito cerâmica, o que levou a alguns anos administrando uma pequena loja que exibia obras de artesãos locais – até se tornar deprimentemente óbvio que ninguém do lugar queria comprar nenhuma delas –, e por fim abraçou a ideia de se tornar escritora. Trabalhava em seu livro todos os dias, confiante de que mais cedo ou mais tarde algo que valesse a pena mostrar adviria de seus esforços. Todos em sua pequena cidade perguntavam a ela como ia o livro; pelo menos para essas pessoas, era uma escritora. Sally não sentia falta da sensação que tinha na cidade de que todos ao seu redor eram cheios de ambição. Cancelara a assinatura da *Paper* havia muito tempo.

E agora ali estava ela, no café reencarnado, finalmente sentada para escrever. Se conseguisse evitar o Facebook e se concentrar, talvez pudesse progredir um pouco essa tarde. Uma nova energia – ou talvez apenas os dois expressos – zuniu em suas veias. Sentia-se à beira de algum tipo de mudança. Só daria uma olhada rápida no e-mail e depois começaria.

    O e-mail continha uma mensagem com o assunto "Obrigada!!!" e era de Amy, a mais alta das duas garotas que haviam cuidado da casa. Tarde, mas antes tarde do que nunca. Com algum constrangimento, Sally se lembrou de seu desejo de ser amiga delas, como se pudesse ser amiga de uma versão mais jovem de si mesma. Mas, enquanto lia o e-mail de Amy, com vários parágrafos, descontraído, mencionando livros que notara na casa e cheio de detalhes pessoais irrelevantes e encantadores, o constrangimento de Sally desapareceu. Parecia que Amy queria ser amiga dela também.

25

TINHA SIDO MAIS FÁCIL DO QUE AMY IMAGINARA PERGUNTAR A Sally se podia visitá-la com Bev quando ela e Jason estivessem lá. Amy disse que estavam indo passar um fim de semana no norte para observar as folhas mudando de cor e se hospedariam perto, e Sally as havia convidado (como Amy suspeitara que faria) para ficar com eles.

– Há muito espaço! – Sally pareceu realmente empolgada, e Amy quase sentiu pena dela.

Elas se sentaram à longa mesa de jantar com tampo de vidro para almoçar com os anfitriões, mas sem um plano sobre como tocar no assunto da gravidez de Bev e a ideia de que Sally e Jason poderiam querer adotar o bebê. Amy não tinha um plano. Não era da sua natureza ter planos, e achava que sabia por que Bev também não tinha um: a ideia de ter essa conversa, que tornaria o bebê algo concreto, um futuro real, era tão apavorante que ela se recusava a pensar em como a conversa poderia ser. Mas talvez Amy estivesse errada, e Bev *tivesse* um plano – um plano que não lhe contara. Essa também era uma perspectiva assustadora. Elas deviam contar tudo uma para outra.

Amy olhou para Bev por sobre a mesa, mas ela não a encarou. Levantar-se e sair correndo da sala a qualquer momento parecia muito possível, prestes a acontecer. Amy pôde sentir a elasticidade de seus músculos da perna enquanto se tensionavam. Ao lado dela, Jason cortou seu peito de frango em fatias finas, untou-as com um pouco de *chutney* vermelho-sangue e depois usou uma hábil manobra de garfo e faca para combinar uma fatia com um pouco da salada verde do outro lado do prato, antes de levá-la à boca. Ele mastigava silenciosamente ou sorvia cada pequeno pedaço inteiro, como uma cobra. Aquilo não era repulsivo, mas também não era agradável. Fazia você achar que ele poderia ter um método como esse para tudo.

Sally falava em tom neutro ao subir a escada do porão; estivera na adega, procurando o vinho perfeito.

– Querido, você se lembra se gostamos do Grüner Veltliner que Augie enviou de Munique? Temos uma caixa inteira desse. Quer experimentar uma taça? Alguém mais quer vinho?

– Sim, por favor – disse Amy. Ela ergueu a sobrancelha para Bev, desafiando-a a usar o fato de não beber como uma desculpa para mencionar a gravidez.

– Está cedo demais para mim – disse Bev, franzindo a testa para Amy por uma fração de segundo.

Jason apenas fez que sim com a cabeça e estendeu a taça na direção de Sally, que estava à cabeceira da mesa e se serviu primeiro, e depois o marido e Amy.

– O frango está delicioso – disse Amy depois de alguns instantes.

– Obrigada! É da região – disse Sally, e depois riu de si mesma. – Meu Deus, sinto muito! Detesto ser esse tipo de pessoa. Mas essa é uma das vantagens de morar no campo: os produtos locais. Quer dizer, comprei o frango da minha amiga Diane. Provavelmente eu o *conhecia*.

– Vocês já pensaram em criar galinhas? – perguntou Amy, e sentiu o pé de Bev cutucar seu tornozelo.

– Sim! Eu adoraria. Mas viajamos tanto, seria difícil.

– Ah, poderíamos viajar menos. Eu, pra dizer a verdade, gostaria de começar a viajar menos – disse Jason.

– Bem, não queremos que vocês comecem a viajar menos. Adoramos cuidar da casa – disse Amy.

– Ficamos gratas de verdade. É tão bom sair da cidade – disse Bev. Amy percebeu que ela estava tentando compensar sua rudeza.

— Ah, bem. Talvez vocês possam cuidar do galinheiro quando estivermos em Londres! Mas não sei. Parece muito trabalho, e as galinhas têm um cheiro horrível. Embora fosse divertido pegar ovos todas as manhãs. Eu realmente me sentiria como uma mulher de fazendeiro.

A conversa passou para outros assuntos agrícolas e depois para locais de interesse próximos; Amy e Bev já haviam visto a maioria deles, e Amy concordou entusiasmada com as opiniões de Sally. Bev empurrava pedaços de frango ao redor de seu prato, espalhando o *chutney* vermelho. *Tudo bem? Como você está?* Amy tentou se comunicar com a amiga mentalmente, mas Bev pareceu não receber a mensagem psíquica. Em vez disso, empurrou sua cadeira para trás e saiu da sala sem dizer uma só palavra. Amy ficou tensa, meio que esperando ouvir a porta da frente bater.

Em vez disso, ouviu – todos ouviram – sons inconfundíveis de vômito vindos da direção da cozinha. Parecia que Bev conseguira chegar ao banheiro do andar de baixo a tempo, mas não o suficiente para fechar a porta.

Jason não se deu ao trabalho de esconder sua repugnância.

— Argh, isso não estimula o apetite – disse. Seu prato estava limpo.

— Ela está bem? – perguntou Sally, as três leves rugas em sua testa se aprofundando de preocupação por um momento. – A noite passada foi animada ou algo no gênero?

— Ah, meu Deus, sinto muito. Tenho que ir cuidar dela. Por favor, não se levantem.

— Vou com você – disse Sally. Amy não tentou dissuadi-la. Elas deixaram Jason à mesa com uma revista que ele pegara e foram para o banheiro, onde uma pálida Bev estava sentada no chão.

— Desculpe. Não deu tempo de fechar a porta – disse ela. – Eu empurrei, mas só foi até a metade.

— Ah, meu Deus, essa droga de porta de correr! Faz um tempão que está na nossa lista de coisas a fazer: porta normal para o banheiro de baixo. Eu não a envenenei, não é?

Bev olhou para Amy, que arregalou os olhos e inclinou levemente a cabeça, não tanto como um sinal de aprovação, porém mais como um empurrão em um animal teimoso.

Então Bev olhou para Sally e disse:

– Eu estou grávida.

Pela primeira vez desde que eram amigas, Amy sentiu que não tinha a menor ideia do que passava pela cabeça de Bev.

Por um minuto, ninguém falou, e então Bev ergueu o corpo para vomitar de novo. Sally se virou educadamente para outro lado, mas Amy estava sentindo aquela coisa de não conseguir tirar os olhos de onde estavam concentrados sem um esforço extremo de todos os mínimos músculos faciais.

Os passos de Jason já se faziam ouvir no segundo andar; estava claro que aquela situação toda ofendera sua sensibilidade. Com um forçado balançar de cabeça, Amy saiu de sua paralisia momentânea e se inclinou para massagear as costas de Bev, que se deixou cair sobre o vaso. Sally olhou para Amy e balbuciou algo inaudível.

– De propósito? – Sally disse isso um pouco mais alto, alto o suficiente para Bev ouvir.

Bev riu.

– Sim, achei que seria uma boa hora para ter um bebê. Por causa dessa minha fase de folga entre a saída da pós-graduação e a tentativa de recomeçar minha carreira fracassada. Sabe, pareceu a oportunidade perfeita.

– Ela está brincando. – Amy sentiu necessidade de esclarecer.

Sally ficou em silêncio por um segundo; Amy pensou que talvez ela estivesse lamentando quaisquer planos perfeitos que tivesse feito para a tarde. Então Sally se aprumou.

– Tenho uns biscoitinhos salgados no armário. Bev, a melhor coisa é mordiscar um bem devagar, e depois você não vai se sentir tão mal. No início isso é totalmente repulsivo, mas funciona.

Bev se deixou levar para a mesa da cozinha, à qual se sentou com a cabeça nas mãos, enquanto Sally vasculhava os armários atrás dela. Amy se sentou em frente a Bev.

— Parece que você entende do que estamos falando – arriscou Bev depois de um minuto.

Sally olhou para as garotas, como se estivesse decidindo se seria completamente franca com elas, mas claro que contaria tudo.

— Eu tive alguns abortos espontâneos. Nós paramos de tentar. A história de sempre. Pensamos em embarcar em toda aquela coisa de alta tecnologia, mas fiquei com asco daquilo tudo: injetar hormônios em mim mesma, andar com aquele ovário dolorido e inchado dentro de mim. Ofendia minha sensibilidade hippie.

Ela pôs um prato de biscoitos de água e sal diante de Bev, que se serviu de um e o observou se esfarelar.

— Parecem velhos – disse Bev.

— Sim, têm três anos. – Sally estava sorrindo, mas Amy a viu trincar os dentes enquanto falava. – Ou quase isso. Então, você vai fazer um aborto?

Bev mordeu hesitante o biscoito, que se desintegrava, e depois com mais gosto.

— Sim, a menos que você queira adotar meu bebê.

— Hein?

Sem conseguir aguentar a estranheza da situação, Amy riu nervosamente.

Sally as olhou com frieza.

— Vocês vieram aqui para me oferecer o bebê? A cratera em forma de bebê na minha vida é assim tão óbvia?

Ninguém disse nada. Sally pegou um biscoito no prato e mordiscou pensativa a borda, olhando sobre a pia pela janela que dava para o quintal.

— Vocês mal nos conhecem. Por que pensaram... É tarde demais para...

— Não. Eu tenho mais algumas semanas. Só achei que valia a pena tentar.

Amy se sentiu nauseada. Examinou a palidez e os círculos escuros ao redor dos olhos de Bev. Ela emagrecera um pouco nas últimas semanas; a perda de peso estava começando a diminuir um pouco o aspecto infantil de seu rosto arredondado. Mas ela tinha uma nova beleza, um tipo de autoridade física com que não contava antes.

Sally se levantou abruptamente e foi para a sala de jantar, onde a mesa ainda estava posta com os restos do almoço. Amy viu o olhar de Bev e de repente sentiu seu medo. Elas seguiram Sally até a sala de jantar, onde ela andava de um lado para outro. Não parecia mais aborrecida. Em vez disso, parecia animada.

– Vocês acreditam em Deus? Ou, sei lá, em destino, universo, astrologia ou algo assim?

Bev deu de ombros. Isso era esquisito, porém não mais do que tudo que acabara de acontecer.

– Eu não. Quero dizer, fui criada para acreditar, mas agora não acredito em nada. Amy acredita até certo ponto em astrologia. E no judaísmo, imagino?

– Principalmente na astrologia – disse Amy. – Mas não de verdade. Sabe como é. Do jeito que as pessoas acreditam. E você?

– Ah, eu não sou muito ligada em nada disso, mas acho que vocês entraram na minha vida por um motivo. Sinto como se devesse me envolver na vida de vocês. Isso não é superesquisito?

– Isso significa que você quer o bebê? – perguntou Bev toda interessada.

– Não sei... será? Ou talvez haja outro modo de fazer isso como... não adoção, mas talvez eu pudesse me envolver bastante de outro jeito, como uma tia ou madrinha?

– Por que você faria isso? Quero dizer, sem querer ofender, mas você mal conhece a gente, quero dizer, mal me conhece.

– Não sei. Gosto de vocês, garotas! Vocês me fazem lembrar... de mim mesma, mais jovem. É esquisito dizer isso? Mas é verdade. E eu adoraria, não sei, apoiar vocês como puder, se Bev decidir que quer ter o bebê.

Os olhos de Amy se estreitaram.

– Apoiar como, emocionalmente?

– Claro, mas talvez também possa ajudar de outros modos, se for razoável. Eu poderia cuidar do bebê, ficar com ele nos fins de semana. Seria como se eu tivesse um bebê, mas em tempo parcial.

E seria o mesmo para você. Não parece ideal? Deus, me pergunto por que as pessoas não fazem isso o tempo todo.

Amy e Bev se entreolharam.

— Bem, essa seria uma situação estranha para a criança — disse Bev finalmente. — E além disso ainda não sei ao certo se quero ter um bebê, mesmo em tempo parcial.

— Verdade? Por quê?

— Ah, porque decidir ter um bebê parece totalmente insano até mesmo nas melhores circunstâncias. E as minhas não são, sobretudo do ponto de vista financeiro.

Sally deu de ombros.

— Bem, tenho certeza de que todo mundo sente isso, e ainda assim a raça humana sobrevive. E dinheiro não é problema para mim. É o único problema que eu não tenho, sabem? Sei lá. Acho que deveríamos continuar pensando sobre isso. Poderia ser divertido!

— Está bem, mas e quanto a Jason? Você precisa consultá-lo?

— Consultar-me sobre o quê? — disse Jason. Ele estava em pé no vão da escada. — Eu estou de saída. Vejo vocês no jantar? Está tudo bem, querida?

Sally foi até o marido e, com um esforço que teria sido estranho se não fosse suavizado por anos de prática, inclinou ligeiramente a cabeça para lhe dar um beijo na bochecha.

— É claro. Pode ir, querido. A gente conversa sobre isso depois.

26

TARDE NAQUELA NOITE, AMY FICOU DEITADA SEM DORMIR NO QUARto de hóspedes de Sally por várias horas. Cada vez que seus pensamentos começavam a se transformar em sonhos, ela era acordada por um som campestre que quebrava o total silêncio noturno. Um corvo grasnava, um inseto zumbia ou um sapo coaxava. Aquilo era quase insuportável. Ela sentiu falta do ruído monótono do tráfego na BQE.

Finalmente saiu da cama e foi na ponta dos pés até a porta. Abriu-a um pouco e viu uma faixa de luz saindo de baixo da porta de Bev, do outro lado do corredor. Bateu hesitante.

– Entre – disse Bev. Ela estava com um pijama de flanela que Amy não conhecia, folgado e com estampa de beijos. Os cabelos louros estavam soltos e marcados pelas tranças que usara mais cedo, e ela tinha o ar inocente, quase angelical. Bev deu um tapinha na cama perto dela, e Amy entrou. Ficaram deitadas ao lado uma da outra, olhando para o teto.

– Senti falta de você – disse Amy.

– Também senti sua falta – disse Bev. – O que aconteceu?

– Só estou estranhando a ideia de você ter um bebê. Quer dizer, está pensando nisso mesmo? Sei que falar com Sally sobre adoção foi ideia minha, mas isso não significa que eu ache que seja uma *boa* ideia. E seja lá o que ela disse *não* parece ser uma ideia particularmente boa. Quem já ouviu falar em tempo compartilhado em se tratando de um bebê?

– Ainda não tomei uma decisão. Acho que me sinto insultada por você não confiar no meu julgamento. Tipo, sem querer ofender, mas a decisão é minha. De qualquer modo, isso não afeta você de verdade em nada.

Amy não sabia o que dizer. Sentia que a afetava de verdade, e muito, mas obviamente afetava muito mais Bev, tanto que percebeu que de certa forma era um absurdo falar sobre o impacto que isso teria em sua própria vida.

Depois de um tempo, Amy ergueu a mão na direção do teto. Suas unhas estavam pintadas de marrom.

– Ei, você notou que fiz a unha?

– Notei. Gostei muito da cor. Geralmente nunca gosto das suas unhas.

– Fui àquele salão em Williamsburg; foi montado como um bar, com bancos altos, então dá para conversar com alguma amiga perto de você enquanto uma equipe de asiáticas caladas se senta do outro lado do balcão e cuida de suas cutículas.

– Sinistro. É por isso que não vou a manicures.

– Bem, sim, muito sinistro. Mas, então, eu estava sozinha e não tinha outra escolha além de ouvir a conversa do grupo perto de mim. Uma das mulheres era designer de bolsas, e acho que todas tinham filhos. Elas falavam sobre uma amiga que estava grávida e que essa era a *melhor notícia.* A melhor notícia que já tiveram. E falavam em lhe oferecer um chá de bebê, e que uma delas era uma "diva doméstica", e que a designer tinha dado a uma de suas bolsas o nome da filha de alguém. Ah, e as coisas fofas e estúpidas que seus maridos faziam, meio que fazendo alarde sobre a falta de aptidão deles para cozinhar ou cuidar dos filhos.

Amy olhou de relance para Bev para se certificar de que ela não tinha adormecido, mas seus olhos continuavam abertos. Bev estava olhando para o ventilador de teto; o único som no quarto era o zumbido de suas pás cortando o ar.

– Acho que estou falando sobre essa estranha monotonia pela qual as mulheres parecem ansiar – disse Amy. – O tom do editorial da revista *Us* que contagia as conversas e vidas das pessoas. Apenas cultuando... *crianças e domesticidade* e fazendo isso parecer o objetivo de vida das mulheres, o único objetivo legítimo que elas podem ter.

– Sou a pessoa mais longe do mundo de ser parecida com essas mulheres – disse Bev bocejando.

– Eu sei, eu sei. Mas independentemente de qualquer coisa, se você decidir ter esse bebê, sabe, você vai *ter um bebê*. Isso vai significar alguma coisa. Porque.... sei lá, é um bebê. Não importa o que aconteça, será seu bebê. Seu filho. Isso não confunde sua cabeça? Eu só estou preocupada agora com todas as coisas que poderiam dar errado. Só quero que elas voltem a ser como eram antes de você engravidar. – Amy estava ficando cansada demais para pensar direito.

– Também quero isso, mas não adianta querer algo impossível. E acho que essa poderia ser minha chance de mudar o rumo da minha vida – disse Bev. – Se você tivesse uma chance dessas, a aproveitaria, não é?

– Não sei – disse Amy. Depois de algum tempo, quando pareceu que Bev tinha adormecido, ela foi dormir no seu quarto.

27

ERA ESTRANHO O QUANTO SE DEMORAVA PARA IR A QUALQUER LUgar em Margaretville, considerando como era pequena. Descendo a colina da casa de Sally e Jason, Amy tinha a sensação de que a cada passo se abria um véu entre o cenário de cartão-postal e a realidade. A cidade era totalmente cercada por montanhas, mas de certo modo não estava à sombra delas. O céu brilhava à luz pálida do sol de outono. Não havia nenhum outro ser humano à vista, e Amy imaginou que todas as casas estavam vazias, e toda a pitoresca paisagem era um espetáculo exibido só para ela.

Nos minutos que demorou para chegar à rua principal, Amy tentou ocupar a mente com algo além da situação de Bev. Pisou de propósito nas ervas daninhas que saíam das fendas na calçada. Tentou pensar na procura de um apartamento e em suas perspectivas de emprego. *Meu Deus, faça com que eu encontre um novo emprego logo.*

A impressão que Amy tinha de Deus era meio que a de um/a garoto/garota sensato/a, um tipo de professor/a de ioga muito sábio/a que sabia o que você tinha feito e pensava coisas horríveis sobre isso, mas não levava para o lado pessoal. Ou talvez não existisse nenhum Deus, nenhuma inteligência personificada, mas ainda era importante ter um código moral interno que, se você seguisse, seria recompensado. Não fazer com os outros o que não queria que fizessem com você. Não ferrar com as pessoas. Era estranho que, em todos aqueles anos de amizade, Amy e Bev nunca tivessem discutido moralidade, ou como quer que se chamassem as regras segundo as quais elas, respectivamente, viviam. Quando Bev dissera que achava que desmaiaria se voltasse ao consultório do ginecologista, Amy ficara chocada ao perceber que Bev ainda tinha um vestígio de sua criação extremamente religiosa. Ou... bem, isso não era tão verdadeiro. Antes, Amy havia pensado que a infância evangélica de Bev resultara no que às vezes parecia amoralidade, como se, em vez de regras, Bev tivesse uma lacuna onde um dia houvera regras e agora havia algo um pouco vago – algo que tornava Bev vulnerável aos impulsos porque não tinha nada dentro dela lhe dizendo "não", exceto algo em que não acreditava e com o qual lutava para viver.

Mas agora Amy achava que talvez Bev – apesar de não acreditar em um demônio que a puniria ou um inferno ao qual estava condenada depois de morrer – acreditasse que havia coisas que você simplesmente não podia fazer, e aborto era uma delas. E, se esse fosse o caso, seria impossível convencê-la a não ter o bebê.

Amy percorreu a rua principal, olhando para as vitrines de lojas, que pareciam em sua maioria fechadas. Horas de funcionamento idiossincráticas estavam afixadas nas vitrines: 11:30 às 16:15; 12 às 18 nas quintas-feiras. Ela finalmente chegou ao quarteirão atrás da rua principal, onde a estranheza era substituída por puro utilitarismo suburbano. Entrou no supermercado. Os largos corredores, feitos para acomodar dois carrinhos lado a lado, a encheram de fome e nostalgia. Foi tomada por um impulso de telefonar para Sam apenas para ouvir a voz dele, um impulso ao qual rapidamente cedeu.

Sam atendeu no segundo toque, mas a voz dele soou metálica, e onde quer que estivesse parecia estar ventando.

– Estou indo para o jogo de futebol, querida, por isso só tenho alguns minutos. Onde você está? Sinto sua falta.

– Estou num supermercado no norte de Nova York, perto da seção de queijos. Eles oferecem degustação. Acabei de comer um queijo de cabra local. Estava bom. Supersalgado. Estou feliz de você estar fora do ateliê, querido. Como vai sua carreira futebolística?

– Ganhamos na noite passada, mas hoje acho que vamos perder. Você e Bev estão se divertindo nas férias, querida?

Amy hesitou. Na verdade, não fazia ideia de por que hesitava em contar a Sam sobre a gravidez de Bev. No passado, contava a ele tudo sobre a vida da melhor amiga, do modo como as pessoas que têm uma relação sempre fofocam sobre as amigas solteiras para compensar a falta de escândalos sexuais em suas próprias vidas, nos intervalos entre episódios de *The Wire*. Mas isso parecia diferente, mais privado e sério do que as leviandades e paixonites debilitantes de costume de Bev. Além disso, Amy não estava certa do que estava acontecendo em seu relacionamento com Sam.

– Sim, na verdade, encontramos aquelas pessoas de cuja casa cuidamos e agora elas nos estão hospedando.

Ouvia-se mais vento do outro lado da linha.

– Desculpe, querida, tenho de pegar esse ônibus ou vou chegar atrasado no futebol. Não quero ser aquele cara chato que fica falando no celular no ônibus. Pode me enviar um de seus lindos e-mails depois?

– Tudo bem. Mas eu preferiria falar, sei lá... tem tanta coisa que quero contar, e você nunca está por perto. E bem que você podia me enviar um e-mail também.

– Sinto muito, querida, tenho ficado muito preso no ateliê. Tem uma luz maravilhosa nesta época do ano. Bem, já estou no ônibus, querida. Torça pra mim no jogo!

Saindo de seu estado de fuga telefônico, Amy percebeu que estivera ao lado da seção de frios, segurando o mesmo bastão de queijo por um longo tempo e apertando o firme nó de uma extremidade da embalagem para outra. Um funcionário com um avental do supermercado a olhava do outro lado de uma fileira de sacas de cebolas amarelas. Ela enfiou o telefone no bolso e sorriu para ele, que parou de empilhar a cebola e fez um tímido aceno.

Estava realmente ficando meio cansativo aquele negócio de Sam ser a única pessoa além de Bev com quem ela se importava e queria conversar, e talvez Sam não sentisse a mesma coisa. Precisava romper com ele, mas também melhorar outra área em sua vida antes de renunciar ao apoio, embora mínimo, que obtinha dele. Precisava de um novo emprego, por exemplo. Ou de um novo apartamento. Ou de um novo namorado. Comprou uma lata de suco de frutas orgânico com o cartão de crédito e começou a subir novamente a colina.

Quando chegou a casa, Bev estava no sofá na sala de estar segurando um Ginger Ale e folheando preguiçosa um número da revista de Jason. Sally estava afundada na poltrona em frente, ocupada em escrever algum tipo de lista.

Amy ficou no vestíbulo, com uma das mãos tocando reflexivamente o teclado do celular no bolso do casaco, como se estivesse prestes a ligar para alguém que pudesse vir salvá-la. Elas haviam feito o que foram ali para fazer. Agora não podiam se despedir sem estranhamento e voltar para o Brooklyn? De repente, Amy se sentia aflita com a busca de emprego e apartamento, a falta de dinheiro. Na primeira chance que tivesse, falaria com Bev sobre irem embora. Nesse meio-tempo, forçou um sorriso, tirou os sapatos e o casaco e foi para o banheiro de hóspedes no andar de cima, onde de propósito deixou a água correr durante todo o banho.

Quando voltou para o andar de baixo, Bev havia se levantado do sofá e estava amarrando os tênis Converse de cano alto.

– Estou me sentindo um pouco claustrofóbica, amiga. E a náusea parece ter diminuído um pouco... Deixa até eu bater na madeira. Quer dar uma volta de bicicleta? Eles têm umas dez bicicletas; Sally vai me mostrar sua trilha favorita.

Amy sabia que deveria se forçar a ir, que o exercício a faria se sentir muito melhor. Olhou para Sally, que estava se abaixando para amarrar seus tênis sem um logotipo específico, mas que ainda assim pareciam bastante caros. Amy sabia que deveria ir e, com a mesma clareza, soube que não iria.

Disse a Bev e Sally que ficaria cuidando da casa e que estava feliz por Bev se sentir melhor. Depois se lembrou de perguntar o que Jason estava fazendo.

— Ah, ele está lá embaixo no porão – disse Sally. – Trabalhando num de seus pequenos projetos.

Meia hora depois, sem saber ao certo como acabara ali, Amy se viu batendo na porta da sala de trabalho de Jason, no porão.

Ele estava escarranchado sobre uma bancada, usando óculos protetores e segurando algum tipo de ferramenta. A camiseta surrada era um pouco mais justa do que o necessário, mas de resto essa era a aparência mais máscula em que já o vira. Quando Jason a olhou, ela se deu conta de que ele realmente era heterossexual, de um modo que não percebera antes.

— No que está trabalhando?

Jason ergueu os óculos protetores e enxugou a testa em um gesto exagerado de comercial de Coca Diet. Amy riu, como ele pretendera que fizesse.

— Venha dar uma olhada – disse Jason.

Amy ficou atrás dele e olhou para o objeto na bancada. Era uma réplica diminuta do sofá em que Bev estivera mais cedo, o da sala de estar no andar de cima. Jason estava usando uma ferramenta Dremel para criar uma minúscula versão do intricado padrão da estrutura de madeira do sofá real.

— Nossa! Isso é impressionante! E um pouco bizarro – disse Amy.

Jason acariciou o minissofá, olhando-o como se tivesse surgido em sua mão por mágica.

— Sim. É uma coisa tão de nerd que nunca mostrei para ninguém. Não tenho uma casa de boneca para isso ou algo no gênero. Apenas aprendi a fazer réplicas em escala construindo modelos arquitetônicos na escola de design, e me apaixonei por isso. Agora às vezes faço quando estou meio estressado.

— É bom ter um projeto – disse Amy. Ela se aproximou mais.

— Você tem um projeto?

Foi a primeira vez que se encararam. Essa era uma pergunta básica, e Jason só a fizera para puxar assunto, mas pegou Amy desprevenida.

— Humm... não, não neste momento.

— O que é mesmo que você faz?

– Ah, coisas na internet. Principalmente edição, como posts de blogs. E às vezes escrevo. Mergulho de cabeça em cada pequeno projeto enquanto está em andamento, mas no momento em que fica pronto não quero ter mais nada a ver com ele. Quer dizer, só quero receber meu cheque.

– Hum! Você tem rapidinhas com seu trabalho.

Amy torceu o nariz para mostrar que achava que ele estava sendo um pouco inconveniente, mas a alusão ao sexo lhe deu um leve arrepio, e uma camada secreta de sua mente começou a calcular quanto tempo Bev e Sally demorariam para voltar do passeio de bicicleta.

– Não é bem isso. É só que, digamos, quando algo fica pronto, não é mais parte de mim. É mais fácil eu ter uma caixa cheia de unhas cortadas do que ler um post antigo do blog. Você nunca se sente assim em relação aos números antigos de sua revista?

Agora Jason a olhava com total interesse.

– Não. De jeito nenhum. Quando faço um layout para a revista, quero olhá-lo repetidamente. Acordo no meio da noite e folheio números antigos até dormir. É como se eu dissesse: eu existo, eu existo, eu existo.

Amy sorriu.

– Também faço isso, compulsivamente, mas só consigo sentir aversão. Como: eu existo, eu existo... argh.

Jason voltou a olhar para o diminuto sofá em suas mãos.

– Acho que a Sally é mais como você. Ela está sempre revisando; é por isso que está demorando tanto para terminar o livro. Ela nunca quer chegar à parte do processo em que algo deixa de ser, digamos, ainda potencialmente perfeito.

Jason mencionara Sally no ponto exato da conversa em que seria estranho se não reconhecesse sua existência; ao mesmo tempo soubera, em algum nível, que estarem sozinhos no porão exigia que a mencionasse.

– Ah, bem, talvez eu me torne mais como você quando envelhecer. Sabe, eu vou crescer – disse Amy inadequadamente.

Jason sorriu.

– Sim, você tem tempo. Afinal, com quanto anos está? No início da casa dos 30?

– Trinta – respondeu Amy. – Então sim. No início da casa dos 30. Nossa, quando você fala assim, pareço velha.

– Na verdade, você parece muito jovem.

– O que quer dizer? Que eu sou imatura?

– De certo modo. Não em um sentido ruim. Há algo em você que parece... não formado. Impressionável.

– Ah, obrigada? – Amy franziu as sobrancelhas. – Não sei, isso me parece um insulto.

– Não. Não é – disse Jason. Ele olhou para Amy, realmente examinando-a, e por um estranho momento ela achou que poderia se levantar e beijá-la. Não se sentia atraída por ele, não de verdade, mas o porão e o espectro de sua esposa davam à situação uma dose de adrenalina. Mas então Jason voltou a atenção para o sofá em miniatura, e ela concluiu que imaginara a coisa toda.

28

SALLY ESTAVA CONTANDO A BEV QUE TINHA SIDO *STRIPPER* QUANDO morava em East Village. Olhando para Sally – corada da subida das íngremes colinas atrás de Margaretville, usando calças de *spandex* para ciclistas, um retrato perfeito da suburbana atlética e saudável – era quase impossível para Bev imaginar isso. Mas aquela tinha sido uma época diferente, em que implantes de silicone e bronzeados falsos ainda não eram acessórios exigidos para a sedução profissional. Elas estavam sentadas em uma clareira comendo o lanche que Sally preparara: sanduichinhos de pepino, com endro da horta e pão caseiro.

– Humm – disse Bev. – Por que você... quer dizer, estava envolvida com drogas ou algo no gênero?

– Não! Na verdade, um pouco, mas não mais do que as outras pessoas. Isso não era um problema.

Sally parecia estar apreciando o desconforto de Bev. A novidade de poder chocar alguém, percebeu Bev, era grande parte do motivo de ela ter feito essa confissão. Certamente ela não era a primeira pessoa para quem Sally contava sua história de *stripper*. Aquilo era seu teste de amizade, destinado a confundir e fazer com que você se sentisse privilegiada em saber informações sigilosas. Você deveria subitamente pensar em Sally como uma transgressora, dotada de uma ousadia sexual e vulnerabilidade que não suspeitava que ela tivesse. Mas saber que você não era nem de longe a primeira pessoa que ouvira essa confissão fazia aquilo parecer uma imitação de intimidade. Como *striptease*, supôs Bev.

– Antes eu era pintora. Na verdade, foi isso que estudei na Brown, belas-artes, mas depois me tornei uma artista performática. Naquele tempo, muitos dos meus trabalhos envolviam nudez, e então pensei: bem que eu poderia ganhar algum dinheiro! E todas as minhas amigas estavam fazendo isso.

– Uau! – disse Bev, sorrindo para Sally para fazê-la saber que estava impressionada e não chocada.

– Você nunca... fez algo assim? – perguntou Sally.

– Ah, não! Sem chance. Fico com vergonha só de pensar em estar em um palco.

– Sabe, você realmente poderia fazer isso. Tem um corpo ótimo.

– Não acho que agora seria a hora de começar – disse Bev, apontando para a barriga.

– Humm. Até me esqueci disso por um instante – disse Sally. – Desculpe. Já aconteceu isso com você alguma vez? Eu me lembro de que quando estava grávida passava dias inteiros sem pensar nisso.

– Não – disse Bev. – Eu penso nisso o tempo todo.

– Você desistiu da pós-graduação, não é?

– Desisti. Tenho metade de um mestrado em escrita criativa. Acho que isso não me torna uma mestre das artes.

– Legal. Eu mesma sou mais uma empregada das artes.

– Você tem mestrado em belas-artes?

– Não. Não tenho nenhum diploma. Só decidi escrever depois que a gente se mudou para cá e, para ser sincera, não levo isso muito a sério. Mas tento escrever todos os dias. Fico pensando que se continuar a fazer isso talvez um dia me ocorra uma história perfeita.

– Então você escreve ficção? – perguntou Bev.

– Sim.

– Eu também. Mas não acho que chegue a ser uma distinção significativa.

— Verdade? Tipo, se eu agora tentasse escrever sobre *striptease*... quer dizer, droga, não me lembro de nada que aconteceu. Eu poderia simplesmente inventar isso.

— Talvez devesse fazer isso.

— Escrever sobre *striptease*?

— É. As pessoas adoram essas coisas. Ou então sobre a velha e perversa East Village. Escreva sobre isso, invente umas coisas.

Bev terminou seu sanduíche e rolou na grama. Estava esfriando e o suor da pedalada resfriava sua pele. Quando olhou para a floresta, viu um súbito movimento. Então, a uns cinco metros delas, uma família de veados surgiu na clareira: um macho grande, uma fêmea menor e um filhote — de rabos brancos e lindos com seus olhos tolos afastados, voltados diretamente para Bev e Sally. Bev olhou para Sally, e elas sorriram uma para outra. Bev lamentou Amy estar em casa perdendo esse momento.

29

UM BEBÊ COCHILAVA NO CARRINHO ENCOSTADO EM UM DOS NICHOS individuais ao lado de onde estavam no restaurante a que Sally e Jason haviam levado Bev e Amy para jantar, e eles tentavam inutilmente não olhá-lo. Amy achou que podia dizer, baseada na linguagem corporal do casal, que eles haviam discutido a proposta de Sally sobre o bebê, embora ninguém a tivesse mencionado. Bev convencera Amy a prolongar o fim de semana, a passar a noite de domingo em Margaretville e voltar para a cidade no meio da manhã de segunda-feira, de modo que esse jantar – em um restaurante chamado Moose Ridge, cujo estilo imitava o de um chalé de esqui – era a última refeição que faziam juntos, pelo menos por enquanto. O bebê se entregara ao sono e estava totalmente quieto, exceto pela barriga satisfeita, que subia e descia. Estava com as pernas e os braços abertos em ângulos perfeitos. Amy o invejou.

Jason estava de ótimo humor. Ele se entusiasmara com a carta de vinhos e o cardápio e depois, quando chegaram, com a comida e o vinho.

– Acho que colhem estes cogumelos perto daqui, mesmo no outono! Crescem perto da fonte termal, que os aquece como uma estufa natural. – Ele apontou um garfo cheio na direção de Amy. – Quer experimentar?

Amy não queria de fato os cogumelos, mas também não queria fazer uma tempestade num copo d'água. Viu-se olhando para Sally em busca de aprovação, enquanto aceitava provar do garfo de

Jason. Sally sorria distraidamente na direção do bebê. Amy olhou nos olhos de Jason enquanto o garfo entrava em sua boca.

– Humm, gostoso – disse.

Depois do jantar, já em casa, Amy ficou no quintal à luz do entardecer, o estômago desconfortavelmente cheio de cogumelos e vinho, e telefonou para Sam de novo. Sentira certa pressão para ajudar Sally a tomar a garrafa de vinho que tinham pedido. Jason não bebera porque ia dirigir; Bev se abstivera totalmente, apesar das declarações de Sally sobre "as francesas". Agora o terreno estava macio e um pouco instável sob os pés de Amy. O telefone chamou várias vezes, e ela estava prestes a desistir quando por fim Sam atendeu, parecendo grogue.

– Oi, querido – disse Amy, compensando exageradamente o nervosismo.

– Querida – ele suspirou. – Estou trabalhando. Podemos conversar em outra hora?

– Eu sei, querido, mas não conversamos há tanto tempo!

– Nós conversamos hoje, mais cedo.

– Quero dizer realmente conversar. *Conversar*. Vamos conversar!

Sam suspirou de novo, e ela pôde ouvir que ele estava se movendo, talvez saindo da cama. Nova York parecia estar tão distante. Sam sempre dormia com uma camiseta velha, e o imaginou usando a favorita dela, com a cabeça de leão que era o mascote de sua universidade, com buracos ao redor do colarinho por onde Amy enfiava os dedos para sentir sua pele quente e musculosa. Ela estava andando como as pessoas fazem ao telefone, estendendo o braço e arrancando folhas dos galhos baixos das árvores recém-plantadas na beira do quintal e depois as amassando na palma da mão. Enquanto andava, percebeu como estava bêbada, e também por que realmente telefonara para Sam, e mesmo dizendo a próxima frase, começou a desejar não ter ligado, mas agora era tarde demais. Ela havia começado.

– Então, tenho pensado muito sobre, você sabe, nós.

Houve silêncio, mais movimento.

– Querida, escuta, estou indo para a Espanha em pouco tempo. Não posso pensar sobre o futuro neste momento. Além disso, acho que esse é o tipo de coisa sobre a qual seria melhor falar pessoalmente.

– Mas você não vai querer falar sobre isso pessoalmente! Você nunca quer falar sobre o futuro!

Sam ficou em silêncio.

– Quero dizer, nós *temos* um futuro?

Eles tinham chegado ao impasse estranho e familiar em que qualquer conversa teria de incluir um pedido de casamento ou um rompimento, e nenhuma dessas coisas parecia possível nesse momento.

Houve silêncio na linha até que Sam o quebrou.

– Querida, você sabe que amo você, não é?

Amy continuou num silêncio teimoso. Sabia que estava sendo infantil, mas, já que estava, queria ir até o fim: ter uma explosão de raiva, dizer coisas ilógicas, estúpidas e imperdoáveis.

Felizmente, um deus das telecomunicações a poupou dessa indignidade, e a linha caiu; o sinal do celular desapareceu de novo. Argh, mas e se Sam pensasse que havia desligado na cara dele? Desesperadamente, ligou de novo, mas em vão.

Depois de alguns minutos, ela parou de andar pelo quintal segurando o telefone, desejando que tocasse. Subiu a escada para a varanda e entrou na casa. Estava tremendo. O pouco calor do dia desaparecia enquanto o céu começava a escurecer, e dentro da casa não estava muito mais quente do que fora.

No meio da noite, Amy acordou de repente e depois não conseguiu afastar a ideia de que havia algum tipo de presença furtiva esperando silenciosa do lado de fora da porta de seu quarto. A casa era tão velha; talvez fosse mal-assombrada! O mais provável era que fosse Bev, hesitando em interromper o sono de Amy com uma sessão de confidências no meio da noite. Mas não: o silêncio era grande demais para ser Bev. Isso deixava duas opções: um fantasma ou Jason.

As tábuas do assoalho rangeram de leve, e Amy imediatamente se tornou 100% mais consciente, a embriaguez anterior desaparecera de uma vez de seu organismo. Não imaginara os ruídos. Havia mesmo alguém lá fora. De repente se lembrou de que ainda não tinha tomado banho, e pôs o rosto sob as cobertas por um momento para se certificar de que estava cheirando bem. Depois saiu da cama, andou na ponta dos pés até a porta e a abriu lenta e silenciosamente.

Jason sorriu e pôs a ponta de um dedo nos lábios. Amy cruzou os braços e fingiu estar confusa sobre o motivo de sua vinda, mas o deixou passar por ela e entrar no quarto. Ele estava usando calças de pijama de amarrar e uma camiseta regata, e os poucos pelos de seus antebraços eram lisos e escuros.

Ele se sentou na beira da cama. Amy fechou a porta – ambos estremeceram ao pequeno som da maçaneta se fechando – e depois se sentou perto de Jason. Quando abriu a boca para falar, ele a fez se calar pondo o dedo sobre os lábios dela, como fizera com os seus próprios um momento antes.

Se falasse ou fizesse qualquer barulho, Amy sabia que correria o risco de acordar Bev e Sally, e então como poderia explicar a presença de Jason em seu quarto? É claro que ele também sabia disso. Ele sorriu de novo, um sorriso ligeiramente malicioso. Ainda estava com o dedo sobre os lábios de Amy, e, sem tirar os olhos dos dela, começou a aumentar a pressão, a forçar o dedo por entre seus dentes, que se abriram de choque e curiosidade, e então seu dedo estava dentro da boca de Amy.

Hesitante – era isso que ele queria? –, Amy tocou no dedo intruso com a ponta da língua e sentiu que reagia a esse gesto estranho com um súbito anseio físico intensificado pela surpresa. Jason pôs a outra mão sob a camiseta de Amy, entre as pernas dela, afastou a calcinha para o lado e introduziu dois dedos na sua vagina do mesmo modo decidido como introduzira o dedo em sua boca. Amy provavelmente teria soltado uma pequena exclamação de surpresa, mas não conseguiu porque havia um dedo em sua boca (e talvez este tivesse sido o motivo de Jason tê-lo posto lá).

Amy costumava ter que se concentrar em uma fantasia para gozar, mas ao que parecia essa realidade era fantástica o suficiente para fazer isso por ela, porque apertou o dedo de Jason que se movia ritmicamente com mais naturalidade do que achara possível. Sentindo que devia algo a ele, procurou sua virilha, mas ele empurrou sua mão, e ela ficou grata por isso; sempre era difícil saber como tocar alguém, e mais fácil sentir o que queriam de você e apenas tentar fazer isso. Com um sorriso um pouco impessoal, Jason tratou de deixar os dois totalmente nus, movendo-se o mínimo possível para evitar que a cama rangesse. O corpo dele era suave, com a pele fresca e de certo modo luxuoso; o pênis especialmente tinha a aparência ergonômica de um brinquedo sexual de ponta. Amy teve um último momento de tensão durante a pausa relacionada com a camisinha, pensando sobre como suas ações poderiam afetar Sally e, por tabela, Bev. Mas então a pausa terminou e não havia nada no que pensar ou o que fazer no futuro próximo além de o que Jason queria, o que era violento e estranho e um pouco degradante e totalmente capaz de bloquear os pensamentos – um alívio abençoado.

30

NO MOMENTO EM QUE ACORDOU, O PRIMEIRO PENSAMENTO DE AMY foi de gratidão por não acreditar no Deus punitivo dos pais de Bev. Mas o seu Deus professor de ioga também não ficaria exatamente feliz com o que ela fizera, e ela sem dúvida não estava feliz consigo mesma. Em primeiro lugar, aquilo significava que teria de romper de vez com Sam assim que possível. Não era uma traidora; mentir e dar escapulidas estavam longe da sua capacidade de representar. Ela se permitiu um breve momento de choro deitada na cama se sentindo péssima por perder Sam. O lindo e brilhante Sam, com seu traseiro perfeito e seu campo magnético de mistério, no qual agora nunca mais poderia penetrar totalmente! Havia passado tanto tempo sentindo ciúme de Sam – das conquistas e pinturas cuja companhia preferia à sua, dos sentimentos que nutria pela ex-esposa – que nunca imaginara que *ela* iria traí-lo. Nunca nem mesmo pensara em traí-lo. Foi por isso que a traição aconteceu: ela não tivera tempo para avaliar suas opções, tomar uma decisão sobre cometer o ato ou não. O ato havia se apresentado para ela e se tornado irresistível.

Bem, na verdade, não. Não tecnicamente. Podia ter mantido os braços cruzados à porta do quarto. Podia ter balançado a cabeça uma vez em um "não" decisivo e não verbal. Podia ter estabelecido um limite em muitos pontos: está bom, agora chega. Havia tido inúmeras oportunidades de fazer isso, mas não aproveitara nenhuma delas.

Parou de chorar, enxugou os olhos com a colcha de retalhos antiga e ouviu os sons da casa, que acordava. Rolou na cama e se espreguiçou, intrigada com a quantidade de energia fora do comum que sentia para sair da cama. Ainda estava cheia de sentimentos estranhos e conflitantes: tristeza por causa de Sam, leve repulsa e um desconfortável desejo por Jason. Mas, por baixo de tudo, havia um zumbido de euforia. As coisas estavam acontecendo para ela. Eram coisas ruins, mas pelo menos estavam acontecendo.

31

A COZINHA ESTAVA LINDA NO INÍCIO DA MANHÃ, A LUZ BRANCA REfletida nos armários com porta de vidro. Sally e Bev estavam de pijama sentadas à mesa, bebendo café em canecas enormes e esperando os croissants congelados encomendados por catálogo saírem do forno. Quando ficaram prontos, Sally os dispôs sobre um pano de prato limpo em uma cesta e os pôs na frente de Bev com um pequeno e divertido floreio.

– Achei que merecíamos algo especial no café da manhã, já que vocês estão indo embora hoje.

Bev já estava mastigando satisfeita um dos croissants.

– Está divino.

– Eu me lembro de que conseguia comer folheados mesmo quando todos os outros alimentos pareciam totalmente repulsivos, então pensei...

– Quer dizer, quando você estava grávida?

– Isso.

Bev limpou as migalhas do roupão de banho.

– É estranho ficarmos falando sobre isso, ou não é um problema para você?

– Não é estranho. Quer dizer, agora, quando penso sobre isso, parece um grande problema, mas não era na época. – Sally parou para dar uma mordida no croissant, que tinha partido ao meio e posto elegantemente nos ângulos certos no prato. – Na verdade, fora os tempos mais recentes, houve uma época logo depois que conheci Jason em que descobri que estava grávida. Não de Jason. Nunca realmente tive dúvida sobre se teria ou não o bebê. Não só havia acabado de conhecer esse homem maravilhoso como tinha feito, sem perceber, todos os tipos de coisas ruins para aquele pequeno feto. Ainda penso sobre isso quando ouço minhas amigas falarem que não consomem cafeína, queijo em pasta e sushi durante a gravidez. É como se eu pudesse ter tido um filho do crack!

Bev arregalou um pouco os olhos, sem saber ao certo se deveria rir.

– Bem, não literalmente crack, mas você sabe o que quero dizer. Meu útero não chegava a ser uma acomodação de luxo – disse Sally. Ela mastigou seu café da manhã e olhou para Bev vivamente, sorrindo com um brilho de algo penetrante e ruim em seus olhos.

Sem premeditação, Bev pôs a mão sobre a de Sally, na mesa.

– Mas pense em tudo que nunca teria acontecido se as coisas tivessem sido diferentes naquela época, o.k.?

– Deus, você é muito madura, sabe?

Bev esperou algum tempo antes de retirar a mão. As costas da mão de Sally estavam secas e um pouco escamosas. Com a outra mão, levou o croissant à boca. *Faça bom proveito do croissant, bebê hipotético*, pensou. *Esse é o tipo de coisa que Sally poderia me ajudar a te dar. Você poderia ir para Paris e comer croissants lá. Nasceria meio rico e não ficaria preocupado o tempo todo, o que tornaria sua companhia divertida. E cresceria para ser totalmente diferente de mim.*

32

ELAS PASSARAM POR UMA PONTE COBERTA, ENTRARAM NA RODO- via e saíram de Margaretville, um pouco mais tarde do que haviam pretendido, mas Amy achou que Bev parecia mais relaxada em relação a perder um dia de trabalho do que normalmente ficaria antes dos acontecimentos do fim de semana. Sally havia insistido em preparar uma cesta de piquenique, abraçara as duas várias vezes e, como uma mãe, as fizera prometer que telefonariam para avisar que tinham chegado bem. Jason não estava quando partiram, e Sally explicou que ele saíra cedo para uma reunião na cidade.

Começava a parecer que elas passariam todo o caminho de volta para Zipcar em silêncio no carro quando finalmente Bev falou:

— Tá, desembucha. Seja lá o que não quer que eu saiba, mas que está morrendo de vontade de me contar. Então, por favor, faça isso logo, mesmo se for horrível.

Amy conteve uma risada chocada. Como era bom que a conhecessem tão bem!

— Hum, é ruim. Você vai ficar furiosa. Acho que eu deveria começar dizendo que não tive nenhuma intenção de fazer isso e não tenho de fazer de novo, mas...

— Pelo amor de Deus, Amy, você vai me fazer provocar um acidente! Desembucha logo!

— Jason foi ao meu quarto na noite passada e nós fizemos aquilo.

— Fizeram *o quê*?

— Humm? Aquilo?

Bev deu uma gargalhada.

– Jason não é gay?

– Eu sei, também fiquei chocada!

Dentro do carro, quando a informação foi assimilada, o choque inicial se dissipou, mas a mudança na atmosfera permaneceu, como um cheiro ruim.

– Tenho um milhão de perguntas sobre isso, mas só estou... Sei lá, você tem a sensação de que esse é o tipo de coisa que Jason faz o tempo todo?

– Como se ele fosse me dizer "Não se preocupe, sou periodicamente infiel à minha esposa, portanto isso não é um grande problema para mim"?

Bev encolheu os ombros.

– Bem, não com tantas palavras, ou exatamente com essas palavras.

– Nós não falamos sobre isso. Não falamos nada. Ele entrou no quarto, se sentou na cama. Aquilo foi, não sei, como uma conclusão prévia de que iríamos... humm, a coisa toda só pareceu inevitável.

– Isso parece excitante.

– Foi. Quer dizer, foi uma loucura. Não tenho a menor ideia de por que concordei com isso. De certo modo, foi como um sonho. A confiança dele foi irresistível.

– Você fez isso de propósito, para ser mais difícil para mim ter um relacionamento com Sally, aceitar ajuda dela etc. – disse Bev num tom vago, de modo algum acusatório.

– Mas eu não fiz nada!

– Fez sim.

– Não fiz nenhum *esforço* para nada. E não há motivo nenhum para algo dar errado. – Ela olhou de relance para Bev, que segurava o volante com a firme determinação de um capitão de barco em uma tempestade.

– Bem, não vai dar.

– Ótimo!

As engrenagens giravam, o processo de racionalização acontecia na mente de Bev. Amy imaginou que podia ouvir os pensamentos da amiga em sua própria mente. No entanto, quando Bev voltou a falar, várias saídas depois, o que disse não teve nada a ver com o que Amy imaginara que ela estava pensando.

– Estou comovida de verdade por você ter ido tão longe para me proteger, Amy. Sei que quer o melhor para mim e acha que tem de fazer o que puder para evitar que eu tome uma decisão ruim. Gostaria que não pensasse que sabe qual é a decisão que eu deveria tomar, mas fico grata por se importar.

– Está sendo sarcástica?

– Não! Gostaria que você tivesse um modo diferente de demonstrar, mas realmente se importa comigo. E isso significa muito para mim.

Amy se sentiu o pior ser, a pior merda do mundo. Estava acostumada a Bev sempre lhe dar o benefício da dúvida, mas isso era muito mais do que estava acostumada. Ela se importava com Bev, é claro que sim, mas não transara com Jason para complicar as coisas com Sally e dissuadir Bev de ter o bebê. Ou será que sim? Quem sabe, talvez subconscientemente fosse isso mesmo. E não adiantava dizer a Bev que não tinha, *tentar* fazer Bev pensar menos em si.

– Você é uma amiga muito, muito melhor do que eu mereço – disse Amy.

– Não tenho certeza disso – respondeu Bev.

Mas Amy viu o rosto dela e soube que estava pensando que Amy estava certa.

33

NA SALA DE ESPERA HAVIA UMA REVISTA CHAMADA *CONCEIVE*, E Bev olhou incrédula para a capa por alguns segundos. A mulher estampada não estava obviamente grávida, mas radiante. Os leitores deviam presumir que *acabara* de conceber? Bev havia trazido um livro, uma antologia de contos da década de 1980 que tinha de ler para uma de suas aulas da oficina, mas a mera ideia de abrir a bolsa e pegá-lo parecia exigir demais dela. Só queria ficar totalmente quieta por um momento. Mas também precisava evitar olhar para qualquer um na sala de espera, por isso teria de ler alguma coisa. A revista que pegou, *Disney Family Fun,* era inócua o suficiente. Havia uma página dupla sobre como organizar uma festa com o tema "Ler é Divertido!", com convites que pareciam cartões de biblioteca e instruções sobre o uso de tinta de tecido para imprimir estampas de livros em sacolas de lona. Bev sentiu que assimilava as informações para referência futura. Sacolas de lona eram fofas, embora achasse difícil acreditar que crianças pensariam o mesmo. Estava na metade do artigo seguinte, sobre novas ideias saudáveis para recheios de sanduíche, quando a recepcionista chamou seu nome, entregou-lhe um frasco para exame e, sem dizer uma palavra, apontou com a cabeça na direção do toalete.

Depois uma enfermeira a levou para um pequeno nicho perto do banheiro, onde mediu sua pressão sanguínea e lhe deu um formulário para assinar. A enfermeira não fez nenhuma pergunta mais pessoal do que "Qual é sua altura?", mas, mesmo assim, Bev tratou de responder o mais bruscamente possível; estava com um humor em que um simples "Como vai?" poderia provocar uma torrente incontrolável de informações íntimas. Não fazia sentido se humilhar mais do que o absolutamente necessário. O toque da enfermeira, ao retirar o aparelho de pressão, foi gentil e tranquilizador, e Bev percebeu que, fora os abraços indesejados de Sally, não era tocada e nem tocara em ninguém havia dias.

A enfermeira levou-a para uma sala de exames, instruiu-a sobre que parte das roupas tirar e depois a deixou sozinha. Havia uma revista *New York* perto do pequeno nicho onde Bev deixou suas roupas, bem com outro número da *Conceive* com uma mulher radiante diferente na capa; essa tinha uma barriga um pouco maior, acentuada por calças de ioga justas azuis. Bev tirou as calças e a calcinha, dobrou-as em uma pilha perfeita, e se posicionou sobre a mesa de exames com o avental de papel que lhe fora dado cobrindo levemente sua pélvis. Quanto tempo mais a médica a faria esperar? Deveria se levantar e pegar a *New York*? E se a médica viesse enquanto estivesse atravessando a sala para pegá-la?

A médica a fez esperar pelo que pareceu tempo demais, e durante esse intervalo Bev pensou no mínimo umas quinhentas vezes em se levantar, se vestir e ir embora.

A médica que veio era jovem, alegre, elegante e estava visivelmente no início da gravidez.

– Olá, sou a Sandy – disse ela, estendendo a mão para Bev e logo depois se virando para lavá-las na pia e vestir luvas de látex. – Tudo bem?

Ela nem olhou para o formulário, pensou Bev. Anos pagando um plano de saúde do próprio bolso tinham tornado Bev muito consciente de inconveniências e falhas; ela teve vontade de escrever uma crítica negativa para o Yelp.

– Ah, então. Estou grávida e só queria saber se ainda posso mudar de ideia sem que isso seja totalmente traumático e horrível. Tentei pesquisar no Google, mas era muito... hum, tem muitas coisas bem ruins na internet sobre aborto, e fiquei horrorizada demais para continuar.

— Você sabe com quantas semanas está? Deite-se e ponha os pés nos estribos. — Sandy olhou fixamente para o canto da sala enquanto apalpava a barriga de Bev, tocando-a rudemente, quase brutalmente.

— Oito semanas e meia.

Sandy deu um sorriso forçado.

— Bem, você ainda tem opções. Mas, como deve saber, se decidir pôr fim à gravidez, terá de marcar outro horário. É um procedimento de rotina, mas ainda assim cirúrgico. Terá que estar de jejum e precisamos nos certificar de que alguém poderá levá-la para casa, todas essas coisas.

Bev se sentiu aliviada e decepcionada. Meio que sabia que não podia simplesmente entrar no consultório e sair sem estar mais grávida. Esse era um daqueles vagos mitos sobre Nova York que ainda permaneciam no imaginário coletivo — de que aquela era uma cidade em que você podia ter tudo que quisesse a qualquer momento, desde que estivesse disposto a pagar por isso. Mas já não se podia comprar por impulso um aborto como se podia comprar boa comida chinesa para viagem a qualquer hora.

— Mas, se você decidir não fazer o aborto, teremos de agendar consultas e verificar como anda sua nutrição, e fazer isso logo. Então, bem, detesto dizer o óbvio, mas seria bom decidir o mais rápido possível.

— Mas quanto tempo mais tenho antes de não poder...

— Eu teria que ter um ultrassom para fornecer uma data precisa, e você está sem dinheiro, certo? Então não vamos fazer coisas desnecessárias. O mais rápido possível está bom para você, ou precisa de um prazo?

Bev se forçou a dar uma breve risada para pôr fim ao constrangimento, e depois se sentiu ainda mais constrangida porque rir a fizera contrair os músculos ao redor do dedo enluvado de Sandy, que agora estava em sua vagina, pressionando para cima a fim de sentir as formas de seus órgãos internos. Como se reagindo à pressão, o dedo recuou. Sandy olhou nos olhos de Bev pela primeira vez, enquanto tirava as luvas.

– Quer falar mais sobre isso? – A voz de Sandy pareceu sincera, como se pela primeira vez estivesse pronta para se desviar de um roteiro estabelecido.

– Na verdade, não – disse Bev.

– Certo, então pode se vestir. Quando sair, marque outra consulta com a recepcionista, ou você pode telefonar e marcar uma nos próximos dias. Mas Beverly? Nos *próximos dias*, está bem? Não deixe que a decisão seja tomada por você.

Bev tirou o roupão e foi se vestir, sentindo o calor pegajoso deixado pela luva lubrificada de Sandy entre suas pernas ao vestir a calcinha. Os seios doeram ao colocar o sutiã; olhou para seu perfil no espelho para ver se conseguia notar alguma mudança na silhueta, mas é claro que não havia nenhuma. Desceu as mãos pelo corpo, sentindo-se estranhamente distanciada dele, como se ele fosse um robô que não podia controlar. Sentiu-se separada do destino do seu corpo.

Terminou de se vestir e foi para a rua. Quando começou a andar pelo centro da cidade, sentiu o calor do sol em sua pele se alternando com a fresca sombra produzida pelas árvores altas de Gramercy Park. Estava em seu corpo de novo, e sentiu-se tranquila e feliz por um motivo que não soube definir. Feliz e faminta.

Havia um lugar próximo que vendia suco verde e salada vegana. Provavelmente não era muito bom, mas para Bev parecia um grande luxo: as saladas e os sucos custavam entre onze e quinze dólares. No entanto, pela primeira vez em algum tempo, ela sentiu vontade de gastar dinheiro não porque tivesse mais dele do que de costume – na verdade, se não arranjasse nenhum trabalho temporário naquela semana, o cheque de seu aluguel seria devolvido –, mas porque o futuro parecia promissor de um modo incipiente. Sentia uma genuína insegurança em relação à sua gravidez, mas também confiante de que qualquer que fosse sua decisão acabaria sendo a certa.

Na fila da lanchonete, deu uma olhada em seu telefone: nenhum e-mail, nenhuma mensagem de texto, nenhuma chamada perdida de Amy. Elas não se viam desde que voltaram de Margaretville, havia mais de uma semana. Sally enviara algumas mensagens de texto para ela, sobre nada em particular, apenas pensamentos no estilo de uma pessoa mais velha, como "Espero que sua segunda-feira não tenha tido muita cara de segunda-feira, lol" e coisas desse tipo. Bev ficara feliz. Perguntou a si mesma se poderia simplesmente pedir um cheque para Sally. Não de um valor muito alto, tipo uns quinhentos dólares, apenas para poder respirar um pouco. Teve a sensação de que poderia.

Depois de fazer seu pedido e se sentar para esperar por ele, viu a bonita mulher com uma vasta cabeleira preta encaracolada a observando da mesa próxima e, com um choque, percebeu por que parecia familiar: era sua professora favorita do primeiro ano da escola de pós-graduação, Elise.

– Beverly Tunney! Ah, meu Deus! Estou tão feliz em vê-la! Como vai? – Sem esperar por uma resposta, Elise apertou-a contra seus seios fartos.

– Estou bem! Muito bom encontrar você aqui.

– Este lugar não é incrível? Adoro o que eles fazem com nozes.

– Demais. – Elas sorriram uma para outra. Elise tinha escrito vários livros bem recebidos e era casada com um banqueiro, mas, apesar de ser bem-sucedida, bonita e rica, havia sido a melhor professora que Bev já tivera. Ou talvez fosse por isso que era boa: lecionar era uma diversão para ela, enquanto para todos os outros professores dava para notar que era uma necessidade incômoda e mal recompensada. A sensação de que seus professores estavam enrolando e achavam que cheques eram a coisa mais importante que ela e seus colegas escreviam fora em grande parte o motivo de Bev ter deixado a escola. Mas Elise a incentivara tanto que Bev se sentiu um pouco culpada por não corresponder às expectativas dela.

Elise franziu graciosa as sobrancelhas.

– Você disse que manteria contato! Mas sumiu. E aí? O que tem feito? Espero que tenha escrito bastante.

– Não, não tenho. Estou mais, digamos, acumulando material – disse Bev revirando ligeiramente os olhos para mostrar que era brincadeira.

– Não revire os olhos assim! Não há nada de errado nisso. Olha só, vou sentar aqui e comer quinze dólares de couve e avelãs e quero que me conte tudo que tem feito.

Normalmente Bev teria contado apenas o que era apropriado. Mas se sentia estranhamente expansiva, e Elise estava fora o suficiente de sua vida para *poder* contar tudo a ela. Elise arregalou grata cada vez mais seus olhos e, quando Bev terminou, parecia francamente impressionada.

– Ah, nossa! Por essa eu não esperava. Não sei se devo parabenizá-la ou consolá-la.

– Também não sei. Humm sei que essa é uma pergunta estranha, e obviamente você não deve se sentir pressionada a responder, como se minha decisão fosse depender do que dissesse, mas... o que acha que eu deveria fazer?

– Bem, primeiro acho que você deveria arranjar um emprego.

– Ah, isso sem dúvida é verdade.

– Não, quero dizer, um bom emprego. Não mais desses temporários. E que não tenha a ver com livros, edição, lecionar, nada desse tipo. Você não ganhará dinheiro suficiente com nenhuma dessas coisas para conseguir ter um bebê sozinha, mesmo com a ajuda dessa futura madrinha.

– Até agora estou acompanhando – disse Bev. – Só que nunca fiz nada além dessas coisas, a não ser que trabalhar em um bar de vinhos conte.

– Conta – disse Elise. – Na verdade, acho que é a coisa mais importante em seu currículo. Tá. Eis a ideia: minha amiga Anna é dona de uma butique elegante para grávidas em Carroll Gardens, e está procurando uma gerente para poder passar mais tempo com seus próprios filhos.

– Qual? Onde fica?

– Na Smith Street.

– Ah, meu Deus, sua amiga é dona da Push It?

– Sei que isso parece conversa fiada, mas o fato é que o faturamento deles é de meio milhão de dólares por mês. Uma loucura. Ela oferece aos funcionários seguro-saúde, férias remuneradas e, não é preciso dizer... licença-maternidade! É claro que o trabalho é duro, e você tem de ser gentil com muitas... pessoas. Mas acho que ela a contrataria.

– Por quê? Não tenho nenhuma experiência com vendas...

– Você tem experiência em atendimento a clientes, e a aparência certa. Especialmente grávida. Sei que é estranho dizer isso, mas posso imaginá-la naquela loja, talvez com os cabelos presos em duas tranças, usando macacões J Brand para gestantes e talvez uma blusa de botões sem mangas. Você tem a mistura certa de atitude e saúde. Inspirará aquelas mães a gastar.

– Humm, obrigada?

– Sei que isso é uma coisa bizarra de se dizer. Mas tenho razão.

– Então, bem... acho que eu topo. Tem alguma condição?

– Sim. – Elise curvou para baixo os cantos de sua bonita boca e ficou séria. – Você tem de me prometer que não desistirá. Se tiver o bebê. Não deixar que isso seja sua desculpa. É uma ótima desculpa, e você já tem muitas. Mas você tem de transformar isso em outra coisa.

– O oposto de uma desculpa, talvez?

Ela sorriu, e Bev tentou se lembrar se Elise tinha filhos.

– Está bem, telefone para sua amiga. Posso ao menos fazer uma entrevista.

Depois que terminaram as saladas, e Elise se despediu de Bev com um grande e sincero abraço, prometendo que entraria em contato sobre o emprego no máximo até o dia seguinte, Bev logo pegou o telefone e ligou para Amy. No terceiro toque, ela finalmente atendeu.

– Agora você me telefona! Bem, já está feito, por isso não se preocupe em vir aqui. – Amy parecia mal, irritada, mas tentando esconder isso sob um verniz de alegria nervosa.

– O que está feito? Eu perdi alguma coisa? Sinto muito, estava na médica.

– Ah, a médica! Você está bem?

Deus, ela não é de todo um monstro, pensou Bev.

– Muito bem. É só que, sabe...

— Ah, você finalmente fez o aborto? Puxa, Bev, deveria ter me contado. Eu poderia ter enrolado o sr. Horton mais alguns dias se soubesse que era hoje.

— Não, eu... não foi hoje. O sr. Horton?

— Ele me despejou, lembra? Eu tinha que me mudar hoje. Contratei um serviço de mudanças. Não queria ser patética e pedir ajuda aos outros, mas de qualquer modo estou pondo todas as minhas coisas em um guarda-móveis. Estou cuidando do gato de uma amiga de uma amiga do Yidster enquanto procuro um quarto em Bushwick ou sei lá onde. Estou no depósito agora. Na verdade, pode esperar um segundo?

— Claro, eu só queria...

Mas Amy havia afastado o telefone e estava falando com outra pessoa.

— O que quer dizer com não passou? Aqui, tente este — Bev a ouviu dizer. — Desculpe — disse Amy para Bev. — Meu Deus, está demorando uma eternidade para eu sair daqui. De qualquer modo, obrigada por telefonar.

— Ah, na verdade, eu liguei porque queria contar que... Bem, é que eu encontrei por acaso minha ex-professora Elise, e ela vai me ajudar a conseguir o que parece ser um ótimo emprego. E se isso der certo, e ela acha que dará, vou ter o bebê.

— Ter o bebê... dar o bebê para adoção, Sally ou o quê?

— Não. Estou mais inclinada a, sei lá, ter o bebê.

— *Ficar* com o bebê.

— É. — Bev estava tão feliz um momento atrás. Algo nos elogios e na presença estável e tranquilizadora de Elise fizera parecer que tudo era possível. O silêncio na linha, a careta que imaginou Amy fazendo... não precisava imaginar, sabia bem qual era... estavam acabando com seu bom humor. Mas, estranhamente, não com sua certeza.

— Olha, podemos falar sobre isso depois? — disse Amy. — Estou no meio de toda essa droga. Desculpe mesmo. Não consigo falar com você sobre isso agora. Vou telefonar à noite, está bem?

— Vai mesmo? Tudo bem, conversamos depois.

Bev tirou a bandeja da mesa devagar, meditativa, e saiu do restaurante para a luz do sol. Algumas palavras estavam se formando em sua mente, mas não confiava o bastante em si mesma para pensar nelas, ainda não. Tinham a ver com Amy, o bebê e todas as variáveis se encaixando naquele momento. Teve uma sensação de nervosismo, de antecipação um pouco exagerada, como se tivesse apostado em uma corrida de cavalos. Sentiu um frio no coração, um entorpecimento, uma perda que na verdade era mais antecipação de perda, mas que dava no mesmo.

34

ÀS ONZE HORAS, BEV ESTAVA NO METRÔ A CAMINHO DA IOGA – como as três outras pessoas no vagão carregando tapetes de PVC enrolados. Dava para notar sua barriga arredondada agora. Embora ainda pudesse passar apenas por rechonchuda, ultimamente alguns estranhos observadores tinham começado a perceber sua gravidez, e ela passara a aceitar cheia de gratidão os assentos quando lhe eram oferecidos e a se ressentir um pouco quando não eram.

Dessa vez, conseguiu um lugar, e o deslocamento dentro do Brooklyn foi muito rápido; quinze minutos depois de sair de seu apartamento, Bev estava pondo o tapete perto do fundo da sala de aula. Havia escolhido aquele estúdio principalmente pela decoração e a proximidade com a Push It. Achara que os professores seriam bons o suficiente e poderia passar um tempo nesse grande espaço cheirando a sândalo em um prédio de *lofts* em DUMBO, olhando por sobre o rio para Manhattan enquanto ficava na postura da montanha. Mas hoje seria sua primeira aula e não sabia ao certo o que esperar. Torcia para que não houvesse conversas, contatos visuais profundos ou algo que a perturbasse; ultimamente as coisas mais bobas a enfureciam ou levavam às lágrimas. Por exemplo, tentara não pensar nem um pouco em Amy, porque Amy parecia não estar pensando nem um pouco nela e, por mais que isso a entristecesse, quase compreendia. Estava em um mundo diferente agora: um mundo repleto de *lycra* e jargões, meio ridículo mas decididamente adulto, e não era um mundo ao qual Amy pertencesse.

Bev esperava passar muito tempo em silêncio meditativo, sentindo-se vagamente virtuosa e calma, mas sem realmente ter de *fazer* nada enquanto o resto da classe entoava mantras em sânscrito. Ela não acreditava em nada do que os professores diziam, em nenhuma daquelas conversas sobre evitar pensamentos negativos, enviar vibrações positivas para o universo e sempre voltar à respiração. Mas todas as vezes em que havia feito ioga no passado, nas fases em que tinha o dinheiro ou tempo necessários, saíra das aulas se sentindo melhor, tanto fisicamente – seu quadril ainda a incomodava às vezes em virtude de todas aquelas corridas malfeitas em Madison – como, embora detestasse admitir, mentalmente.

A professora se apresentou como Sky e começou a aula com todas as pessoas sentadas eretas, com as pernas cruzadas, e fazendo "omm", "como se estivesse tendo uma conversa com aquele pequeno ser dentro de você, enviando energia vibratória a ele". Bev obedientemente fez "omm", mas seu interior se recusou a participar do assustador ritual de fingir que aquilo que estava dentro dela de algum modo tinha pensamentos, sentimentos ou quaisquer habilidades sensoriais para perceber "vibrações". Isso parecia tão bobo e fantasioso quanto imaginar seu cão ou gato conversando com você com uma vozinha engraçada, pedindo que comprasse sua marca de petiscos favorita. Abrindo os olhos, Bev fitou a sala e examinou suas colegas concentradas de olhos bem fechados, apoiando a palma das mãos nas barrigas já proeminentes ou apenas um pouco arredondadas e sorrindo de leve enquanto faziam "omm", como se partilhassem um delicioso segredo.

Realmente não havia outra opção além de se juntar a elas. Durante toda a aula, Bev teria de beber a mesma marca de suco Kool-Aid orgânico adoçado com agave delas. Dedicaria seu exercício à felicidade mundial e irradiaria amor curativo para o universo em expansão e seu próprio útero em expansão. Ficou de pé diante do tapete, flexionou os joelhos e se inclinou para frente enquanto Sky as conduzia em uma saudação ao sol.

— Façam a energia subir pela sola dos pés! — entoou ela. — Ins-
-pirem. Ex-pirem.

Bev se concentrou e foi para dentro de si mesma, saindo apenas no fim da aula, enquanto todas as pessoas ficavam na postura do cadáver. Fazia parte da minoria das alunas que ainda estavam no início da gravidez e podiam se deitar de costas; sua veia cava ainda não estava comprimida pelo peso do bebê. Todas as outras se deitaram de lado, com almofadas entre os joelhos. Bev olhou para o teto, sem conseguir relaxar o suficiente para seus olhos se fecharem. O teto era bonito: de metal em alto-relevo pintado de branco. Então foi obscurecido por Sky, que pairou sobre Bev e lhe ajeitou as omoplatas. Ela tentou continuar a olhar para o teto, mas Sky a observava insistentemente. O branco dos olhos de Sky era branco demais se comparado com a íris turquesa. Ela estava usando *lentes de contato* coloridas?

— Deixe seus olhos se fecharem suavemente se quiser! — sussurrou Sky. Bev pestanejou e percebeu que seus olhos estavam cheios de lágrimas não derramadas. Em vez de derramá-las, fechou as pálpebras e tentou relaxar enquanto Sky ajustava seu occipício com dedos cheirando a patchuli. Alguns minutos depois, todas puderam se sentar, fazer "omm" uma última vez, se inclinar para frente, agradecer umas às outras por irem à aula e depois se levantar e começar a voltar para suas jaquetas e sapatos.

Quando Bev ergueu os olhos do tênis, que estava amarrando, uma mulher com uma barriga grande como uma melancia, que tinha chegado atrasada e posto seu tapete na frente da sala, a olhou enquanto prendia os cachos louros em um rabo de cavalo mais apertado.

— Ah, meu Deus! Bev Tunney! O que você está fazendo aqui? Ah, meu *Deus*! Parabéns! Não sabia que tinha se casado!

— Eu... humm. Oi! De Oberlin, não é?

— Allie Heffernan! Anteriormente Allie Singer, lembra? Nós participamos daquele seminário sobre Dante juntas, no terceiro ano. Aquele em que um aluno teve um ataque de epilepsia?

— Ah! Sim. — Bev tinha ficado com inveja do aluno; ele automaticamente obtivera um A.

— Eu nem sabia que você morava na cidade! O que tem feito, além de... — E então Allie Heffernan apontou para sua própria grande barriga coberta de *lycra*.

— Eu? Sabe como é, um pouco de tudo. Pós-graduação?

— Incrível! Uau! Bem, olha só, tenho de pegar a irmã mais velha deste aqui na pré-escola, mas você quer tomar um *smoothie* comigo, ou alguma coisa, no caminho? Quer dizer, não temos de tomar um *smoothie*. — Allie pôs a mão sobre a boca e sussurrou dramaticamente: — Para ser sincera, prefiro um hambúrguer.

Elas tinham trocado umas dez frases na faculdade.

— Na verdade, tenho de ir para o trabalho — disse Bev, grata pela saída fácil.

— Mas você precisa comer! A que horas tem de estar lá? Vamos, venha comigo. Precisamos pôr as novidades em dia!

— Uma e meia. Acho que posso almoçar no caminho.

Contra sua vontade e seu melhor julgamento, Bev se viu seguindo Allie, que andava mais rápido do que sua barriga enorme parecia permitir. Enquanto desciam rapidamente a escada para a plataforma F, Allie a informou sobre o que suas colegas de classe andavam fazendo; elas conheciam tipos tão diferentes de pessoas que Bev não sabia das novidades pelo Facebook. Allie tivera amigas de escolas particulares e internatos que gravitaram de volta para a área de Nova York, de onde tinham saído, os tipos de pessoas que tiraram todas as artes performáticas e o lesbianismo de seus sistemas antes de se formar e seguir para a faculdade de direito ou administração e, no devido tempo, como Allie, forjaram uniões com homens tão práticos, endinheirados e entediantes quanto elas. As amigas de Bev da faculdade tinham sido principalmente do Meio-Oeste, como ela, e a maioria estava no centro do país obtendo doutorados em algum ramo inútil das ciências humanas, em algum lugar como o Laos, estudando drogas pesadas, ou em San Francisco, morando em casas partilhadas e ainda bebendo tanto quanto bebiam com 22 anos.

E onde Bev se encaixava nesse *continuum* de resultados? Falar com Allie a fez se sentir desconfortavelmente consciente das possíveis Bev futuras que descartara nas décadas passadas ou que foram arrancadas de seu caminho: a Bev que morava feliz em Madison, casada com um advogado, era alguém que Allie entenderia com mais facilidade do que a Bev que, grávida de quatro meses de um estranho, morava com colegas e trabalhava em uma butique para gestantes chamada Push It. Ou a Bev que tinha um mestrado em belas-artes e publicava contos em periódicos desconhecidos, mas impressionantes. A Bev da butique era a Bev real, no entanto, e sua vida era a que teria de descrever para uma cada vez mais perplexa Allie.

– Então, o que seu marido faz? – perguntou Allie quando elas saíram da estação do metrô. O dia de inverno se tornara gelado, e elas se encolheram em seus casacos e caminharam rapidamente na direção do MooBurger Organic.

– Ah, eu não sou casada.

– Desculpe, seu... parceiro? Que tipo de trabalho...

– Não. Eu sou solteira.

Allie parou em sua marcha determinada na direção do balcão da lanchonete para fazer o pedido.

– Ah, meu Deus! Você não tem ninguém para ajudá-la? Sua mãe mora perto?

– Não, eu... você sabe, sou de Minnesota. Não sou realmente muito próxima da minha família.

– Você mora sozinha?

– Não, com colegas. Mas estou economizando para me mudar em breve para um lugar só meu. Trabalho na Push It, você conhece, não? Na Smith.

Elas pediram seus equivalentes ao Whopper, feitos de carne de gado alimentado no pasto, e se sentaram para esperar que ficassem prontos.

– Desculpe por ser tão intrometida. Só estou... meio surpresa! Quer dizer, você está fazendo algo bastante incomum.

Bev não pôde evitar rir alto.

— Acho que estatisticamente falando é muito mais comum do que, sabe...

— O que estou fazendo? Sim, acho que tem razão. Quer dizer, eu leio jornais!

Bev podia apostar que Allie não lia nada além da revista *Sunday* e *Styles*, mas tentou conter seus pensamentos negativos.

— Você deve achar que eu sou mesmo uma suburbana entediante — disse Allie, como se lesse sua mente.

— Não. Só sinto inveja de você — disse Bev sem pensar.

Allie sorriu.

— Ah! Logo não sentirá. Acho que sei o que você quer dizer, mas há coisas sobre a gravidez e maternidade, sabe, essa coisa toda, que são iguais para todo mundo. Mas é importante ter ajuda. Não estou me referindo necessariamente a ajuda paga. Você precisa de boas amigas, do tipo para quem possa telefonar se não dormiu ou apenas precisa tomar uma chuveirada. Alguma das suas amigas próximas têm filhos?

— Minhas amigas próximas? Não. Elas ainda estão mais na... fase de se comportar como crianças.

— Acho que foi por isso que decidi ter filhos — disse Allie. Ela olhou para além de Bev, para fora da janela do MooBurger, e sua expressão se transformou de contentamento bovino em séria e sábia. — Não parece haver nenhum outro modo de evitar isso. Eu não queria simplesmente passar disso para, você sabe, a morte.

— É um motivo tão bom quanto qualquer outro.

— Isso é muito pessoal, mas... qual foi seu motivo?

— Eu odiava a minha vida, e queria que ela mudasse — disse Bev.

— Basicamente a mesma coisa.

Allie deu de ombros e de repente Bev não antipatizou mais com ela. Começava a perceber que o que Allie dissera sobre a maternidade ser igual para todo mundo — embora isso ainda fosse uma mentira que as pessoas ricas contavam para si mesmas para se sentir moralmente bem — também era em parte verdade. O que estava acontecendo com seu corpo e o de Allie Heffernan era em alguns aspectos um ótimo nivelador. Bev já podia ver isso e sentir visceralmente. Sentia-se parte da grande massa humana indiferenciada de um modo novo. Isso não era totalmente agradável, mas era interessante. A novidade de receber todos aqueles acenos com a cabeça no que parecia aprovação tácita ou pelo menos compreensão era um pouco irresistível. Supôs que era porque estava visivelmente fazendo o que se esperava que as mulheres da sua idade fizessem, e, independentemente de como chegara lá ou o quanto pagaria por isso, tinha um novo status aos olhos do mundo: mãe.

O número do pedido delas foi anunciado, e Allie se ergueu de um pulo para ir buscar os hambúrgueres. O de Bev veio em uma sacola, e ela a pegou, pronta para sair. Nem mesmo abrira o zíper do casaco. Allie desembrulhou seu hambúrguer e imediatamente começou a atacá-lo com tanta ferocidade que demorou um segundo para registrar que Bev estava indo embora.

– Ah, você tem de ir embora? Não, fica, vai!

– Tenho que ir. Sinto muito. As lojas ficam bem cheias essa hora. Ei, vá lá me visitar um dia desses. Posso dar um desconto de amiga.

35

AMY ESTAVA DEITADA NO *FUTON* **AGOURENTAMENTE VELHO EM SEU** sombrio apartamento sublocado. Com os olhos fechados e a mente acelerada, tentava fingir para si mesma que estava adormecida quando o telefone ganhou vida com uma mensagem de texto de um número que não conhecia: "Em Manhattan. Encontrar, bater papo?" Com um pouco de cautela no caso de *não* ser Jason, ela respondeu: "No Brooklyn. Outra hora?" Daí a segundos, a resposta veio: "Indo embora amanhã, Londres chama. Eu poderia ir à sua casa."

O coração de Amy de alguma forma desabou e ao mesmo tempo se acelerou enquanto ela examinava o cenário que a cercava. Não havia como convidar Jason nem ninguém para ir lá. Em primeiro lugar, ela inevitavelmente encontraria uma das oito colegas com quem dividia o apartamento. Em segundo, não havia nenhuma janela no sótão, que não dava para ficar em pé, pelo qual pagava quinhentos dólares por mês (*futon* incluso).

O preço fora a principal atração do *loft* estranhamente dividido – e o fato de que eles não tinham verificado seu crédito, não se opuseram a que alugasse mês a mês e permitiram que levasse Waffles porque já tinham quatro gatos e não se importavam de ter mais um. Nada além disso a atraíra.

Enviou uma mensagem de texto para Jason dizendo que o encontraria em um bar a alguns quarteirões de distância.

Acabaria em um lugar ainda pior se não arranjasse um emprego logo. Gastara seu último cheque do Yidster para pagar o aluguel de dezembro, mas agora o ano novo parecia mais sombrio do que nunca em sua vida. Ver Jason afastaria sua mente dos problemas. Jason poderia até mesmo levá-la para o hotel dele, se ela pudesse fazer isso parecer um prazer extravagante e não uma necessidade patética.

Ainda não podia acreditar que era ali que terminara, mas, depois de sair do emprego e perder o apartamento, o efeito dominó se tornara cada vez mais rápido. Sam tinha ido para a Espanha, dizendo-lhe antes de partir que era importante para seu trabalho que não entrasse em contato com ele com muita frequência. Ela se surpreendeu por nem mesmo querer isso. Sentia-se culpada por traí-lo antes de estarem oficialmente separados, e ainda nem estavam agora, ou talvez estivessem; não quisera perguntar. Sam não sabia que ela estava morando em um espaço em que não dava para ficar em pé. Amy sentia falta dele, mas era como se seus pensamentos em Sam estivessem envoltos em algodão: não podia chegar muito perto deles, doía demais; pensar em Sam permitiria que todos aqueles e outros pensamentos escapassem também, e era melhor e mais fácil permanecer anestesiada.

Era estranho pensar que apenas alguns meses atrás achara que ela e Sam morariam juntos, se casariam e teriam filhos. Se Sam telefonasse agora, demoraria um momento para reconhecer a voz dele.

Amy entrou no bar, onde pediu um Jameson duplo com gelo. Sentou-se a uma pequena mesa no canto e examinou o cenário. Havia alguns estudantes que pareciam menores de idade e um pequeno grupo de amigos da *bartender* no bar, conversando e a mantendo ocupada nessa noite de pouco movimento. A *bartender* era bonita à meia-luz, com uma mecha ondulada de cabelos cor-de-rosa. Ela havia chamado Amy de querida quando serviu a bebida. Pessoas como essa *bartender* faziam Amy se sentir em desvantagem por não usar maquiagem, mas ela nunca soubera como sair de delineador e batom sem se sentir fantasiada de palhaça. A *bartender* de cabelos cor-de-rosa provavelmente não se importava em parecer fantasiada, ou talvez gostasse dessa sensação. Amy de repente achou que uma fantasia seria perfeita para as circunstâncias em que se encontrava. Devia estar usando uma saia-lápis, meias com costura e batom vermelho com fundo azulado. Talvez, então, em vez de serem ruins, absurdas e desesperadoras, suas circunstâncias começassem a parecer glamorosas, decadentes.

Baixou os olhos para a bebida e ficou surpresa ao descobrir que havia quase acabado. Ergueu-os e viu Jason vindo em sua direção, usando uma roupa quase igual à da fotografia da qual ela e Bev tinham zombado nesse mesmo bar. Amy desejou ter saído com Bev nessa noite, mas, em vez disso, estava ficando bêbada e se preparando para trepar com um homem casado. Ela nem entendia por que estava evitando Bev. Talvez pelo mesmo motivo pelo qual Bev, meses atrás, evitara contar a ela que estava grávida: porque contar tornaria aquilo real. Saindo para beber com conhecidos e indo a entrevistas de emprego, na medida em que essas coisas ainda aconteciam, Amy pudera caracterizar sua situação como louca e divertida – circunstâncias em que alguém confiante o suficiente para não ligar a mínima se via o tempo todo. O problema era que Amy *ligava*. E muito. Não havia deixado totalmente de notar que sua vida escapara ao seu controle. Bev se concentraria nisso e, sem querer, a forçaria a encarar a realidade. Por isso, embora sentisse uma falta desesperada da amiga e não houvesse nada que desejasse mais do que telefonar e ouvir o som da voz dela, Amy não telefonava. Ver Bev seria como abrir suas faturas de cartão de crédito e realmente saber que tinha uma dívida impagável, em vez de ter uma vaga noção disso.

Não queria mais ver Jason. Poderia simplesmente se levantar e ir embora a qualquer momento, disse a si mesma. Mas sabia que não faria isso, porque significaria voltar para o sótão.

E de qualquer modo ele estava lá. Jason sorriu, o mesmo sorriso felino e sereno que lhe dera ao passar o dedo por entre seus lábios.

– Outro? – perguntou ele, apontando para a bebida de Amy.

– Sim, por favor. Jameson – disse ela. – Humm, eu estava me preparando.

— Espero que isso não exija estar preparada — disse ele, e foi pegar as bebidas. Na ausência de Jason, Amy olhou de relance para a etiqueta do casaco de couro de corte impecável que ele havia deixado no encosto da cadeira. Era Prada.

Quando tomou o primeiro gole de cerveja, Jason fez uma careta.

— Argh. Essa coisa está com um gosto horrível. Ela precisa trocar o barril.

Amy o olhou, incrédula.

— Vai pedir outra?

Jason cheirou sua bebida.

— Bem, sim. Não consigo beber isto. A sua está boa?

— É claro que sim. Como uísque com gelo poderia não estar?

Jason encolheu os ombros.

— Sei lá. Uísque demais, gelo de menos e vice-versa.

— Está exatamente como eu gosto — disse Amy.

— Ótimo! Bem, talvez eu também tome um — disse ele.

Amy observou enquanto Jason caminhava vagarosamente até o bar e explicava a situação para a *bartender*. Não houve um pingo de irritação no rosto dela. Pouco depois, Jason voltou trazendo um copo igual ao de Amy.

— Grátis! Gosto deste lugar — disse ele.

— Ela gosta de *você* — disse Amy. — Se eu tivesse tentado fazer o que você fez, ela teria apenas me olhado em silêncio até eu me desculpar e sair de fininho.

— Não é nada de mais pedir o que você quer — disse Jason alegre. — Também tem a ver com como você pede.

— Às vezes, você nem mesmo tem de pedir — disse Amy, ouvindo a alegria forçada em sua voz.

— Humm. Sim, tem razão. Bem, espero que você não se sinta mal com o que aconteceu em Margaretville. Eu não me sinto. Realmente gosto de você, Amy.

— É claro que me sinto mal! Eu meio que... quero dizer, eu basicamente tenho um namorado.

Jason fingiu olhar ansioso ao redor e depois deu seu sorriso levemente malicioso de novo.

– Tem? Não estou vendo nenhum namorado.
– Bem, estamos mais ou menos separados agora. Quero dizer, ele não está no país. Não sei, acho que não estamos juntos de verdade. Mas não estou exatamente solteira. E sem dúvida não estava quando nós...

As rugas nos olhos de Jason transmitiram uma compreensão que beirava a condescendência.

– Certo. Você deve ter notado que também não sou solteiro. Mas eu diria que nada disso tem muito a fazer com nossa situação atual. Segundo minha experiência, não é uma boa ideia esperar que um relacionamento carregue o peso de todas as suas várias... necessidades.

– Nunca achei que minhas necessidades eram tão pesadas! E, de qualquer modo, não. Espero isso. Tenho o que preciso. Seja como for, isso deveria ser suficiente.

– Não acho que haja de fato essa coisa de "suficiente", pelo menos não nesse contexto – disse Jason, pondo a mão debaixo da mesa, sobre o joelho coberto de jeans de Amy.

Ela quase riu – tudo que ele estava dizendo, toda a situação, e o aperto no joelho, era tão clássico! –, mas então ele subiu a mão para sua coxa e pressionou o polegar contra o fecho do jeans com total precisão.

Eles foram no carro de Jason para o Wythe Hotel. No saguão, Amy desejou novamente estar de salto alto e saia, um disfarce perfeito para a estranha que estava se tornando. Houve um momento de pânico enquanto eles passavam pelo restaurante, quando ela achou que tinha trocado olhares com um dos amigos de Sam, mas se tranquilizou com o fato de que não havia nada obviamente inapropriado no que estava fazendo. Até onde aquele cara sabia, ela só estava andando em um lugar público com um homem que não era Sam. Sentia-se excitada, à beira do pânico, mas o uísque abafou o grito de seus nervos o suficiente para ela entrar no elevador e subir para o quarto. Logo Amy achou que não estava em lugar algum, que deixara de existir de outro modo além de uma constelação de sensações relacionadas. De vez em quando, sua consciência vinha novamente à tona para fazer lembrá-la do quão bem ela se sentia, e isso significava perder por um momento a boa e insensata sensação, mas ela sempre voltava.

Aquilo durou um bom tempo e, quando terminou, Amy se sentia esgotada, desprovida de adrenalina, como se tivesse saído do efeito do Ecstasy. Jason tinha de ir embora; era esperado no norte do estado. Disse para ela ficar no quarto do hotel o quanto quisesse, e Amy desejou que ele quisesse dizer que poderia ficar lá indefinidamente.

Assim que a porta se fechou atrás dele, Amy rolou para o lado e tirou o telefone da bolsa. Escrevendo rápido para não desistir, enviou uma mensagem de texto para Bev, pedindo que se encontrasse com ela de manhã no Brooklyn, no mercado de pulgas. Então regulou o despertador, fechou o blecaute das cortinas, se enterrou sob as cobertas cheirando a sexo e tentou dormir. O sono finalmente veio em sua forma mais leve, agitada e cheia de pesadelos. Enquanto Amy vagava entre estados de consciência, um pensamento se repetia: a desconfortável percepção de que, apesar de toda a aventura das últimas horas, sua situação não mudara em nada.

36

O MERCADO DE PULGAS FORA TRANSFERIDO PARA UM LOCAL FEchado durante o inverno e com isso perdera grande parte do seu charme. Agora vendedores e compradores se comprimiam no amplo subsolo de um antigo banco, e o espaço fechado fazia os artigos parecerem de mau gosto. Por que havia pessoas se enfileirando para ver mais de perto camisetas velhas e caras? A iluminação do subsolo também não favorecia ninguém. Amy se viu em um espelho antigo à venda por 350 dólares, e estremeceu. Comparada com a multidão muito jovem que andava pelo mercado, ela parecia ter mil anos. Bem, quase não havia dormido. Os jovens frequentadores talvez também não tivessem dormido muito, mas, ainda assim conseguiram se recuperar, enquanto Amy estava com 30 anos, velha demais para beber tanto quanto bebera, comer tão pouco quanto comera e ter feito sexo por tantas horas seguidas quanto fizera. Ela se precipitou para a praça de alimentação, onde Bev a esperava.

Bev estava ótima, com cabelos brilhantes e uma camiseta nova, que combinava com o azul pálido de seus olhos. Ela sorriu radiante para Amy, que sentiu vontade de correr em sua direção, se atirar em seus braços e chorar em seu ombro. E podia ter feito isso, mas se conteve em consideração a todas as pessoas que as cercavam. E se alguém que conhecesse a visse chorando no meio do mercado de pulgas? Ela mordeu a bochecha e se sentou em uma cadeira dobrável de frente para Bev.

– Senti sua falta, amiga! – disse Bev, estendendo o braço para tocar no joelho dela.

Amy quase começou a chorar de novo, porém, em vez disso, mordeu a bochecha com mais força.

– Poxa, sei que a gente tem andado ocupada. Como você está? Como vai a busca pelo emprego?

– Péssima. Não tem nada mesmo agora. Ninguém está contratando antes do Natal. Só tenho enviado e-mails para pessoas que conheço, tentando convencê-las a tomar um café comigo, e atualizando meu perfil no LinkedIn, o que é mais deprimente do que palavras podem expressar. Desculpe. Isso tudo é chato demais, não vamos falar sobre esse assunto.

– As lojas estão contratando antes do Natal – observou Bev. – Quer dizer, principalmente para cargos temporários. Mas se você precisa de alguma coisa para ajudar a pagar as contas enquanto procura o próximo emprego de verdade...

– Bem, é exatamente disso que preciso. Mas não posso trabalhar em uma loja, Bev. Quer dizer, e se alguém descobre? Ia ser muito humilhante.

– Alguém quem? Não se ofenda, mas... ninguém vai se importar se você trabalhar em uma loja, Amy. Muitos escritores trabalham atendendo o público.

– No início da carreira, claro. Não no início da casa dos 30. Ou, bem, não depois de já terem...

Bev não disse nada. Também não olhou para Amy. Em vez disso, examinou o salão, como se estivesse procurando alguém.

– Olha, sei que não parece que fiz algo importante. Mas teve uma época em que as pessoas me reconheciam no metrô! Recebi milhares de e-mails. Milhares! Eles também foram maus. Todos foram muito malvados para mim. Isso tem de ter significado alguma coisa. Tem de ter acontecido por algum motivo; tem de haver uma compensação para isso, e não pode ser eu trabalhar em uma *loja*!

Bev olhou novamente na direção de Amy.

Talvez fosse a gravidez que fizesse Bev parecer tão distante e estranha, mas Amy sentia que, no passado, podia contar com ela para garantir imediatamente que estava fazendo a coisa certa, que estava certa em geral. Além disso, no passado, era Bev quem costumava precisar de ajuda. Mas agora tudo tinha a ver com Amy estar insegura, com problemas. E Amy achou ter visto no olhar impessoal e furtivo de Bev que ela não estava disposta a apoiá-la.

– Ei, era para eu ter dito antes, mas Sally vai se encontrar com a gente aqui. Não é legal?

– O quê?

– Eu queria sair com você, mas também queria vê-la, e esse é meu único dia de folga, desculpe, mas meu horário é uma loucura. Porque, bem, estamos na época do Natal. E eu trabalho em uma loja. – Bev sorriu, mas seu tom de voz foi ligeiramente áspero.

Tarde demais, Amy percebeu o quanto fora ofensiva.

– Eu não quis dizer que trabalhar em uma loja era de algum modo... seja como for, eu não quis dizer... Bem, é diferente para você!

– Tudo bem. Tanto faz, Amy. Sem dúvida, precisamos falar mais sobre o que está acontecendo com você. Mas, olha, por enquanto, seja gentil com a Sally, está bem? Vou tentar desviar a conversa de Jason, para você não se sentir muito estranha.

– Não. Eu não posso fazer isso. Sinto muito. Não quero mesmo estar com ela. Isso é estranho demais. Sei que agora vocês são amigas, mas eu não sou... não posso vê-la agora. Eu queria ficar sozinha com você!

– Isso é porque você se sente mal por causa do que fez com Jason, porque ela vai me ajudar com o bebê ou o quê?

– Acho que todas essas coisas, e também porque ela é uma pessoa que do nada invadiu sua vida, as nossas vidas, e eu me sinto... usurpada por ela.

– Isso é loucura. Você nunca poderia ser usurpada.

– É mesmo? Por quê? Sinto que tenho sido a pior das amigas, e ela está dando a você tudo que eu não posso, como dinheiro.

– Eu não quero dinheiro. Bem, não de você. Quero que você pense em mim. Telefone, me envie mensagens. Que tenha curiosidade em saber o que está acontecendo comigo, não apenas me use para descarregar todos os seus sentimentos ruins, como se eu fosse sua terapeuta. Preciso que você se importe comigo, não que fique ressentida.

– Você está querendo dizer que estou com ciúme?
– Você tem ciúme de todo mundo.
– *Você* é que costumava ter ciúme de *mim*!
– Não mesmo, Amy.
– Como tem coragem de dizer isso? Você tinha ciúme sim.
– Talvez, às vezes. Mas definitivamente não tenho agora. Mas já chega, tá? A gente não precisa se sentir superior uma à outra. Esse não é o sentido da amizade, Amy. Talvez seja para você, sei lá, mas não é para mim.
– Tudo que estou dizendo é que quero conversar com *você* e não com você e a *Sally*!

Mais uma vez Amy sentiu como se estivesse prestes a chorar, como uma criança pequena tendo uma explosão de raiva. Em vez de dar vexame na frente de Bev e de todos no mercado de pulgas, ergueu-se de um pulo e dirigiu-se para a saída. Enquanto abria caminho na multidão, esperou que Bev fosse atrás dela, pronta para ajudá-la, endireitar as coisas, esclarecer tudo. Mas é claro que Bev não foi, e demorou uma eternidade para ela escapar da multidão. Montes de pessoas passavam pelos corredores, e Amy sentia como se todas as mulheres estivessem grávidas. Ela saiu do subsolo do banco se sentindo invisível, como um fantasma, sozinha no mar de casais, crianças e amigas ricas e felizes.

37

O E-MAIL DE JACKIE CHEGOU EM UM MOMENTO PARTICULARMENTE desolador. Amy estivera sentada no *loft* sombrio a manhã inteira na frente do computador, com fones de ouvido para afastar a possibilidade de conversa com as hippies. Disse a si mesma que estava reunindo forças e prestes a ir ao café da esquina, onde desabilitaria o acesso à internet em seu computador e revisaria seu currículo para que refletisse seus novos objetivos. Queria se mostrar alguém que não era exatamente uma escritora mas uma "criadora de conteúdo" ou, melhor ainda, uma "consultora de estratégia de conteúdo" – alguém capaz de trabalhar para marcas ou agências de publicidade, não para blogs como o Yidster. Era quase meio-dia, estava com fome e seus membros se mexiam sem parar porque ansiavam por movimento, mas, por alguma razão, não conseguia parar de rolar distraidamente a tela no Tumblr, curtindo fotografias de comida e animais. Seu gato de verdade estava deitado a seus pés, pondo as patas sobre ela de vez em quando e tentando fazê-la brincar, mas ela o enrolava com uma ocasional carícia e depois continuava a ignorá-lo em favor dos gatos na tela.

Então, quando a mensagem de Jackie surgiu em sua caixa de entrada, sentiu-se grata e aliviada. Melhor ainda, Jackie queria almoçar o mais breve possível; sabia que isso era "bem difícil", mas talvez *hoje* – porque estava "tendo dificuldade em resolver algumas das pendências que você deixou". Provavelmente também tinha um interesse maldoso em ver como Amy estava passando para poder fofocar sobre isso com Lizzie. Mas quem se importava? Isso a tiraria de casa. Amy aceitou na hora, com a condição de o restaurante não ser perto demais do escritório do Yidster. Elas combinaram de se encontrar em um restaurante que servia comida do sul, em Carroll Gardens. Amy percebeu com um arrepio que ficava perto de uma Starbucks e um Trader Joe's, dois lugares aonde deveria ir preencher fichas de emprego. Bev tinha razão: ela só precisava encontrar algo para chegar ao fim do mês, e ninguém se importaria se trabalhasse no comércio. Não havia por que continuar vivendo de seus cartões quase estourados por causa de um orgulho sem sentido.

Jackie, sentada no bar do restaurante esperando por Amy, parecia surpreendentemente bem. Os cachos estavam menos crespos, e o batom vermelho retrô fora aplicado mais uniforme do que de costume. Ela estava usando um vestido de poá que acentuava a cintura fina e disfarçava seu traseiro grande e achatado. Quando a garçonete trouxe dois cardápios e uma lista de coquetéis, ela pegou a lista.

– Temos de brindar à sua saída, certo?

Amy assentiu com a cabeça, percebendo que não deveria beber se ia se candidatar a vagas de caixa depois do almoço. Bem, prometeu a si mesma, faria isso logo, quem sabe amanhã.

Elas pediram Manhattans, e dois goles depois Amy começou a imaginar que toda a tarde ou talvez sua vida inteira seria assim: com a luz forte e brilhante do inverno se infiltrando no restaurante escuro e acolhedor; um bate-papo hilário com Jackie, que se revelara muito mais feliz e divertida do que quando trabalhavam juntas. Jackie logo começou a contar uma história sobre Avi ter perdido a paciência e tentado um tipo de manobra de *krav magá* contra o mau funcionamento da copiadora antes da reunião editorial daquela manhã. Amy quase lamentou ter perdido isso. Sua risada pareceu agradar muito Jackie e foi revigorante estar perto de alguém que, por algum motivo desconhecido, a admirava e queria sua aprovação. No meio de sua bebida, Amy se viu pensando na sorte que tinha em estar desempregada, com um vasto mar de possibilidades se abrindo na sua frente. Ela não sabia quais eram essas possibilidades, mas nesse momento isso parecia excitante, não aterrador.

Os sanduíches chegaram, elas começaram a devorá-los ferozmente, e Jackie manchou o pão com batom vermelho enquanto comia. Amy tentou ser mais contida, mas os sanduíches eram ótimos. Porém, ao tentar desviar os olhos das pequenas fatias de picles e da salada de repolho que caíam do pão de Jackie, seu olhar se fixou por um momento no anel de noivado dela, que brilhava com firme intensidade à luz dourada do restaurante.

Amy sentiu uma pontada visceral e impulsiva de desejo, do tipo que podia fazer alguém pegar comida do prato de um estranho. Desejou o anel com desespero. Loucamente, pensou em roubá-lo. Desejou tirá-lo do dedo de Jackie e pô-lo em sua boca. Seria estranho demais, se algum dia ela fosse rica, simplesmente comprar um anel de noivado? Ela adorou como o anel deu a Jackie, essa pessoa que não tinha nada de especial, um brilho de valor. Porque significava de verdade que Jackie *era* valorizada. Aquilo era um símbolo, e era isso que simbolizava. Alguém achava que Jackie era digna de usar uma pequena pedra que valia milhares de dólares. Amy achou que ia chorar. Nos últimos tempos isso estava acontecendo cada vez com mais frequência. Ela tomou um grande gole de água e ouviu o agradável tilintar do gelo no copo, os cubos como diamantes gigantes captando e refratando a luz. Ela desejou um diamante tão grande quanto um cubo de gelo, e o tipo de amor enorme e eterno que simbolizaria. Sério, alguém tinha posto drogas em sua bebida?

– Isto está bem forte, não é? – disse para Jackie, tentando não arrastar as palavras.

– Sim, mas está bom. Eu precisava acalmar meus nervos para esta conversa – disse Jackie. – Ok, Amy... eu não chamei você aqui para falar sobre pendências no Yidster. Não estou nem aí para o Yidster.

– Eu achei que isso era papo furado. Mas e aí?

Jackie pigarreou, pela primeira vez parecendo nervosa.

– Fiz uma entrevista para uma vaga no... basicamente no seu antigo emprego. Acabei de receber a proposta esta manhã. Eles parecem bem legais, e é muito mais dinheiro do que eu ganho no Yidster, e realmente preciso... quero dizer, Amy, só os porta-guardanapos feitos à mão! Nem queira saber... Mas eu estava preocupada por causa da sua experiência lá e só... queria saber se você tinha algum conselho. Ou, digamos, palavras de advertência?

Amy deu de ombros.

– Não sei. É um emprego. Não era o emprego certo para mim, mas tenho certeza de que você ficará bem. Além disso, ouvi dizer que agora as coisas realmente estão diferentes lá.

Jackie passou o garfo ao redor de um pouco da salada de repolho.

– Sim... de qualquer modo, eles me perguntaram se... ah, bem, eles me perguntaram o que você andava fazendo, e eu disse que você tinha saído do Yidster. Parece que estão interessados em que volte a trabalhar lá de novo, em alguma função, se isso for algo que você queira.

Amy riu.

– Está brincando? Nem que me pagassem...

– Bem, o fato é que eles *pagariam*. E muito. Quer dizer, eles acabaram de conseguir aquele grande investimento da GigaWatt. Eu provavelmente não deveria dizer quanto estão me oferecendo, mas... Ahn, só vou dizer que, quando contei para o meu irmão, que fez oito anos de medicina, ele comentou: "Nossa, Jackie, se eu soubesse que deveria ter ficado apenas fazendo piadas no Twitter esses anos todos em vez de dissecando fetos de porcos, tudo teria sido muito diferente!"

Amy riu. Pelo menos aquilo foi em parte uma risada. Começou como um engasgo, mas no meio do caminho ela conseguiu fazê-lo soar como uma risada.

– De qualquer modo, achei que você deveria saber. Quer dizer, sei que você provavelmente tem muitas propostas, e essa é apenas uma a considerar. Eu adoraria que trabalhássemos juntas de novo e... você já sabe como são as coisas naquele lugar. Acho que eu só queria saber se há um motivo secreto horrível para não trabalhar lá! – Ela sorriu como se isso tivesse sido uma piada, mas Amy sabia que ela estava imaginando de verdade algum tipo de segredo escabroso relacionado com o blog.

– Não, eles são legais. Eu tive uma experiência ruim lá. Vai ser totalmente diferente para você.

– Você deveria telefonar para eles, Amy. Seria aceita de volta num piscar de olhos. Quero dizer, talvez façam você se humilhar um pouco. Afinal de contas, você se demitiu. Mas é adulta e sabe lidar com isso. Ah, e os comentadores ficariam muito felizes! Eles sempre a adoraram.

– Ah. Se por "adorar" você quer dizer "pensar todos os dias em modos criativos de matar", então, sim, eles me adoravam.

– Bem, isso é inevitável, não é? Quer dizer, você é uma mulher, isso é a internet... e basicamente é paga para lidar com essa guerra.

– Você já passou por algo assim, Jackie?

– Ah, claro! Você sabe que vários malucos, neonazistas e sionistas fanáticos de vez em quando entram no Yidster. Estou familiarizada com *trolls*.

– Sim, mas é diferente quando isso tem a ver com você.

– Bem, isso... nunca é relacionado diretamente com *você* – disse Jackie. Ela se recostou, deu um gole pensativa e pareceu muito satisfeita com sua sagacidade. – Então, vai pensar a respeito?

– Claro. Quer dizer... tem muitas outras coisas acontecendo, mas vale mesmo a pena pensar nisso.

Jackie sorriu.

– Ótimo. Espero que a gente volte a trabalhar juntas. Se tudo der certo, será bom ter outra mulher lá. Poderemos nos apoiar.

Amy engoliu um súbito fluxo de bílis com álcool e carne e levantou da mesa. Ao tentar andar calma e sorridente na direção do banheiro, passou pela garçonete que estava indo fechar a conta delas. A porta do banheiro se fechou atrás de Amy, e ela notou no último segundo antes de se abaixar que havia um ventilador ruidoso o suficiente para abafar quaisquer sons. Então se ajoelhou no chão pegajoso e viu o almoço ir para o vaso sanitário. Tentou vomitar rápido.

Quando voltou para a mesa, Jackie já pagara a conta.

– Ah, você não devia ter feito isso – disse Amy sinceramente, mas Jackie fez apenas um sinal com a mão como se dissesse *Ah, não foi nada*, e seu anel refletiu a luz de novo. Amy combateu outro ataque de náusea.

Elas se abraçaram, despedindo-se. Amy seguiu por um lado da rua coberto de folhas, decidida a ir a pé para casa, sem querer arriscar pegar o metrô no caso de vomitar de novo. Tentaria fazer isso em um beco ou atrás de um carro estacionado. Nesse bairro, as pessoas simplesmente pensariam que ela estava grávida.

Andou, andou e não melhorou, embora não se sentisse mais bêbada, o que ainda a fez ficar pior. Quando chegou a um parquinho, parou e se sentou em um dos bancos, esperando que o estômago se acalmaria se ela descansasse.

Todos os seus problemas poderiam ser resolvidos em um segundo se simplesmente se desculpasse com todos que ofendera e pedisse um ou outro de seus antigos empregos de volta. Não só, se desse crédito a Jackie, poderia voltar a trabalhar na área dos blogs bem-sucedidos como também, se não estivesse disposta a isso, fazer Jonathan e Shoshanna a readmitirem no Yidster; com Jackie fora de lá, eles ficariam desesperados. De qualquer modo, isso seria como voltar no tempo. E, percebeu, impossível. Na teoria essas ideias pareciam muito melhores do que tudo em que pensara (nada, Trader Joe's). Mas, quando imaginou o momento de entrar de novo pela porta de qualquer um desses lugares, sentiu como se estivesse se matando. No fundo, sabia que toda a sua compulsividade e procrastinação tinham a ver com evitar uma verdade simples e óbvia: sua vida em Nova York, na forma que tinha assumido desde que se formara na universidade, terminara. As mentiras que dissera a si mesma sobre se candidatar a empregos e se reinventar como consultora eram apenas isso: mentiras. Uma mudança ganhava forma, tão necessária e desagradável quanto vomitar no restaurante e, da mesma maneira, ocorreria quisesse ela ou não. A única coisa que podia controlar era se ocorreria mais cedo ou mais tarde, em particular ou em público.

Em busca de uma familiaridade tranquilizadora, pegou o telefone, como se ele pudesse ser o portador de boas notícias. Tinha cinco chamadas perdidas, todas de um número que não reconhecia. Mas o código de área era familiar, e com uma sensação de desânimo percebeu por quê: era o mesmo de Jason. Quem havia telefonado tinha de ser Sally.

38

ELAS TINHAM COMBINADO DE SE ENCONTRAR PARA ALMOÇAR NO dia seguinte, no Roebling Tea Room, em Williamsburg. Amy tentara dissuadir Sally, mas ela insistiu em conversar pessoalmente. Por mais que Amy temesse que ela lhe dissesse que sabia o que estava acontecendo, foi pateticamente seduzida pela ideia de outra refeição grátis porque, apesar de tudo, imaginou que Sally a pagaria. Fora o almoço de Jackie, que vomitara, Amy estivera sobrevivendo de sobras de suas colegas veganas com quem dividia o apartamento, que pegava em Tupperwares velhos na geladeira quando elas não estavam olhando. Não podia continuar assim por muito tempo, por questões práticas e de saúde. Sage já havia perguntado em voz alta, mais de uma vez, o que acontecera com o resto de seu refogado da noite anterior.

Ela chegou cedo ao café e pediu uma taça de Sancerre e um aperitivo de ovos apimentados. Comeu todos antes de Sally chegar, e depois pediu mais.

Esperava que Sally viesse usando uma mantilha, óculos escuros ou algo no gênero, mas ela estava exatamente como sempre: bem-vestida, bonita, com os ombros levemente encolhidos ou o corpo curvado que a faziam parecer fisicamente menor do que era. Não estava trêmula de raiva ou olhando furiosa para Amy, mas parecia cansada e, como de costume, um pouco triste.

Assim que elas se encararam, Amy teve certeza de que a brincadeira terminara.

— Sinto muito — disse, antes de Sally poder falar alguma coisa. Sally suspirou.

— Tudo bem. Não é um grande problema. Não é a primeira vez. Realmente não estou zangada com você, mas queria que soubesse de duas coisas. Uma é que estou me divorciando do Jason, e a outra é que isso não tem nada a ver com o que ele fez, ou está fazendo, com você. Ah, na verdade, três coisas, mas acho que posso dizer a terceira depois de fazermos o pedido. Você quer outra taça de vinho? Talvez devêssemos pedir uma garrafa?

— Humm, claro. Sim, por favor — disse Amy.

Elas conseguiram encontrar outras coisas sobre as quais conversar enquanto a garçonete estava perto da mesa enchendo suas taças e trazendo pão em pequenos pratos, e Amy se sentiu quase como se a situação fosse normal. Mas então a garçonete foi embora, e Sally continuou com seu discurso, que pareceu ter sido ensaiado, talvez diante do espelho.

— Bem, então é óbvio que as coisas entre mim e Jason não têm sido perfeitas, mas eu simplesmente não vejo a infidelidade como uma quebra de contrato. Alguns dos casais mais felizes que conheço têm relacionamentos abertos. Mas, quando você realmente pensa sobre isso, todos são gays. E o que isso nos ensina? Que parte do motivo de a poligamia não funcionar para os casais heterossexuais, ou pelo menos não para as mulheres heterossexuais, é que há um estigma social associado a ser "traído" que na verdade só é um problema para as mulheres. Porque isso é humilhante. Mas não é humilhante para os homens quando seus parceiros os traem, pelo menos não do mesmo modo. E por quê?

Foi uma pergunta retórica, e Amy encolheu os ombros.

— Por causa do conceito patriarcal de que os homens são provedores, por natureza desejáveis, e as mulheres são substituíveis e sem valor! Como se isso significasse, se seu marido a trai, que ele a está diminuindo, expondo-a como de certo modo inadequada. Mas isso não tem de ter esse significado. Quer dizer, se decidirmos que não significa isso, não significa.

Amy, sentindo que algum tipo de concordância era necessária, assentiu vigorosamente com a cabeça.

— Mas esta situação é diferente porque tenho pensado muito em outras coisas que não são exatamente perfeitas em nosso relacionamento. Além disso, sinto de fato que estar na cidade e cercada de sua energia criativa é melhor para mim, e, para me dar uma chance de experimentar isso, acho que a melhor coisa é me afastar de Margaretville e Jason e apenas... absorver isso, entende? Quer dizer, sobretudo este bairro. Não é vibrante e pulsa com uma energia nova? Até todas essas construções, sabe, têm a ver com novidade e desenvolvimento.

— Acho que sim.

Amy não passara muito tempo em Williamsburg, mesmo quando tinha um emprego; não achava que realmente podia se dar a esse luxo. O que Sally via como um manancial de juventude e cultura, Amy via como um manancial de turistas europeus e restaurantes com entradas de 35 dólares. Mas é claro que não havia por que mencionar isso. A comida delas chegou, e Amy tentou manter a aparência respeitosa e ligeiramente envergonhada, enquanto devorava o cheeseburguer.

— Então eu vou embora, e Jason está lidando bem com isso. Pelo menos, acho que está... Ah, a terceira coisa!

— Humm? — Amy mergulhou um punhado de batatas fritas no ketchup.

— Ah, é só que... bem, não tenho nenhum direito de pedir isso a você como um favor, mas espero que o faça por si mesma. Por favor, pode não ver mais o Jason? Não acho que vocês dois têm uma ligação amorosa genuína ou algo assim. E acho que no que diz respeito a você, a mim e a Bev seria muito melhor, e muito menos estranho emocionalmente para mim, e talvez para você também, se você pudesse... não manter nenhum tipo de relacionamento com ele.

Amy ficou muda de choque, o que Sally deve ter interpretado como resistência, uma barganha difícil, porque ela suspirou e tirou algo da bolsa.

Quando Amy percebeu que era um talão de cheques, ficou boquiaberta.

– O que há com você? Não pode sempre pagar às pessoas para fazerem o que quer que elas façam! Na verdade, às vezes você pode, mas por que esse é seu modo de resolver problemas?

– Porque funciona? – disse Sally, toda a inocência hippie perdida. Talvez isso tivesse servido ao seu objetivo.

– Talvez com Bev, mas não comigo – disse Amy. Ao afastar a cadeira e tentar vestir a jaqueta o mais rápido possível, ela olhou para seu prato: metade do cheeseburguer ainda estava lá, e muitas das batatas fritas. Para não mencionar a taça cheia de vinho. Considerou brevemente pegar o cheeseburguer, mas se conteve e foi direto para a porta.

39

BEV AINDA ESTAVA POSITIVAMENTE CHOCADA EM DESCOBRIR QUE não odiava tanto trabalhar na butique como imaginara que odiaria. Havia uma satisfação inerente em reorganizar vitrines, dobrar roupas que as clientes haviam bagunçado, conferir o estoque com o que estava no computador, e realizar os procedimentos de rotina diários de abrir e fechar a loja. Só tinha se passado mais ou menos um mês, é claro, e podia prever que isso perderia a graça. Mas, por enquanto, era maravilhoso. Sentia-se um pouco menos exausta do que em seu primeiro trimestre. Sally havia comprado um livro sobre gravidez e parto para ela – "Não do tipo alarmista, mas um hippie, porém não hippie demais, como você. Vai gostar". Ela tinha lido, e o livro a fizera se sentir com muito menos medo, o que era bom. Havia comparecido às consultas com a dra. Sandy e visto pela primeira vez o feto em uma ultrassonografia. Ele seria um bebê, e seria seu. Era quase bizarro demais pensar nisso, mas era verdade, e por enquanto parecia que tudo ficaria bem. Seus pais poderiam nunca falar com ela de novo quando descobrissem, mas, de certo modo, isso também acabaria se resolvendo. A única coisa que realmente a incomodava era o que estava acontecendo com Amy, que deveria ir à loja hoje. Seria sua primeira visita.

Bev não havia falado com Amy desde a briga delas no mercado das pulgas, no sábado anterior, o que parecia horrível. Mas Amy fora horrível. Não queria que ela fosse mãe, e Bev vira isso com muita clareza no rosto de Amy naquele dia. Amy nunca diria isso, mas era péssima em esconder as coisas, péssima em dizer algo além da pura verdade. Houve um tempo em que Bev considerara isso uma boa qualidade: ela era confiável, nem que fosse apenas porque não conseguia não ser. Mas agora Bev queria se cercar apenas de pessoas que a apoiassem totalmente.

Bev estava sentada atrás da caixa registradora, passando as compras de sapatos de uma cliente, quando o sino da porta tocou e viu que Amy acabara de entrar. Bev olhou para ela e sorriu.

– Oi – disse no que esperava parecer uma voz casual. – Espere só um segundo.

Amy andou na ponta dos pés em uma demonstração exagerada de que não queria interromper Bev em seu trabalho.

– Lugar bacana – fez com os lábios sem proferir as palavras, e depois foi na direção dos cabides. Bev imprimiu a nota fiscal da cliente e a apresentou para que assinasse; a letra da mulher era grande, arredondada e infantil. Ela havia acabado de gastar 475 dólares do mesmo modo como alguém poderia comprar chicletes. Seria preciso muito mais do que alguns meses para Bev encarar isso com naturalidade, mas ela achava que acabaria se acostumando.

O sino tocou de novo, e a mulher rica foi embora. Bev tinha de esperar pelo menos mais quinze minutos antes de poder começar a esvaziar as lixeiras, arrumar os provadores, fazer propositadamente o tipo de coisas que informariam às clientes que era hora de pararem de dar uma olhadinha. Havia um número surpreendente de pessoas na minúscula loja, considerando que eram 20:30 de um dia de semana. Talvez para algumas delas isso fosse uma recompensa depois de um longo dia de trabalho. Outras provavelmente tinham escapulido de seus prédios de arenito pardo na vizinhança para roubar meia hora de Tempo Para Mim antes de pôr as crianças na cama, deixando os maridos meio adormecidos diante de um DVD de *Mad Men*. A loja era linda, cheia de roupas selecionadas com cuidado, que ficavam bem na maioria das grávidas, e cheirava maravilhosamente a velas de cera de abelha e tecidos caros, seda, linho e algodão macio. Claro que Bev estava guardando a maior parte do dinheiro que ganhava para o bebê, mas se permitira comprar uma das camisetas, a que estava usando quando brigou com Amy no mercado das pulgas. Custara noventa dólares, mesmo com seu desconto de funcionária, mas a diferença entre ela e todas as outras camisetas que já possuíra era que esta era sedosa e ficava fenomenal em Bev, destacava o azul de seus olhos e acomodava seus seios inchados, juntando-os apenas um pouco, o decote em V revelando o espaço sutil e natural entre eles. Ontem a usara de novo, e três pessoas haviam comprado uma.

Amy estava tocando na mesma camiseta agora.

– Isso parece algo que até mesmo uma mulher não grávida poderia usar. Dá pra experimentar?

– Claro. No provador que quiser – disse Bev, apontando.

Pouco a pouco, todas as clientes saíram, e Bev fechou o portão de fora depois que a última foi embora. Amy ainda estava no provador.

– O.k. Todas foram embora. Podemos conversar – disse Bev. Houve silêncio atrás da pesada cortina, e ela a afastou. Amy estava sentada curvada sobre o banco, usando a camiseta, que lhe caía muito bem e que, de qualquer modo, não era apenas para grávidas. Com as mãos no rosto, chorava em silêncio.

Sem palavras, Bev correu para o lado da amiga, pôs os braços ao seu redor e a abraçou enquanto ela chorava. Acariciou suas costas e sussurrou:

– Shh, shh, vai ficar tudo bem.

– Quero muito esta camiseta – disse Amy afinal.

– Posso dar 20% de desconto.

– Não posso comprar. Não tenho dinheiro nenhum.

– Está tentando pechinchar? Vinte por cento é o máximo de desconto que eu posso dar.

– Cara, estou totalmente falida. Gastei minhas últimas economias no aluguel do mês passado, e ainda não fiz nenhuma entrevista para empregos de verdade. Você tem toda a razão sobre empregos na área de atendimento ao público, mas ainda não encontrei o certo. Por que isso aconteceu, Bev?

– Bem... sinto muito, sei que você realmente não está procurando por uma resposta. Mas... você saiu do emprego mesmo sabendo que não tinha economias nem dinheiro suficiente para pagar o aluguel.

– Humm, é.

– O Sam não pode ajudar?

Amy abaixou os olhos.

– Droga, vou deixar marcas de lágrimas na droga desta camiseta. Preciso tirá-la antes de acabar tendo de comprá-la. – Ela a tirou pela cabeça e continuou chorando apenas de sutiã, que um dia tinha sido bonito, mas que agora dava a Bev a impressão de que fora acidentalmente posto na secadora.

– Amy, você contou para o Sam?

– Eu não quero falar com o Sam.

– Vocês romperam?

– Sim. Não. Não sei. Provavelmente. Ele foi para a Espanha e me disse que precisava se concentrar no trabalho, mas nos últimos tempos tem me telefonado e estou ignorando os telefonemas dele.

– Você contou pra ele que transou com o Jason?

– Não. Quer dizer, foi por isso que não quis falar com ele. Tenho medo de contar sem querer.

– Você não devia fazer isso.

– Eu sei.

Elas se sentaram na fina prateleira. Era difícil não olhar para si mesmas no espelho do lado oposto: Amy, de olhos vermelhos e sutiã encardido, parecendo não ter dormido, e Bev, rosada, bem-vestida e bonita o suficiente para inspirar outras mulheres a comprar roupas. Havia manchas roxas com a forma de impressões digitais na parte superior do braço de Amy, e seu casaco de inverno surrado aberto ao lado delas, o antes elegante casaco sem mangas, cheirava a fumaça de cigarro. A luz em Amy que atraíra pessoas – que atraíra Bev – estava fraca, bruxuleante.

– Eu vim aqui pedir dinheiro, Bev. Olha, eu pago logo. Só preciso de um empréstimo. Preciso ficar no apartamento sublocado por mais um mês, comprar comida, essas coisas. Vou me candidatar a empregos temporários em lojas, como você disse. Vou conseguir alguma coisa em breve. Mas nesse meio-tempo, se você pudesse me arranjar, sei lá, trezentos dólares, eu só... Eu não pediria se não precisasse muito, Bev. Você sabe disso.

– Eu gostaria de poder emprestar, cara, mas não posso. Preciso economizar cada centavo que ganho para o bebê. Não posso ajudar.

A primeira expressão que atravessou o rosto de Amy foi terrível, como Bev soubera que seria. *Ela sente pena de mim*, pensou Bev, *mas não tanto quanto eu sinto dela.*

– Então você não pode me ajudar por causa do bebê? Isso é exatamente o que eu sabia que aconteceria: você está preferindo o bebê a mim, e ele ainda nem nasceu.

– Você ouviu bem o que acabou de dizer? É claro que estou preferindo o bebê. É o meu *bebê*.

– Você também está preferindo Sally a mim. Fez um trato com essa pessoa que mal conhece. Está nessa situação por causa do dinheiro da Sally!

– Eu vou pagar de volta – disse Bev. – Quando estiver pronta para isso, vou ganhar o dinheiro e então vou pagar tudo. Ela sabe disso.

– Bev, você está muito louca.

– Bem, obrigada por ser franca comigo em relação ao que está sentindo, amiga.

Amy balançou a cabeça.

– Eu não quis dizer isso. Sinto muito, eu não... Sinto muito mesmo. Mas eu não estaria pedindo se realmente não precisasse da sua ajuda. É minha última chance. E vou pagar tudo. Não vai afetar o bebê em nada!

– Olha, eu tenho que terminar de fechar a loja.

Amy continuou sentada, olhando para Bev no espelho e depois para si mesma.

– Então... é sério, a resposta é mesmo não?

Bev apenas balançou a cabeça.

– Você precisa ir embora, Amy.

Então Amy foi. Depois de sair, ouviu a porta ser trancada. Bev devia ter pensado que havia uma chance de ela voltar e implorar um pouco mais.

Amy sempre tinha achado que era fútil e egoísta demais para pensar seriamente em suicídio e, além disso, temia sentir dor. Agora percebia que quando achava isso não sabia o quanto a existência podia se tornar dolorosa. Descobrira que podia se tornar tão dolorosa que qualquer outro tipo de dor parecia preferível. Sentiu-se ridícula tendo esses pensamentos góticos adolescentes, mas eles eram reais. Bev tinha razão: ela precisava mesmo ir embora – não só da loja, mas da cidade. Da vida. Antes de algo mais ser tirado dela, ou de desistir de tudo. Fosse o que fosse que estivesse acontecendo, precisava encontrar um modo de fazer parar.

40

A MÃE DE AMY TEVE O MÉRITO DE NÃO DIZER NADA MUITO ARRA-sador quando Amy telefonou do BoltBus (não o ônibus bonito) e a informou de que ela e um altamente sedado Waffles estavam a caminho e logo chegariam à pequena casa de dois andares em que crescera. A mãe nem perguntou quanto tempo ficariam ou o que acontecera.

– Humm, você está trazendo o gato – disse apenas, sem ao menos tornar isso uma pergunta.

A viagem de ônibus foi boa até a terceira hora, quando o ar viciado e o cheiro forte de desinfetante começaram a deixar Amy nauseada. O ônibus estava cheio de estudantes universitários indo passar o Natal em casa. A caixa de transporte de gatos feita de poliéster flexível estava grudando em suas pernas. Desejou ter podido se dar ao luxo de ir de trem. Bem, desejou ter podido se dar ao luxo de não ir embora de Nova York.

Mas justamente quando começou a sentir que não conseguiria aguentar mais um minuto no ônibus, a viagem terminou. Ela caminhou da estação Takoma Park Metro rumo à casa dos pais com a caixa de transporte do gato pendurada em um dos ombros, a mala de lona da LeSportsac no outro e uma mochila com o laptop nas costas. Essas bolsas continham todas as posses que lhe restavam no mundo. Abriu a porta da frente com a chave que seus pais guardavam em uma pedra claramente falsa e entrou na casa vazia; eles ainda demorariam algumas horas para voltar do trabalho. Sentiu como se estivesse voltando para casa do colegial. Abriu o zíper da caixa de transporte e observou o gato aturdido começar a farejar e explorar. Amy farejou também, sentindo os aromas familiares do revestimento de cedro e do *pot-pourri* de eucalipto do banheiro de baixo. Sentia-se exausta, como se o corpo tivesse estado em total alerta e agora desligasse sistematicamente seus sistemas de alarme. Depois de pegar um velho saco de areia para gato no porão e improvisar uma caixa para Waffles, arrastou-se para o andar de cima, deitou-se no chão acarpetado de seu quarto da infância, agora um escritório, e logo adormeceu.

Quando acordou, o dia de inverno começava a escurecer, e ela sentiu o cheiro de cebolas sendo refogadas no andar de baixo. Ouviu o início de "All Things Considered" pairando no ar. Sentou-se e olhou para seus braços e pernas, quase surpresa de estarem em um tamanho adulto.

No jantar, estava faminta. Os pais a trataram como uma inválida e a pouparam das perguntas embaraçosas que presumira que fariam imediatamente. Falaram sobre si mesmos: os problemas do pai no trabalho, a dificuldade que a mãe estava tendo em fazer sua avó parar de hostilizar as outras mulheres que escreviam para o boletim comunitário do lar da terceira idade onde vivia. Com 93 anos, Nana ainda insistia que não estava aposentada; na juventude, havia perdido a oportunidade de seguir a carreira jornalística porque tivera de criar a mãe e as tias de Amy, e agora estava compensando o tempo perdido. Ouvir a mãe caçoar da mãe dela era hilário, e Amy ficou chocada ao ouvir sua própria risada. Sua vida estava em ruínas, era para estar infeliz e seus pais estarem decepcionados e a fazendo se sentir culpada, mas por alguma razão eles não pareciam perceber isso.

– Estamos felizes por você estar aqui, meu amor – disse o pai quando entrou em seu escritório, agora transformado, por meio do sofá-cama, no quarto dela de novo, e lhe deu um beijo de boa-noite no alto da cabeça. Amy assistiu a cinco episódios de *Arrested Development* no laptop com Waffles ronronando ao seu lado. Só começou a se sentir mal de novo quando fechou o laptop e tentou dormir. Procurou o celular na mochila e pressionou uma, duas vezes. Mais uma e poderia ligar para Bev, mas largou o telefone. Poderia ligar amanhã, ou depois de amanhã, mas primeiro tinha de descobrir o que dizer.

41

TODAS AS MANHÃS AO ACORDAR, POR UM MOMENTO, SALLY AINDA pensava que estava em Margaretville. Com os olhos fechados, achava que podia sair da cama, descer a escada que rangia para a cozinha ensolarada e abrir a porta de correr do banheiro para fazer xixi no velho e ressoante vaso sanitário – seus próprios sons, os únicos sons humanos do mundo, um dia parecera. Mas agora, assim que abria os olhos, sentia a vida pulsando ao seu redor e no mesmo instante em que acordava se conscientizava, sem nenhuma sombra de dúvida, de que morava na cidade de Nova York.

O novo apartamento de Sally ficava no alto de uma torre envidraçada que dava para East River, pela margem norte de Williamsburg. O apartamento era enorme, meio cafona e absolutamente perfeito. Jason lhe emprestara o dinheiro da caução; até agora fora muito razoável em relação à coisa toda, em parte porque ainda não parecia acreditar que ela estava se divorciando dele. Mas logo acreditaria: Sally havia contratado um advogado maravilhoso que lhe garantira que mais da metade do que ambos possuíam em breve seria só dela. Jason detestava confronto e faria qualquer coisa para evitá-lo. Aquilo poderia dar errado, mas, por enquanto, tudo estava em suspenso, e ela se sentia rica e livre.

Imaginou as centenas de vizinhas acordando também, células em uma colmeia vibrando de atividade. Todas estavam fazendo café, abrindo os sacos plásticos de roupas lavadas a seco e ligando as chapinhas para arrumar os cabelos. Imaginou que podia sentir o cheiro de café, dos cabelos recém-alisados, dos *smoothies* e do perfume caro e sutil que passavam no pulso.

– Muitas mulheres moram sozinhas neste prédio – dissera o corretor. – Acho que é porque o bairro é tão seguro e o transporte é tão fácil que atrai profissionais. Isso, e a academia. – Era exatamente o que Sally queria, o que lhe era devido.

Comparada com a casa em Margaretville e todos os seus detalhes – todos os detalhes de Jason –, sua nova residência não tinha nenhuma personalidade. Não havia ângulos suaves, maçanetas polidas de séculos atrás, lambris, painéis de madeira ou papel de parede original desbotado à perfeição. Sally comprara a mobília totalmente branca em West Elm. Tinha apenas apontado para os móveis da sala de jantar em exposição, dito "aquele conjunto, e a mesa" e informado ao vendedor onde deveriam ser entregues. Frequentemente não se sentia inclinada a se sentar naqueles sofás imaculados ou a ficar ao balcão da cozinha tomando café. Não se demorava perambulando de um cômodo para outro ajeitando quadros ligeiramente tortos. Na verdade, nem fazia mais café em casa. Apenas calçava os tênis e saía para dar uma corrida pelo calçadão, até DUMBO, esperando chegar a tempo de se encontrar com Bev quando ela saía da aula de ioga para gestantes.

Naquela manhã, Sally correu na direção de Bev com o vento às suas costas, passando por mulheres que iam para o trabalho com jeans elegantes e saltos altos e por mães tagarelas que conduziam grupos vacilantes de crianças hassídicas para o ponto de ônibus. Sally sorriu e as cumprimentou com a cabeça, e algumas ficaram surpresas o suficiente com sua atenção para sorrir de volta, embora a maioria a ignorasse. Sally se sentia benevolente em relação a todos, sobretudo às mães.

Graças à ingenuidade de Bev – bem, e também à carência e generosidade dela –, Sally encontrara um modo de ser mãe sem realmente sê-lo, um privilégio que poucas pessoas tinham. Talvez algumas lésbicas. Era como se ela fosse ser um pai. Um pai divorciado.

Recentemente elas haviam se encontrado para discutir os detalhes de seu acordo. Sally se sentara no sofá de Bev na área comum sem janelas do apartamento dela, e, enquanto conversavam, uma colega tinha ido ao banheiro e ficado lá por um tempo estranhamente longo. Bev oferecera chá, que elas beberam em canecas manchadas. Sally podia, se ela quisesse – se estivesse interessada –, ajudar a cuidar da criança, tomar conta dela enquanto Bev trabalhava e até mesmo em alguns fins de semana, e também ajudar com coisas que Bev não podia pagar. E se eu quisesse ajudá-la mais?, perguntara Sally. Bev tinha franzido as sobrancelhas e dito que pensaria sobre isso. Não estava certa de que queria ajuda que viesse com qualquer tipo de condição. Ela sugerira que seria uma boa ideia Sally pensar sobre o que de fato estava preparada para oferecer e o que realmente queria em troca.

E Sally pensara sobre isso. Tivera tempo para pensar desde então, embora não pelo tempo interminável e ilimitado de antes, porque agora tinha um emprego. Trabalhava atrás da caixa registradora de uma livraria onde um dia fora sem compromisso, sentindo inveja dos autores cujas lombadas de livro acariciara. Agora não tinha tempo para sentir inveja. Pelo menos durante o horário de trabalho, não tinha tempo para pensar em nada abstrato ou não imediato. Sempre havia pessoas falando com ela, pessoas que precisavam de algo, colegas ou clientes ou o patrão. É claro que às vezes ainda sentia inveja, durante leituras ou depois, quando ficava perto da mesa de autógrafos e abria livros na folha de rosto para que o autor pudesse autografá-los o mais rápido possível. Mas essa nova inveja era mais concreta e podia ser transformada em ação, e também era limitada, baseada na realidade, na realidade dos números que ela via no computador quando fazia pedidos e controle de estoque. Sabia quantos exemplares dos belos livros de capa dura eram vendidos e quantos eram enviados de volta para as editoras.

Era realmente apenas nessas longas corridas que tinha tempo para pensar na sua vida, e descobrira uma capacidade de ser generosa e ficar bem consigo mesma. Não precisava ser tema de um perfil reverente em uma revista. Não precisava aparecer na *Paper* ou na *New York,* e definitivamente não precisava estar na *Plum,* a revista para mães mais velhas. Seria a tia Sally divertida do bebê de Bev, aquela que o levava a museus e peças teatrais; a tia Sally para quem tinha de enviar bilhetes de agradecimento porque ela pagava o acampamento de verão, o balé ou o futebol de salão.

– Mas por quê? – perguntara Bev no dia em que elas se sentaram na sala de estar sombria e deprimente, o calor seco e estranho do radiador misturado com a intensa umidade do longo banho de uma das moças com quem dividia o apartamento. – Quer dizer, ainda mal nos conhecemos. Somos praticamente duas estranhas.

– Mas não somos – dissera Sally. – Não somos estranhas. Agora somos amigas.

42

A SALA ERA GIGANTESCA, DE MADEIRA ESCURA E DOURADA, OS MÓ-
veis estofados em um minúsculo padrão de leopardo e com acabamento em vermelho. Uma morena baixa mais ou menos da idade de Amy chegou com xícaras de chá cujas bordas davam vontade de morder e despedaçar de tão finas que eram. A entrevistadora sorriu para ela por cima da borda de sua xícara. Estava usando um terninho vermelho St. John Knits que combinava com o acabamento dos móveis, e um grande colar grosso e dourado, como uma peça de armadura lhe protegendo as clavículas. Os cabelos não se moviam. Ela pousou a xícara com um movimento decidido, sem considerar que era delicada, mas é claro que a xícara não se quebrou.

– Então, Amy! Seu pai disse que você está interessada em trabalhar em publicidade. Pode me falar um pouco mais sobre o que gostaria de fazer?

Amy tentou se concentrar nos firmes olhos azuis da entrevistadora, mas não pôde evitar olhar ao redor da sala quando a luz do sol incidiu sobre diferentes objetos dourados e os fez brilhar. Não sabia ao certo se realmente devia beber o chá.

– Bem, não sei o quanto meu pai disse sobre minha formação, mas, embora a maior parte da minha experiência profissional seja na área editorial, tenho trabalhado principalmente on-line, com mídias sociais, por isso achei que eu poderia ser útil.

– Mas o que você quer realizar, Amy? Não estou realmente preocupada com o que poderia fazer por nós. Tenho certeza de que poderia fazer o que quer que pedíssemos. Mas para saber que você é uma boa escolha, preciso saber mais sobre seus objetivos pessoais. – A entrevistadora sorriu e tomou um grande gole de chá.

– Espero encontrar um meio de usar minha qualificação para ajudar a unir consumidores às marcas que condizem melhor com suas necessidades – disse Amy, tão sinceramente quanto era possível dizer algo assim.

A entrevistadora pousou sua xícara e riu.

– Ah, querida, perdoe minha franqueza, mas deixe de bobagens. Você está aqui porque tem 30 anos e acabou de perceber que quer ganhar dinheiro de verdade.

Amy sentiu o rosto assumir várias expressões em rápida sucessão, tentando encontrar uma que não fosse claramente ofensiva.

– Humm. Talvez. Acho que pensei que isso era evidente.

A entrevistadora deu uma gargalhada.

– Querida, fui exatamente como você. Na casa dos 20, morava em Nova York e achava que seria uma pequena Joanie Didion, fazendo as malas para trabalhos de reportagem com um collant, uma garrafa de uísque, dois pares de meias-calças e coisas desse tipo. Digitando meu romance na hora do almoço e trabalhando como secretária em uma agência de publicidade. Felizmente cresci na agência, porque aquele não era um romance muito bom. Agora sou a dona. Você sabe o que é glamoroso sobre morar em Nova York e não ter nenhum dinheiro?

– Bem. Acho que há...

– Depois dos 30, exatamente nada. Uma garota como você precisa de um marido rico ou um ótimo emprego, e não estou vendo uma aliança em seu dedo.

– Acho que não sirvo nem para ter um marido rico – aventurou-se a dizer Amy.

– Segundo minha experiência, é melhor cuidar de um monte de maridos ricos de outras mulheres. Agora, a coisa das mídias sociais... não creio que será nessa posição que a colocaremos. Você ficaria no mesmo patamar criativo de um bando de garotas de 22 anos. Acharia isso degradante e ficaria desmotivada. Acha que tem potencial para gerência? Seu currículo diz que você coordenou uma equipe editorial no último emprego.

Amy pensou em Lizzie e Jackie, que chefiara por uns dez minutos por dia, conversando com elas pelo Gchat, implorando para que fizessem seus malditos trabalhos.

– É claro, acho que sim.

– Ótimo. Vou marcar algumas entrevistas. Compre uma roupa melhor, por favor, e sapatos de verdade. Nada chamativo.

Amy olhou para os sapatos, que encontrara no armário de seu quarto da infância. Usara-os no Baile de Volta às Aulas, no terceiro ano.

– Puxa. Bem, muito obrigada.

– Ah, não foi nada. Devo um favor ao seu pai e gosto de ajudar garotas como você. Mas devo preveni-la de que não vai poder fazer as coisas pela metade. Se topar, é para entrar 100% nessa história. Nada de ficar digitando na Starbucks do outro lado da rua quando deveria estar almoçando com clientes. Nada de blogs secretos sobre como seus clientes são ridículos. A partir de agora, nenhum tipo de escrita, exceto memorando, e-mails e apresentações. Esse é o acordo. – A entrevistadora bebeu o resto do chá, e a morena apareceu do nada para levá-lo embora. Embaraçada, Amy lhe estendeu a xícara cheia, sem querer parecer ingrata e sem saber como indicar que não o queria. Mas a secretária a poupou disso, tirando a xícara de sua mão e saindo da sala tão rápido quanto entrara.

– Posso pensar sobre isso? – Amy se ouviu dizendo.

– Não – disse a entrevistadora, sorrindo. – Se você tiver de pensar sobre isso, é porque não é para você. – Ela se levantou e estendeu a mão para Amy, que também se levantou e tentou impressionar a mulher com a firmeza de seu aperto de mão, embora não servisse para nada fazer isso agora.

A mãe de Amy foi buscá-la depois da entrevista, e elas se afastaram do sobrado em Georgetown pela congestionada Wisconsin Avenue. Amy observou as pessoas nos outros carros, que viajavam diariamente entre a casa e o trabalho, acostumadas com o engarrafamento, bebericando um café, talvez ouvindo a NPR. Amy e a mãe prosseguiram em silêncio no trânsito que fluía bem na direção menos popular.

Pela primeira vez em algum tempo, Amy se lembrou rapidamente de como tinha sido dirigir, naqueles poucos meses com licença para alunos antes de ser reprovada pela terceira vez no exame e desistir de uma vez da ideia de ser motorista. "Algumas pessoas simplesmente não são feitas para dirigir", dissera em diversas situações ao longo dos anos, para se explicar. "E muitas delas assim mesmo dirigem", as pessoas costumavam dizer, e, se não dissessem, às vezes a própria Amy completava: "Estou fazendo um favor para todo mundo."

O que havia de fato em dirigir que estava além da sua capacidade? Quando tinha 15 anos, achava que era uma questão mecânica, que realmente não tinha reflexos e a atenção necessária para perceber as alterações de velocidade e os ângulos de seu próprio veículo e dos veículos ao seu redor; isso parecera uma forma muito leve, muito específica, de retardo mental. Mas agora percebia que todos se sentiam assim quando começavam a dirigir, até se acostumarem com isso. Seu medo de dirigir (porque era isso na verdade, *medo*, não incapacidade) provinha da sensação de ser de algum modo responsável não só por seu próprio carro e suas ações como também pelo carro e pelas ações de todos. Isso era administrável em uma rua secundária de pista dupla no bairro ou em uma estrada na zona rural, difícil em uma rodovia de três pistas e quase impossível na sempre lotada Beltway, de seis pistas, onde seu instrutor a levara em sua segunda aula de direção. Sinalizar, checar seu ponto cego, passar para a outra pista, e a outra, e depois a outra para sair – como podia fazer isso, ao mesmo tempo desejando que os carros atrás lhe dessem passagem e evitassem acelerar subitamente e bater nela? Isso era demais. Ela havia ficado na Beltway até o trânsito diminuir e depois saíra no último segundo possível, com uma guinada dramática de fazer parar o coração. Seu instrutor estava bastante acostumado a quase morrer nas mãos de garotas de 15 anos fóbicas e escondeu quase por completo o tremor nas mãos enquanto voltavam devagar para a casa de Amy por ruas de bairros suburbanos, parando em todos os sinais.

Quinze anos tinham se passado, mas em dez deles esteve em Nova York, praticamente a última cidade da América em que depender 100% de transporte público não era sinônimo automático de que você era pobre. Contudo, agora ela estava exilada, pelo menos por um tempo, e quem sabe estivesse na hora de aprender a dirigir de verdade. A simples ideia de fazer o exame de direção a deixava apavorada. Pensou no quanto a entrevista teria sido diferente se tivesse chegado em seu próprio carro em vez de ser deixada lá como uma criança pela mãe, que tinha ido embora e comprara café com leite para ambas na Starbucks antes de voltar para buscá-la. Talvez não muito diferente, mas quem podia garantir?

Aprender a dirigir significaria admitir que viveria em Maryland por algum tempo, e talvez isso fosse parte do motivo de não querer aprender. Não saber dirigir era um modo de se conectar com Nova York. Mas essa era uma conexão triste, menos como um pacto e mais como uma armadilha.

A mãe de Amy tinha de trabalhar e deixou-a na Kiss and Ride com um sorriso tranquilizador e um afago. Agora Amy precisava fazer uma escolha: outra primeira entrevista, em um escritório de advocacia na M Street para um cargo de assistente jurídica para o qual não estava nem um pouco qualificada – dessa vez, com uma amiga da sua mãe. Ou, pegando a linha vermelha dois pontos na outra direção, poderia voltar para seu quarto, onde comeria o que houvesse na geladeira, assistiria a programas de TV ruins e checaria seu e-mail em busca de sinais de esperança. As duas opções eram deprimentes, e por um triste momento Amy apenas ficou olhando para a entrada do metrô, para o fluxo de passageiros que iam na direção das roletas.

Sentiu o peso de todas as suas perdas se acumular no centro de seu peito e seguir para as extremidades, uma dor física da qual não podia escapar nem por um instante, tão horrível que a deixou ofegante. Mais uma vez se perguntou o que significaria fazer mal a si mesma. Uma eternidade – ou mais provavelmente trinta segundos – depois, a dor cessou sozinha, restando apenas um pouco em uma parte indefinível de sua... (sua alma?). Passou o fino cartão pela máquina, tomando o cuidado de pô-lo de volta no bolso externo da bolsa para poder encontrá-lo facilmente no fim da viagem. Você passava o cartão na máquina ao entrar *e* ao sair, outra coisa idiota em D.C. com a qual nunca se acostumaria.

Amy saiu do metrô em Takoma Park, mas, em vez de ir direto para casa, para seu laptop e um Tupperware frio com sobras da noite, decidiu pegar o caminho mais longo, passando por sua antiga escola secundária e pelo cruzamento da pequena rua principal de Takoma Park. Talvez pudesse pegar um folheto do estúdio de ioga. O tempo tinha se tornado um tanto primaveril: ensolarado e frio. Alguém em algum lugar já estava cortando a grama. Um quarteirão depois, esse cheiro foi sobrepujado pelo odor quente e úmido de comida industrial, e Amy descobriu sua fonte, um pedaço de papel laminado pregado no portão de uma igreja unitária dizia: "REFEIÇÃO COMUNITÁRIA HOJE. VOLUNTÁRIOS SÃO SEMPRE NECESSÁRIOS."

Sem pensar muito, Amy abriu o portão e entrou.

O cheiro era mais forte no salão comunitário da igreja, e parecia vir de algum lugar nos fundos. Havia uma pequena equipe de idosas montando rapidamente móveis dobráveis no salão, como um exército de formigas. Apenas observando-as, a triste inércia de Amy começou a desaparecer. Elas só ergueram os olhos de suas tarefas e perceberam sua presença quando Amy se anunciou.

– Ah, você é nova. É da CSA, a Comunidade que Sustenta a Agricultura?

– Não, eu só... eu só vi o cartaz.

– Certo. Nesse caso, não tem de preencher um formulário de suas horas, pode ir direto para a cozinha, nos fundos. Procure Chrissie, ela lhe dirá o que fazer. São confortáveis? – Ela apontou para os tristes sapatos cinza-amarronzados de Amy.

– É, não, não muito.

– Ah. – A velha senhora encolheu os ombros. – Bem, da próxima vez use algo mais confortável.

Então ela foi para a cozinha, que era diminuta e estava cheia de pessoas, algumas obscurecidas por uma nuvem de vapor ou talvez fumaça que vinha de perto do fogão. Um homem alto, com a aparência de alguém que tocara em bandas, ergueu os braços para abrir uma janela. Amy nunca soubera da existência dessa igreja; passara por ela centenas de vezes na vida, mas nunca realmente se dera conta disso. As janelas da cozinha pareciam ter no mínimo cem anos. O músico estava tendo dificuldade em abri-la.

– Será que foi pintada fechada? – disse Amy.

Uma mulher de uns 50 anos, com um corpo bonito e cabelos louros compridos presos em um rabo de cavalo, foi a única que notou Amy.

– Ah, outra da CSA? Está bem, querida, vou pegar o formulário de suas horas depois. Estamos com uma pequena crise aqui.

– Eu não sou da CSA. Só... desculpe, lá na frente me disseram para procurar por Chrissie?

– Está vendo outra pessoa aqui que poderia se chamar Chrissie?

Amy examinou a sala. O músico conseguira abrir a janela, e a fumaça começava a se dissipar. Uma mulher bem jovem, com espessos cabelos lisos e sardas, outra que parecia ter a idade da mãe dela e estava coberta de tatuagens, e a loura alta com aquele inimitável sotaque de Maryland, típico de filmes de John Waters.

– Não?

Chrissie sorriu.

– É só pegar um avental e uma tábua de cortar. Há uma caixa de cebolas ali à esquerda... argh, aquilo são frios? Ignore-os, não deveriam estar lá. De qualquer modo, eles nos dão essas cebolas. Uma em cada três está boa. Abra para dar uma olhada, e depois corte as boas em, não sei, acho que pedaços pequenos?

– Pequenos como? Fatiados? Picados?

Mas Chrissie já estava com a atenção em outro lugar.

Durante o resto da tarde, Amy ouviu principalmente as brincadeiras das voluntárias mais experientes. Tentou conversar também, mas parou depois das primeiras vezes em que disse algo e foi ignorada por completo. Abriu uma montanha de cebolas com o miolo marrom e produziu uma montanha menor de cebolas picadas. Depois as refogou, seguindo as instruções de Chrissie. Se parasse para pensar, perceberia que seus pés estavam pegando fogo, mas ela não tinha tempo para pensar. O cheiro que quase a fizera vomitar quando chegara – de comida quente e gordurosa, geladeira duvidosa, lixo não esvaziado – mal era notado agora; estava em seu nariz, nos cabelos e em toda a sua roupa. A pequena janela era a única ventilação do local. Quando todos se calaram e Amy achou que haveria uma chance de que a ouvissem, perguntou se eles teriam de passar por algum tipo de inspeção antes de servir a comida. O músico sorriu afetadamente.

– Isto é uma casa de adoração. Somos dispensados disso. Poderíamos estar matando nossas próprias galinhas para um ritual de santeria aqui atrás.

– Já cheira a um matadouro, então por que não? – disse a mulher tatuada, que cuidava da sopa. Todos riram e, por um cálido momento, Amy se sentiu aceita, mas depois eles voltaram a ignorá-la.

Finalmente ocorreu a Amy que essa frieza se devia ao fato de que muitas pessoas apareciam, cozinhavam e serviam, todas de início embriagadas com a própria virtude e com a ideia de si mesmas como o tipo de pessoa que voltaria para fazer isso semana após semana, mas depois nenhuma delas voltava. Então por que se dar ao trabalho de conhecê-las? E era provável que Amy fosse apenas outra dessas voluntárias diletantes. Estava bem animada quando às 18 horas, foi oficialmente liberada da sua obrigação de ficar lá: a refeição estava pronta e logo seria servida. Uma das idosas que arrumava as mesas, que Amy tinha visto ao entrar, voltou para a cozinha bem quando ela estava tirando o avental e anunciou que faltava um voluntário para servir. Amy se ouviu dizendo que faria isso. Entregaram-lhe luvas e a posicionaram no fundo do longo refeitório, atrás de uma grande travessa de alumínio com pedaços de frango assado. As mesas agora estavam cheias de gente. Amy tentou não olhar diretamente. Podia sentir o cheiro delas. Cheiravam muito, muito pior do que a cozinha.

Amy usou pegadores para servir o frango escorregadio. A maioria das pessoas que serviu eram homens, alguns bem rudes; eles apenas a olhavam e não agradeciam. Outros estavam tão bêbados ou trêmulos por abstinência de álcool que parecia quase certo que derrubariam o prato de isopor muito cheio ao voltar para a mesa, mas nenhum deles fez isso, pelo menos não que Amy tenha visto. Alguns pareciam totalmente comuns, apenas um pouco mais bronzeados do que se esperaria em março. Mas, mesmo quando as pessoas estavam com roupas limpas e cabelos cortados, suas unhas as traíam. Todas que foram pegar frango com Amy tinham mãos calejadas e sujas, unhas que pareciam lascas grossas de chifre e cutículas pretas como carvão. Algumas mulheres tinham tentado esconder a sujeira com camadas de esmalte, o que era pior do que a própria sujeira. Elas estendiam as mãos na direção de Amy, que olhava para as mãos e o rosto delas e tentava não recuar. Muitas pessoas agradeceram, sincera e profusamente. Elas voltaram para repetir, e depois repetir uma terceira e quarta vez, o que era permitido, mas somente depois que todos tivessem comido, sempre com um prato de isopor novo de cada vez.

Ao sair, Amy perguntou a uma das senhoras se a refeição comunitária era servida todos os dias, e ficou desapontada ao saber que apenas uma vez por semana. Queria se sentir assim todos os dias. Perguntou a si mesma se contava ser bom quando você fazia a bondade por motivos puramente egoístas. Provavelmente não, mas quem ligava? O importante era o que você fazia, não como se sentia.

43

BEV NÃO QUERIA SE VESTIR BEM DEMAIS PARA SE ENCONTRAR COM o reitor; o objetivo era pedir mais ajuda financeira como uma condição para sua volta ao programa, por isso não queria dar a impressão de que tinha dinheiro. Procurando em seu armário, pegou uma túnica e calça legging pretas, além dos bonitos tamancos novos que comprara na butique com seu desconto de funcionária. Por ser homem, quase não havia chance de perceber que eram caros. Enfiar a túnica pela cabeça e depois a abaixar sobre a gigantesca barriga era uma tarefa difícil. Mais uma vez, em pé de perfil diante do espelho e sentindo ora horror, ora espanto com o que estava acontecendo, admirou-se com seu corpo pesado.

Já estava um pouco atrasada e se atrasaria ainda mais se passasse mais tempo se olhando, por isso acabou de se vestir e engoliu o resto do café antes de sair apressada para pegar o trem C. Ainda conseguia se mover rápido. Dessa vez, foi preciso um pigarrear expressivo para conseguir um lugar, mas logo estava acomodada com segurança sobre o plástico duro. Plantou os pés abertos no chão, como um homem, e pegou a pasta de formulários que tinha de revisar antes da reunião. Descobrira que é preciso parecer ocupada no trem para as pessoas não a atazanarem. Intrometidos perguntavam quando ela teria o bebê, velhos religiosos a abençoavam – todos os tipos de estranhos queriam tocar em você. Mas ela havia chegado a um ponto em que podia fazer aquilo parar com um olhar frio. A maternidade já aumentara suas defesas.

O gabinete do reitor ficava no prédio reformado da Thirteenth Street, onde tudo era tão novo que cheirava a tinta e concreto fresco. Como Bev não era mais aluna, o guarda na recepção a fez esperar enquanto examinava sua carteira de motorista, ligava para o reitor e depois lhe entregava um crachá de acesso. Parecia improvável que a terceira melhor universidade particular de Nova York estivesse em primeiro lugar na lista de coisas a fazer de um terrorista, mas ela ficou feliz pelos guardas terem emprego.

Era o meio do semestre, e ninguém mais estava querendo ver o reitor. Ele a levou direto para seu gabinete, um pequeno espaço sem janelas que tentara tornar aconchegante com uma luminária de mesa e uma parede com máscaras africanas. Ele ainda não havia desembalado seus livros, e as estantes vazias atrás da escrivaninha o faziam parecer mais com o que era: um gerente de nível médio de uma empresa pequena, para quem Bev era algo entre uma funcionária e um encargo.

O reitor juntou as mãos em um triângulo e sorriu. Bev retribuiu o sorriso de sua cadeira do lado oposto da mesa e esperou que ele falasse. O reitor era da idade do seu pai e usava pequenos óculos redondos. Ela viu o olhar dele descendo para sua barriga e depois se corrigindo e voltando para a zona segura acima de suas clavículas. Finalmente, já que ninguém tinha falado durante tanto tempo, Bev começou a querer tirá-lo daquela aflição.

– Então, eu quero voltar no semestre que vem e terminar meu mestrado, mas minha situação financeira torna isso bastante difícil. Fiquei sem estudar durante tempo suficiente para ter de começar a pagar juros de meus empréstimos. Realmente estou decidida a terminar minha especialização, e espero ter dado uma contribuição positiva para o programa aqui. Tenho cartas dos meus professores... todos estão bem ansiosos para que eu volte às aulas. Eu me candidatei a uma bolsa para pesquisas e a todas as bolsas disponíveis, mas, mesmo que obtivesse todas elas, ainda teria de fazer empréstimos para os 17 mil restantes. O valor da bolsa para pesquisas é menor do que eu ganho em meu emprego no comércio. Por isso, não faz muito sentido para mim tirar horas do meu trabalho para assumir um que paga menos... Desculpe, se estou sendo rude, mas eu me pergunto como alguém faz isso. E espero que possa me ajudar. Como eu disse, realmente quero terminar o curso.

O reitor escolheu suas palavras com cuidado.

– Também queremos isso para você. Você é valiosa para o programa. Mas neste momento não estamos... em uma posição de poder oferecer ajuda financeira adicional. A universidade como um todo não escolheu tornar isso uma prioridade.

– Eu sei. Eles decidiram derrubar prédios gigantescos e construir novos. Aposto que desejaria que o dinheiro destinado a construir este prédio elegante estivesse no seu contracheque, sem querer ofender. – Sentia-se arrojada e poderosa, fisicamente grande e sem nada a perder. Podia dizer o que quisesse.

– Não me ofendeu. Eu não... Beverly, você entende que só estou falando teoricamente aqui, não é?

– Sim, claro.

Os pequenos óculos redondos pareciam não ter uma ponte; estavam o tempo todo em risco de escorregar pelo nariz do reitor.

– Bem, sou um grande fã do nosso programa, é claro, e acho que é um dos melhores no gênero. Mas não é o único. Na verdade, há vários programas de mestrado em belas-artes voltados para escrita criativa que dão bolsas integrais para todos os alunos que admitem. Talvez você devesse pensar em se candidatar a um deles.

– Mas nada do que fiz aqui seria aproveitado na transferência. Quer dizer, nenhum dos créditos. E eu teria de recomeçar do zero.

– Bem, isso é verdade.

– E nenhum desses programas é em Nova York, onde eu moro. Onde minha vida está. Onde estão todos os meus amigos. – Bev de repente pensou em Amy, de quem não tivera notícias desde o dia em que ela lhe pedira dinheiro emprestado. Uma amiga em comum comentara que Amy voltara a morar com os pais.

– São dois anos. – O reitor juntou as mãos e as moveu devagar de um lado para outro, quase como se as estivesse lavando.

– E o senhor me recomendaria pessoalmente? Escreveria uma carta de recomendação para mim?

Então o reitor olhou para o canto da sala, e Bev teve o pensamento bizarro de que ele temia que houvesse microfones escondidos. Talvez *houvesse*. Ele baixou significativamente a voz.

– Sinto que é o mínimo que posso fazer. Acho que o que estamos fazendo aqui é tão nojento quanto você pensa que é, roubando dezenas de milhares de dólares de jovens que sonham em se tornar escritores com apenas a vaga promessa de que um dia poderiam arranjar emprego como professores de técnicas de redação. Quer dizer, para jovens ricos isso é uma coisa. Mas, para alguém como você, é obsceno. – Ele se aprumou de novo. – Isto é, na teoria.

– Gostaria que tivesse me dito isso quando fui admitida pela primeira vez.

Ele encolheu os ombros.

– Você teria ouvido?

– Estou ouvindo agora.

44

AMY HAVIA ARRANJADO UM EMPREGO NO BEN & JERRY'S, EM GEORgetown, um trabalho que teria considerado abaixo do seu nível no colegial. Foi contratada como gerente, graças a uma recomendação de Chrissie, da cozinha comunitária, que mentira quando eles telefonaram para checar suas referências, dizendo que ela supervisionava a preparação das refeições ali havia anos. Amy tinha mais responsabilidades no Ben & Jerry's do que tivera no Yidster, um número chocante das quais envolvia matemática. Isso era terrível, mas outros aspectos do trabalho eram quase divertidos, como o respeito que os funcionários, quase todos adolescentes, tinham por ela. Talvez fosse apenas porque era mais velha que eles, mas, independentemente do motivo, não a desrespeitavam e pareciam ter medo suficiente dela para não tentar faltar inventando doenças ou sair mais cedo. Amy era boa para eles, mas não boa demais. Uma funcionária, Alicia, estava grávida, e sempre que Amy a via se lembrava desconfortavelmente de Bev. Mas Bev não estava mais grávida: tivera o bebê. Sally havia telefonado para Amy durante o trabalho de parto, mas ela evitara atender o telefone. Depois disso, telefonar para Bev se tornara, com o passar dos dias, cada vez menos possível, até se tornar de todo impensável.

No início, Amy havia achado que moraria com os pais e economizaria dinheiro até poder se dar ao luxo de voltar para Nova York. Mas, à medida que os salários se acumulavam e as dívidas diminuíam devagar, começou a pensar que poderia aceitar que estava morando na área de D.C. e tentar de fato ter uma vida lá, o que envolvia encontrar um lugar para morar sozinha. Pelo menos procurar apartamento ali não era tão angustiante quanto em Nova York. Depois de comparar on-line preços e comodidades, ela só teve de ir à administradora de um dos prédios altos no centro de Silver Spring, preencher um formulário para locação, informando seu cargo como "gerente de serviços de alimentação", seu salário e sua mãe como sua senhoria mais recente. Seu pedido foi aceito naquele mesmo dia. Ela se mudou para um estúdio na tarde seguinte, com a ajuda do pai e de Mike F., da cozinha comunitária, que carregou o *futon* que ela pegara emprestado dos pais no porão, até poder comprar uma cama da Ikea. Amy não havia feito os pagamentos para o guarda-móveis em que sua mobília de Nova York mofava, e suspeitava que tudo tinha sido jogado fora ou vendido. De qualquer modo, a maioria dos móveis eram velhos. Havia uma pintura de Sam lá, e esperava que quem a tivesse comprado, provavelmente com desconto, estivesse consciente do negócio que fizera.

Não havia muito a arrumar; logo ela havia desfeito as malas, pendurado as roupas no pequeno armário e estava pensando em como posicionar sua cadeira dobrável em relação à mesa de cartas, onde achava que assistiria a programas de TV no laptop. As janelas do chão ao teto davam vista para o que poderia ser chamado com benevolência de linha do horizonte de Silver Spring, e ela posicionou a cadeira de modo a poder olhar para a estação do metrô, do outro lado da rua, e observar os trens indo e vindo. Pensou na primeira noite que passara em seu belo apartamento no prédio de arenito avermelhado, em como Bev havia intuído que ela estava se sentindo só e aparecera com sushi e vinho. Não aguentava pensar no quanto sentia falta de Bev. Além disso, seria capaz de matar por sushi.

Acabara de contar o décimo quinto trem quando ouviu um rangido lento e estranho, e depois um barulho ensurdecedor.

O estrado do *futon*, que havia montado às pressas, sem consultar as instruções, desabara, espalhando porcas, parafusos e lascas de compensado. Amy suspirou e se resignou a passar as próximas horas descobrindo o que dera errado, mas, quando virou o estrado para descobrir como consertá-lo, viu algo que fez seu sangue gelar: um rabo malhado saindo de debaixo do estrado em um ângulo estranho.

Ela gritou, é claro, e então percebeu que as paredes do apartamento barato eram finas, e esse não era o modo como queria se apresentar aos seus vizinhos. Então se limitou a praguejar em voz alta.

– Droga, droga, droga, *droga! Merda! Argh!* – Tinha esmagado Waffles? Não podia ser, não suportaria as consequências se tivesse feito isso. E se ele ainda estivesse vivo e apenas terrivelmente mutilado e com dor, poderia ser salvo? Tentou se acalmar. – Waffles? Amigão? – chamou hesitante, aproximando-se da beira do *futon*. Ouviu um miado sufocado.

Waffles, a última coisa de valor que lhe restara de sua antiga vida – e, mais importante ainda, seu companheiro, seu último amigo leal. Não poderia ser responsável pela morte dele. Preparando-se para encarar o pior, estendeu a mão por baixo do estrado caído e tocou no pelo macio.

– Vai ficar tudo bem, amigão – forçou-se a dizer, embora estivesse chorando, com lágrimas silenciosas escorrendo pelo rosto.

Ela o sentiu se contorcer sob sua mão, e depois Waffles pareceu se libertar de repente do que quer que o estivesse prendendo. Ele disparou de debaixo do estrado e correu para o banheiro. Amy correu para o banheiro também e o encontrou aparentemente ileso, sentado no ladrilho com o rabo eriçado para cima em uma posição de total alarme, lambendo-se com violência, mas, fora isso, parecendo estar bem.

– Ei, você está de brincadeira. Está bem, mesmo?

Waffles a olhou, aparentemente um pouco irritado com sua presença. Ele baixou a cara até a virilha e lambeu a base do rabo eriçado.

– Nenhuma hemorragia interna? Se você morrer mais tarde porque não o levei ao veterinário agora vou ficar nervosa – disse ela, ouvindo o tremor em sua voz. Estava falando com seu gato. Bem, quem se importava? Ela se abaixou para acariciá-lo e procurar algum ferimento óbvio, o que ele de má vontade a deixou fazer. – Ah, Waffles, desculpe mesmo, Waffles.

Amy ficou ali sentada acariciando-o por um longo tempo, e então voltou para o laptop, e começou a escrever um e–mail para Bev.

45

PARA COMEÇAR A ESCREVER, AMY PRECISAVA IMAGINAR BEV LENdo o e-mail. Tinha uma imagem de Bev em sua mente, mas era difícil descobrir o que ela poderia estar fazendo nessa fantasia. O.k.: ela pensou em Bev balançando o bebê adormecido no colo enquanto se sentava na frente do computador. Os detalhes do bebê eram vagos. De qualquer modo, todos os bebês eram parecidos, pensou, com feições indistintas, ainda não formadas ou alteradas pelas experiências que criam a personalidade. Talvez tivesse sido um dia longo, e Bev acabasse de chegar em casa do trabalho, depois de buscar o bebê na casa de Sally, e ele tivesse dormido, e agora ela estivesse no apartamento silencioso, sentindo-se cansada e satisfeita, mas solitária. Amy tentou imaginar Bev se sentindo feliz em receber um e-mail dela. Por fim a imagem se tornou vívida o suficiente e pôde começar.

Querida Bev,
Eu gostaria de ter estado aí para o parto. Achei que você não ia querer que eu fosse. Mas agora sinto que deveria ter ido assim mesmo. Então, me desculpe por isso e tudo o mais.
Queria dizer que sempre me imaginei ao seu lado no nascimento dos seus filhos, mas isso seria uma mentira. Nunca imaginei que você teria um filho. Devo ter pensado que sempre permaneceríamos basicamente as mesmas de quando nos conhecemos. Não imaginei que outros futuros fossem possíveis para

nós. Bem, isso também é uma mentira. Imaginei todos os tipos de possibilidades para mim mesma, mas não para você. E aquele futuro cor-de-rosa que imaginei para mim era de qualquer modo uma besteira, o que deveria ter sido óbvio, porque eu sabia que não estava fazendo nada para torná-lo realidade. E eu contava com que você permanecesse a mesma, o que tornou tão difícil saber que seria mãe. Você tinha razão: eu estava com ciúme! O que faz com que eu me sinta péssima, especialmente porque sei que isso não foi fácil e, pelo menos no início, não era o que você queria. Essa parte foi difícil de entender. Achei que eu só estava tentando ajudá-la a perceber o que era melhor para você. Mas isso também foi uma besteira: o tempo todo, eu só estava pensando no que era melhor para mim.

Penso em você o tempo todo, e tenho vontade de telefonar. Há tantas pequenas coisas que acontecem e acho que você seria a única pessoa que apreciaria, e não sei o que fazer com esses pensamentos, essas piadas, esses sentimentos. Acho que deveria anotá-los. No caso de nos tornarmos amigas de novo, poderia entregar a você um caderno de anotações com todas as piadas estúpidas em que pensei durante o tempo em que ficamos separadas. Mas é difícil nos imaginar juntas. Tenho medo de que, mesmo que você me perdoe por abandoná-la quando mais precisava de uma amiga, eu não consiga me encaixar na sua nova vida.

No dia em que seu bebê nasceu, Sally me telefonou e perguntou se eu queria estar aí para o parto. Fiquei muito grata a ela por fazer isso. Mas, como eu disse, não sabia se você queria que eu fosse, embora ela parecesse achar que talvez sim. Não quis arriscar a tornar ainda pior algo que já seria difícil para você. Então Sally me telefonou mais tarde para dizer que algumas complicações tinham acontecido e a estavam levando para o hospital em vez de deixá-la ter o bebê em casa, e ela parecia apavorada. Até aquele momento, nunca havia me ocorrido que algo de ruim pudesse acontecer com você ou o bebê. Isso parece loucura, mas vou dizer: naquele momento, pensei que, se você morresse, ou o bebê morresse, a culpa seria minha. Sei que isso não faz nenhum sentido. Não quero dizer culpa minha por não tê-la convencido a interromper a gravidez, mas por não estar aí, não passar cada segundo desejando que tudo desse certo, como se, se eu estivesse no mesmo quarto que você, pudesse protegê-la apenas com minha grande afeição.

O motivo de eu não ter entrado em contato antes é que estava com muita vergonha de mim mesma por não ter estado presente naquele momento, e com medo de como seria se você atendesse o telefone e parecesse desapontada em ouvir minha voz. O que é em si egoísta. Vou parar de arranjar desculpas. Sinto muito.

Amy olhou para o que havia escrito, detestou e decidiu enviar assim mesmo. Então voltou para o banheiro e acariciou mais um pouco Waffles. Quase não ouviu o telefone emitir o pequeno som de chegada de mensagem de texto.

Era Bev. "Taí?", dizia o texto. Significava, é claro, "Está aí?". Mas elas geralmente usavam isso para saber se a outra pessoa estava no Gchat. O coração de Amy deu um pulo e depois se entristeceu, quando ela temeu que Bev não tivesse pretendido enviar a mensagem e a tivesse enviado acidentalmente ou para outra pessoa. Mas respondeu assim mesmo: "Sim!!!"

"Oi."

De algum modo, Amy soube que a mensagem era mesmo para ela.

Escreveu de volta: "Oi. :'("

Houve uma pausa. Aqueles horríveis pontos. Mas eles desapareceram e em seu lugar havia um "<3".

"<3", respondeu Amy.

AGRADECIMENTOS

Agradeço a Keith Gessen, cujo amplo apoio tornou este livro possível, e a Ruth Curry, por ser não só minha melhor amiga como a melhor amiga possível. Sou grata ao Writing Club (Bennett Madison, Anya Yurchyshyn e Lukas Volger) por ajuda, incentivo e queijo. Ao Cookbook Club (Sadie Stein, Lukas Volger e Ruth Curry) por me nutrirem emocional e fisicamente. Ao Book Club (Nozlee Samadzadeh, Zan Romanoff, Logan Sachon e Miranda Popkey) por serem meus amigos e me apresentarem Miranda. Também sou grata a Miranda por seu persistente, sensível e brilhante trabalho de edição.

Trabalhei neste livro em muitas casas diferentes de amigos, parentes e até mesmo estranhos. Agradeço a Rachel Cox, Greg McKenna, Sarah Cox e Jennifer Kabat; e também peço desculpas a eles por roubar e colocar vários aspectos de sua decoração neste livro. Sou grata a Sari Botton por seu *yenta-ing* e conhecimento de todas as coisas de Rosendale. Também à família Gessen – Alexander, Tatiana, Philip, Daniel e Pushkin – por muitas residências para escrita.

Agradeço a chefes e mentores passados e presentes: Will Schwalbe, Choire Sicha, Alex Balk, Alison West, Deborah Wolk, David Jacobs e Natalie Podrazik. Obrigada a todos da cozinha comunitária da Greenpoint Reformed Church, em especial a Christine Zounek, cujo espírito sobrevive. Sou muito grata a nossos queridos clientes e assinantes da Emily Books. O entusiasmo de vocês por livros não convencionais escritos por mulheres e outros excêntricos me faz ter esperança no futuro da leitura, escrita e edição.

Obrigada a todos da FSG, especialmente ao guru da publicidade Gregory Wazowicz e à genial editora de texto Maxine Bartow. Sou grata à bela e brilhante Mel Flashman e a todos no Trident Media Group, em especial Sarah Bush, Sylvie Rosokoff e Michael Ferrante. E a Rowan Cope da Virago/Little, Brown UK.

Eu não poderia ter escrito este ou nenhum outro livro sem o amor e apoio de meus pais, Rob e Kate Gould, meu irmão, Ben Gould, e o resto do clã Deshler-Gould, sobretudo meus avós Walter e Ila Deshler e minha avó Doris Gould. Amo muito vocês todos.

E agradeço a Raffles (descanse em paz): você foi um ótimo gato.

Este livro foi impresso pela Lis Gráfica e Editora Ltda.
para a Editora Rocco Ltda.